嘆きの亡霊は
Nageki no bourei ha intai shitai
引退したい
～最弱ハンターによる最強パーティ育成術～
11
著：槻影
Tsukikage
イラスト：チーコ
Chyko

《千変万化》
クライ・アンドリヒ
《夜宴祭殿》
サヤ・クロミズ

《破軍天舞》
カイザー・ジグルド
ユグドラの皇女（観光中？）
セレン・ユグドラ・フレステル
《戦鬼》
ガーク・ヴェルター

「……お兄ちゃん、またオリジナル
スペル作ってますう……」
「僕自身が雷となればいいッ！
天の力を受け止めろ！
『我雷青龍壊機神!!』

11
嘆きの亡霊は引退したい
Nageki no bourei ha intai shitai
～最弱ハンターによる最強パーティ育成術～

CONTENTS

第11部
レベル9

Chapter XI "LEVEL9"

Prologue　偉業

世界の中心に存在すると言われている神樹——世界樹。広範囲に広がる大樹海に、伝説の都、ユグドラは存在していた。

金属を嫌う精霊人《ノウブル》達が長い時間をかけて生み出したその都市は草木と共存するような形で発展しており、風光明媚《ふうこうめいび》で非常に美しい。街の中を流れる水のせせらぎ、風のざわめきは都会に疲れた心を癒やしてくれる。

世界樹が暴走し【源神殿《げんしんでん》】が発生した頃には避難していたユグドラの住民達——精霊人《ノウブル》達も戻り、ユグドラは最初に訪れた時と違って賑わいがあった。僕のホーム、大都市ゼブルディアでもほとんどいない美男美女揃いの精霊人《ノウブル》達の生活風景を見ていると、なんだかお伽噺《とぎばなし》の中に紛れ込んだような心地がしてくる。

いや、実際にここは人族で訪れた事のある者はいないとされる、伝説の都なんだけど——。

空気は美味《おい》しい。都市は美しい。食べ物も、帝都とは違うが美味しいし、不自由はなにもない。おまけに、この都市では、一応【源神殿】の消滅に貢献したという事で、僕達は英雄待遇だ。人間嫌いの精霊人《ノウブル》達も親しげに話しかけてくれる。

そして、忘れてはいけないのが――立地である。このユグドラは地脈のごく付近、マナ・マテリアル濃度が極めて高い場所に存在しているのだ。

マナ・マテリアルはそれを吸収した生物をその望みのままに強化する。動植物はより大きく、幻獣や魔獣はより強靭に成長し、強力なマナ・マテリアルは強者を呼び寄せる。

ユグドラ近辺はユグドラの民によって管理されており比較的危険は少ないものの、その管理外の場所に出れば途端に魑魅魍魎《ちみもうりょう》跋扈《ばっこ》する魔境となる。それは、より高みを目指すトレジャーハンターにとって大きなメリットだ。

都市の中心近く。一際大きな木に作られたセレンの屋敷で、僕はユグドラのトップである、ユグドラの皇女――セレン・ユグドラ・フレステルに宣言した。

「そろそろ帰るよ」

「え、もう帰ってしまうんですか？」

セレンが目を見開き、意外そうに声をあげる。

ここは確かにいい所だ。何度も言うが、住民は皆いい人だし、食べ物も空気も美味しい。仕事もする必要がないし、娯楽がないところとおやつが木の実しかないところが弱点と言えば弱点だが、僕のような気持ちよくお昼寝できればそれでいい怠惰《たいだ》な人間にはマッチしている。

だが、帰らねばならないのだ。

セレンの隣に立っていた彼女の片腕、ルインが眉を顰《ひそ》めて言う。

「だが、仲間達はまだ探検し足りないのでは？」

そうだよ。そこが問題だから帰るんだよ。

「あぁ、だから帰るのは僕だけだ。リィズ達は置いていくよ」

リィズ達は、前人未到のユグドラの地を日々、精力的に探検していた。

神殿型宝物殿――古《いにしえ》の神、ケラーが君臨していた【源神殿】こそなくなってしまったが、ユグドラが存在するこの大樹海地帯は未だトレジャーハンターにとって魅惑の地なのだ。シトリーの話では、人の生息圏内では滅多に見つからない貴重な薬草や、見たこともない動植物が、ルークの話では高濃度のマナ・マテリアルにより進化した強力な魔物が、ここにはうじゃうじゃ生息しているらしい。しばらく彼らの興味がこの地から離れる事はないだろう。

「僕は帝都に用事があるからね……悪いけど、送ってもらえるかな？」

今のところ、僕はリィズ達から毎日受ける探索のお誘いを全て撥《は》ね除けられているが、経験上、このままだと遠からず僕も探索に同行する羽目になるだろう。お昼寝している最中に連れて行かれたらどうしようもないのだ。目覚めたら危険な森の奥とか絶対に嫌だよ。もう世界の破滅の危機も去ったんだし、いくらリィズ達と一緒でも遠慮したい。

「それは構いませんが…………残念ですが、仕方ないですね。貴方《あなた》の手腕を求める者は大勢いるでしょうし」

「そうですね……何しろ、方法はともかく、たった一月《ひとつき》で我々の頭を数百年以上悩ませ続けた問題を解決したのですから………」

セレンの残念そうな言葉に、ルインが肩を竦め苦笑いをする。

いや……僕の手腕を必要とする人いないと思うよ。

なんかセレンの僕への評価、妙に高いんだよなあ。ルインの言葉も、正しいが正しくない。

僕が『解決した』のではなく、何故《なぜ》か結果的に『解決した』のだ。

まぁ、その点については論じるつもりはない。面倒だからね。

とりあえず、送ってもらえそうでよかった。僕一人では帰る事すらできないからな。

「帝都に向けて、転移魔法を使う準備は既にしてあります。手が空いたら、今度は私が遊びに行ってもいいでしょうか？」

「あぁ、もちろんだよ。ここに探索者協会の支部を作る件でも、支部長のガークさんとも顔合わせしておいた方がいいと思うし……その時は僕が帝都を案内してあげるよ」

「探索者協会の支部長………ふふ。そうですね、その時はお願いします」

何故かおかしそうな表情をするセレン。何か変な事を言っただろうか？　探索者協会の支部を作る話も既に了承は貰っていたはずだけど。

目を瞬《しばたた》かせる僕に、ルインがため息をついて言った。

「セレン皇女はこれから忙しくなるんだがな……まぁ、いいでしょう。クライ・アンドリヒ。貴方には本当に世話になった。ニンゲンの寿命は短いが――我々ユグドラはこの受けた恩を決して忘れない。何かあれば、今度は我らユグドラの民一同、貴方のために、命をかけて働こう」

命をかけてって………重い。いちいち重いよ。もっと気楽にいこう。

呆れる僕に、セレンは花開くような笑みを浮かべて言った。

「またいつでも遊びに来てください。ユグドラはこれからもっといい国になりますよ」


転移魔法により生み出したゲート――《始まりの足跡《ファースト・ステップ》》のクランハウスに繋《つな》がるゲートが消える。

空間に干渉し超遠距離の移動を可能とする転移魔法は高位精霊人《ハイ・ノウブル》のセレンにとっても気軽に使える術式ではない。膨大な魔力《マナ》の消費による疲労感。緻密な術式を組み立てた事で脳が熱を持つのを感じながらため息をつくセレンに、ルインが話しかけた。

「この短期間に二度も転移魔法を使うとなると、さすがに負担が大きそうだな」

「仕方ないでしょう。探索者協会に行ったのは内緒ですからね……大丈夫、んん…………瞑想すればすぐにまた回復しますから」

そう。セレンは、つい数日前に、転移魔法を使いルインと共に内密に帝都支部の探索者協会を訪れていた。ろくに礼をできなかった《千変万化《せんぺんばんか》》へのせめてもの礼として、よりクライ・アンドリヒがハンターとしての高みに上がれるようにするために。

セレンとルインはユグドラからほとんど出た事がないが、ハンターについての情報はある程度有している。世界中に散らばる精霊人《ノウブル》の中にはハンターとして活動している者も少なくないからだ。

その中に、ハンターがレベルを上げるには各地の有力者からの信頼が不可欠だというものがあった。

そして、ハンターとして活動する精霊人《ノウブル》のほとんどがそれを得るのに苦労しているという事も。

現状のユグドラにはクライに与えられるものが何もない。そして実際に、クライ・アンドリヒはセレン達に何も求めなかった。だが、それではユグドラの長《おさ》として納得できない。

「誰も行ったことのない国の皇女でも多少の口利きくらいはできるでしょう。何もしないよりはいいはずです」

ユグドラはどの国とも国交を持たない国だ。だが、世界樹の管理という世界を守る重大な仕事をしているわけで、ニンゲンにも国の名くらいは知られているわけで、影響力はゼロではないはずだ。

それに、世界樹についての憂いが一段落したユグドラは今後新たなる展開を迎える予定だ。

次の世界樹の暴走がいつ発生するのかはわからない。セレンが生きている間に来るのかも不明だ。

だが、次に発生するその時までに対抗策を見つけるために――国交を開きニンゲンと協力関係を築く。そのために尽力する。それが新たなるセレン・ユグドラ・フレステルの使命である。

ニンゲンと交流するなどつい一月前までは考えた事すらなかった。だが、ユグドラの民はあらゆる能力に秀でている。すぐに交流にも慣れるだろうし、ユグドラがニンゲンの社会に認められる日も遠くはないだろう。そうなれば、探索者協会もセレンの意見を無視はできなくなる。

仮に今回の要求が通らなくても、すぐに《千変万化》のサポートができるようになるだろう。

「しかし、あのニンゲンに断りなく交渉なんてしてよかったのか？　レベル9にしろ、だなんて」

「いいんですよ。ユグドラではあのニンゲンの作戦に驚かされっぱなしだったのです。少しは意趣返ししてもいいでしょう。そもそも、ハンターにとってレベルアップは嬉しいものなんですから」

「…………まぁ、それもそうだな。少しでも借りを返さないと、あのニンゲンの寿命の方が先に来てしまう。百年なんてあっという間だからな」

探索者協会の支部長はセレンの突然の訪問とその要求に驚き、頭を抱えていた。だが、セレンがユグドラの皇女である事は信じたようだったし、真剣に考えてくれるだろう。

そこで、セレンがルインを見て言う。

「ルイン、帝都に行く準備をします。ニンゲンの都市をまず知らねばユグドラをより良くする事もできませんからね」

「……わかっている。ユグドラの指揮は私が取ろう。だが、自分の立場はわきまえなくてはならない。ニンゲンは何をしでかすかわからないからな。しっかり魔力《マナ》を回復させてからだ」

「わかっています。それに、《千変万化》が案内してくれるのだから問題ないでしょう」

世界樹の暴走が一段落し、仲間達もその大半が戻り、セレンも以前よりも明るくなった。

だが、これからは別の意味で注意を払わねばならないらしい。緊張の解けたセレンにはユグドラのトップとしての威厳が些か欠けている。

もっとも、それはそれで決して悪い話ばかりではないのだが――。

目を静かに輝かせて宣言するセレンに、ルインはため息をついた。

まだまだルインは休んでいられなそうだ。

第一章　変化

何故《なぜ》か懐かしいクランマスター室。特注の椅子に腰を下ろし、僕はその感触にため息をついた。

大きな窓から差し込む陽光。ユグドラも悪くはなかったが、ゼブルディアはやはり落ち着く。エヴァにより整えられたクランマスター室には自然物に溢れていたユグドラとは違った『秩序』があった。

空気の匂いもユグドラとゼブルディアでは少し違う。ユグドラの方が綺麗なはずだが、ゼブルディアの空気の方が安心してしまうのは、いつの間にか僕もこの大都市に慣れていたという事だろう。

一月《ひとつき》以上空けていたはずだが、執務机には塵一つ積もっていなかった。

エヴァが定期的に掃除してくれているのだろう。エヴァに会ったらお礼を言わなければ。

でも、今はとにかく——疲れた。一月以上もユグドラくんだりまで行っていたのだから、一月くらいぐうたらしていても誰も文句は言うまい。

早速、机に両腕を投げ出し、倒れ込む。全身がずっしり重かった。

もしかしたらユグドラでは『快適な休暇《パーフェクト・バケーション》』を余り使わなかったからかもしれない。他の人が使うとまずい状況になる事もわかったし、次からは貸さずに自分で使おう。さしあたっては今使おう——と、そこまで考えたところで、僕は大変な事に気づいた。

しまった…………快適な休暇《パーフェクト・バケーション》、セレンに貸したままだ。

ちょこちょこ返してもらわねばと思ってはいたんだよ。それなのに、神だなんだで大騒ぎしていたし、騒動が終わったら終わったで皆忙しく動いていたので、肝心な時に頭からぬけていた。

リィズ達が帰還する際にセレンが渡してくれるといいんだけど——まぁ、今はいいか。

仕事はとりあえず全て終わったのだ、あんな宝具なんてなくてものんびりできるだろう。

現実から逃避し、目をつぶる。全身全霊をかけてのんびりしていると、不意に扉が開く音がした。

「!? え!?？ あ…………え？ ええ!?？ クライさん!? なんで!?」

懐かしい声。そもそも、クランマスター室に入る事が許されている者はほとんどいない。

目を開き、僕は机にぺったりと頰をつけたまま、愕然《がくぜん》としているエヴァに笑いかけた。

「やぁ、エヴァ。久しぶり」

エヴァはいつ顔を合わせても完璧だ。磨かれた靴に、乱れ一つないクランの制服。スリムな赤縁の眼鏡の中で、大きく見開かれていた瞳が歪《ゆが》み、額に皺《しわ》が寄っていく。

「…………い、いつ、帰ったんですか？」

「たった今だよ。セレンに——ユグドラの皇女に送って貰ってね。リィズ達はもうちょっとユグドラの近辺を探検してから帰ってくるって」

ゼブルディアからユグドラまではかなりの距離がある。行きは馬車を使い何日もかかったし、森の中に入ったり魔物に襲われたりと散々な目に遭ったが、帰りは一瞬だった。セレンが転移魔法で直接クランマスター室まで送ってくれたのだ。

転移魔法。それは、超長距離を一瞬で移動できる伝説的な魔法である。

知名度は高く、術式自体も確立しているが、その複雑さと消耗の大きさから人間の使い手はほとんど存在していないとされている。一応、複雑な魔法陣を事前に設置する事で特定の二点間の転移を可能にする技術がかろうじて実用化されているらしいが、その魔法陣を発動する事すら腕利きの魔導師《マギ》が複数人必要だというのだから、この魔法のレベルの高さがわかるだろう。

負担はかなり大きいようだが、そんなルシアでも使えない魔法を魔法陣なしにたった一人で使えるなんて、精霊人《ノウブル》の皇女の面目躍如と言ったところだろうか。

エヴァは疑いの目で僕を見ていたが、とりあえず笑いかけると、小さくため息をついて言った。

「色々気になる事はありますが…………入都審査はどうしたんですか？　クライさんが帰ってきたら即座に連絡がくるようにしているんですが」

「いやー、色々大変だったよ。全部話すと話が長くなるから話さないけど」

「…………わかりました。審査はなんとかしておきます」

さすがエヴァ、話が早くて助かる。門の審査は……完全に忘れていたな。

「今回はガーク支部長も門にクライさんの帰還確認用の人を置いていましたよ。ついでに、帰ってきたらすぐに話を聞きたいとクランにも連絡が――」

僕の帰還確認用ってどういう事？　しかも帰ってきたらすぐに話だなんて…………ガークさんは僕に恨みでもあるのだろうか？

帰ってきてそうそう、やる気の低下が著しい僕を見て、エヴァが話を変えてくれる。

「それで…………ルークさんの呪いは解けたんですか？」

「あぁ、なんとかね。後、ガークさんから頼まれていた、ユグドラに探索者協会支部作らせてもらう話、おっけーだって」

「!?　は？　はぁ？」

「詳しい話は今度、ユグドラの皇女が来て話を聞くらしいから、ガークさんにそのあたり伝えておいてくれるかな。悪いけど、僕は忙しいから」

「…………すみません、何がなんだか……」

まあ、それはそうだろう。だが、今話した事以上の話はない。そして僕はガークさんとなるべく顔を合わせて話したくない。ハンターにも休日は必要なんだよ。

エヴァは何か言いたげな表情で僕を見ていたが、僕がこれ以上何も言わない事を察したのか、今日二度目のため息をついて言った。

「わかりました、連絡しておきます。しかし、ユグドラは前人未到の都市だったはずなのに、支部を置くのを了承するとは……なんだか意外ですね」

「うんうん、そうだね。セレンって人がユグドラのトップなんだけど、好奇心旺盛で革新的な人だったみたいでさ。試しに話してみたら即答でＯＫ貰っちゃったよ。ははは…………実は半分くらいダメ元だったんだけど、意外だよねえ」

「…………クライさん、もしかしてなんですが…………何か話、抜けてません？　そのセレンさんって精霊人《ノウブル》ですよね？　そもそも、ユグドラは閉鎖的な国のはずですが――」

「抜けてないよ。今度セレンが来たらエヴァの事も紹介してあげるよ。すっかり友達になってさ」

「!?」

確かに、精霊人《ノウブル》は人族を見下している事で有名だ。にわかには信じがたいかもしれないが…………支部を置く話を出した時のセレンの食いつき、凄かったよ。ガークさんもああ見えてうまいこと帝都ゼブルディアの探索者協会を統括しているわけで、いい関係を築けるのではないだろうか。

セレンはエヴァとも気が合いそうだ。特に真面目なところとかそっくりだし……もしかしてエヴァも快適な休暇《パーフェクト・バケーション》を着たらあんな感じになったりして。

話はこれで終わりだ。後、できればしばらく僕に面倒事がこないように取り計らって欲しいが、余計な事は言うまい。何か言われたらリィズ達が戻ってきていないからと言い訳しよう。

「とりあえず、ガーク支部長には連絡しておきます。ユグドラとの交流ができたら……クライさんもいよいよ、レベル9が見えます」

エヴァが真剣な表情で言う。レベル9。その言葉に、停止しかけていた思考が再び動き出す。

顔をあげ、エヴァにやる気の無さを目一杯アピールする。

レベルの上昇は常日頃の態度も重要なのだ。

「そう言えばそんな事言ってたねえ。レベル9、か…………正直、あまり興味ないな」

ユグドラに向かう前の話だ。完全に聞き流していたが、確かに言っていた。

ユグドラに支部を作れるようにしたらレベル9に王手だ、と。

セレンに支部の話をしたのは失敗だったのかもしれない。

「そういう人がレベル9になるんですよ。レベル9ともなると、狙ってなれるものでもありませんから。レベル9になるというよりは、積み上がった実績がそのハンターをレベル9にするのです」

「《深淵火滅《しんえんかめつ》》も長くレベル8のままだし、若手最強のアークがまだレベル7なんだよ？　まだまだだよ。そもそも僕は少し若すぎる」

「…………まぁ、確かに若すぎますね。レベルに年齢の下限なんて存在しませんが」

呆れたような眼差しで出される、僕の希望を一刀両断する言葉。

帝都にやってきてすぐにトレジャーハンターを諦めた僕にとって、レベルというのはずっと押し付けられた数字だった。

探索者協会が認定するハンターのレベルはハンターへの信頼度の指標だ。

その数値は単純な強さではなく総合的な評価を以《もっ》て定められており、トレジャーハンターが隆盛を誇る現代ではレベルはそのまま社会的な地位を意味していると言っても過言ではない。

原則、ハンターの認定レベルは探索者協会で受託できる依頼や宝物殿の攻略を繰り返し、一定のラインに到達した時にレベル認定試験を受ける権利が得られ、それに合格する事で上昇する。

だが、それはあくまでただの原則だ。レベル回りはトレジャーハンターの根底に関係する部分であり、シトリーが集団脱獄事件の煽《あお》りを受けて科されたレベルダウンペナルティからもわかる通り、そこには細かいルールや例外、開示されていない情報などが存在している。

例えば、その中の一つに——レベルを上げたがらないハンターへの対処があった。

レベル認定試験を受けるかどうかは原則自由だが、認定レベルは信頼度の指標だ。信頼度の低いハンターのレベルを上げるのは論外だが、逆に信頼度の高いハンターのレベルがずっと低いのも探索者協会にとって都合が悪い。

僕はもともと、レベルなど上げたくなかった。ハンターとしての大成を諦めた時点で僕にとって高いレベルなど重荷だったからだ。

だが、そういうハンターに対処するために、探索者協会には様々な例外のルールが存在していた。

それは、時には強制的なレベル認定試験という形で、時には支部長権限による強制レベルアップという形で僕に襲いかかった。既に達成した実績が評価され、いつの間にかレベルが上がった事さえあった。いつの間にかレベルが上がるなんてありえないという人もいるが、事実は小説よりも奇なりとはよくぞ言ったものだ。

かくして、ここに実力が空っぽなのにレベル８になってしまったハンターが爆誕した。

本来、レベルというのは実力のないものに見合わぬ地位を与えないために定められた制度なのだが、天才に担ぎ上げられる凡人を想像していなかった探索者協会を作った偉い人の失態であった。


だが、レベル９となると、レベル５や６などとはわけが違ってくる。

レベルというのは基本的に上がれば上がる程、上がりづらくなってくる。

ハンターとして中堅クラスでレベル３、そこから生き残り経験を得てレベル４、才能があってレベル５、運もあってレベル６。一つの探索者協会で認定できるレベルはそこまでで、そこから先はどんどん要求が厳しくなってくる。レベル8からは試験を受ける事すら、多大なる功績をあげなくては不可能になる。

ゼブルディアで絶大なる人気を誇るロダン家の嫡子《ちゃくし》、アーク・ロダンや、数多くの人を救い教会や貴族達から絶大なる信頼を得ているアンセム・スマートでレベル7、長きに亘《わた》り帝都トップクラスの魔導師《マギ》として君臨し、人も魔物も幻影《ファントム》もあらゆるものを灰燼《かいじん》に帰し恐れられてきた魔女、《深淵火滅》のローゼマリー・ピュロポスでもレベル8。それも《深淵火滅》はレベル8になってしばらく経つが、未だレベル9認定試験を受けたことがないらしい。その時点で、レベル7より先にレベルを上げるのが如何《いか》に難しい事なのかがわかるだろう（まぁ、あの婆さんは人を燃やしすぎて信頼度が下がったせいで試験を受けられていない可能性もあるけど）。

レベル9というのは、ただ流されるままにハンターを続けてきた無能な男がなっていいレベルではないのであった。

おまけに……ゼブルディアではレベル9の男が一人だけ存在しているが、それも《深淵火滅》よりも高齢なのだ。僕のような若い男がレベル9認定試験を受けるなんて、冗談でもあっていいことではない。ちょっと考えただけでゲロ吐きそうだよ。

だがまぁ、心配し過ぎだろう。

これまでとは違い、レベル9はガークさん一人のゴリ押しでどうにかなるものではない。

「ま、レベル9は世界を救うレベルの功績と実力、知名度がないと、試験を受ける事すらできないらしいからね……大丈夫でしょ」

何もかもを持っていても至れるかどうかわからない境地。それがレベル9だ。

レベル8と9の間には分厚い壁がある。限りなく厚い壁が。

「何の心配ですか…………そもそも、世界の危機なんてそうありませんからね。でも、ユグドラは可能性の塊ですし、本当にユグドラとの行き来が始まり、そこで莫大な利益が発生したのならば――クライさんに味方する人は多いと思いますよ。レベル9を決める際に探索者協会は貴族や王族のみならず、商会にも話を聞くらしいですからね」

そんな話初めて聞いたよ。だが、ウェルズ商会出身のエヴァがそう言うのならば真実なのだろう。

《嘆きの亡霊《ストレンジ・グリーフ》》は帝国貴族からは評判悪いし、僕も特に信頼度を上げるための行動などはしていない。ユグドラに秘められた可能性については認めるが、仮にユグドラとのやりとりが始まって莫大な利益が出るとしても、長い時間がかかるはずだ。しばらくは安心かな……。

ちょっと気分が良くなってきた。身を起こしエヴァの方を見て会話を続ける。

現在、宝具はほとんどがみみっくんの中なので手持ち無沙汰なのだ。

「レベル9の試験って何やるんだろうね」

「私の集めた情報によると――内容はその時々みたいですが、ソロで受ける試験らしいですよ。個人の能力を見るのだとか……」

これまでの試験は必ずしもソロでの参加ではなかった。ハンターとしての力とは個人の力ではないためだ。だからこそレベル8までなんとかなってしまったのだが、流石《さすが》にレベル9は違うらしい。

「…………へー、詳しいね。レベル9の認定試験って極秘扱いじゃなかったっけ？」

「うちのクランマスターはレベル8なので、調べるのは当然です」

ソロとか死ぬわ。普段から護衛なしに外に出るのを避けているのに、絶対に受けたくないぞ。

せっかく良くなった気分がまた悪くなってくるよ。

「それでは、ガーク支部長に連絡してきます。今日はゆっくり休んでください。話はまた後ほどしましょう」

僕の心情を読み取ったかのように、エヴァが話を終え、踵《きびす》を返す。

ぼんやりその背中を見ていると、エヴァが退室する直前に、振り返り、僅かに微笑《ほほえ》んで言った。

「クライさん、言い忘れていました……おかえりなさい」

「あぁ…………ただいま」


帝都ゼブルディアを拠点とするハンター達をまとめる探索者協会帝都支部。

その支部長室で、大きな椅子に深く腰をかけ、ガークは嘆息した。

「やれやれ……ようやく、呪い騒動の後始末も落ち着いたか」

帝都を揺るがす呪い事件。ゼブルディアの占星神秘術院《せんせいしんぴじゅついん》の予言に端を発した大騒動から、帝都もようやく復帰したように見える。

あの事件は本当に酷かった。被害も大きかったが、騎士団やハンター達を動員しても被害を食い止められなかったのが責任問題となり、探索者協会はこの一月余り、蜂の巣をつついたような騒ぎだった。

　ガークも連日連夜休みなく、各所との調整に奔走することになった。

　一番の問題点は事件の全てを把握しているメンバーが帝国側にも探索者協会側にも存在しなかった事だ。結局調査を進めても事件発生の根本原因を究明する事は叶わず、国側と話し合って表向きの理由を作る事になってしまった。

　帝国内部に一度蔓延《まんえん》した不安を解消するために、一刻も早く事態を収拾する必要があったのだ。もっとも、ここまで大事になったのに一月奔走する程度でなんとかなったのは、事件での死者が出なかったからに他ならない。あの事件は死者が百人単位で出ていてもおかしくない規模だった。それが不幸中の幸いなのか、それともあの男が意図してそうなるように計画したのかはわからないが――。

　ガークのサポートとして共に休みなく働いていたカイナが疲れたような笑みを浮かべて言う。

「追及を逸らせたのは僥倖《ぎょうこう》でしたね」

「証拠がないからな。死人も出ていないし、功績を考えればクライは誰もつつきたくない相手だ」

　帝都の呪い騒動はわからない事も多数存在しているが、わかっている事実もある。

　その一つに、最初の騒動――《剣聖》の道場に呪いの魔剣を持ち込んだのがルーク・サイコルであり、そのルークに魔剣を渡したのが《千変万化》だというものがあった。

　本来ならば、その情報だけでクライ・アンドリヒが犯人認定されてもおかしくなかった。ゼブルディアの貴族の中にはハンターを敵視している者も存在しているのだ。

だが、結局、全ての事件は予言に出ていた『狐』——武帝祭での事件からゼブルディアが大々的に追っていた犯罪組織『九尾の影狐《ナインテイル・シャドウフォックス》』が暗躍していたのだという事になり、対策を担当していた第零騎士団団長のフランツ・アーグマンが泥をかぶることになった。

正直、本当に組織が動いていたかは怪しいところだ。少なくとも、探索者協会と帝国が共同で調査している限りでは、狐の構成員だと思われていた者達は全員、帝国から消えている。

だが、それを考慮しても、今、全てをクライの責任と断定するのは誰が見ても影響が大きすぎた。

クライ・アンドリヒは皇帝の暗殺を未然に防ぎ、武帝祭では狐の幹部を後一歩のところまで追い詰めた男なのだ。そんな人物を明確な証拠もなく追及すれば帝都が揺れる。

それは、その青年が帝国貴族でもおいそれと手出しできない存在になっている事を示していた。

「クライを呼び出せと言っていた奴らも、ユグドラに向かったと伝えたら黙ったしな」

「ユグドラが『呪いの精霊石』を探しているという噂はありましたからね。信憑《しんぴょう》性があります」

精霊人《ノウブル》の国、ユグドラ。誰もが存在を知り、しかし誰も行ったことのない、伝説の国。

恐らくそこには独自の文化が、技術が存在しているだろう。その情報には値千金《あたいせんきん》の価値がある。実際にユグドラの情報に賞金をかけている国もあるくらいだ。ガークもユグドラについてはほとんど知らないが、だからこそ探索者協会全体でも、その情報の重要度は高かった。

未踏の地を攻略するのはハンターの本分。誰もが求めているからこそ、ユグドラの価値は大きい。

故に、ガーク・ヴェルターは、事件の後始末を引き受け、クライを送り出したのだ。

そこで、ガークはつい数日前の事を思い出して、しかめっ面を作った。

「しかし…………まさか、ユグドラの皇女がわざわざ、話をしにやってくるとはな…………」

「あれは……驚きましたね」

ユグドラの皇女を名乗る精霊人《ノウブル》が仲間と共に転移魔法で乗り込んできたのは、つい数日前の事だ。

一体何事かと思った。襲撃者かとも思った。だが、相手は転移魔法で直接支部長室に転移してきたのだ。そのような真似をできる者は魔術適性の高い精霊人《ノウブル》でもほとんどいないだろう。

そのユグドラの皇女が愕然としているガークに出した要求は唯一つ。

《千変万化》を――レベル9にする事。

「…………何をやったら、人間嫌いの精霊人《ノウブル》の皇女があんな事を言い出すんでしょうね」

「大変世話になったからとしか言ってなかったからな。だが、普通じゃねえ」

色々話を聞こうとしたが、内密に来たから時間がないとかですぐにいなくなってしまった。

だが、ユグドラの皇族とは、これまで一度も人間界に姿を見せなかった存在なのだ。それが、まさか、たった一つの要求を行うために大魔法を使うなんて――クライが戻ってきたらすぐに詳細を確認せねばならないだろう。

レベル9については、ガークの一存で決められる事ではないので、即答はできなかった。その返答に対して怒らないかヒヤヒヤしたのだが、セレン皇女も一度で通るとは思っていなかったのだろう。

探索者協会が発行するハンターの認定レベル。高レベルになると前提や試験が難しくなってくるのは周知の事実だが、レベル8以降は、まず認定試験を受ける前提として、本部の審査が必要になる。

レベル8はまだ審査も緩いが、レベル9ではこの審査が鬼門なのだ。そして、探索者協会は世界的な組織である以上、この審査は本来、一国の王の口利きがあったとしても、簡単に通るものではない。

だが、ユグドラは特別な国だ。その皇女からの要求――その国が齎《もたら》す利益の大きさ次第では、レベル9審査を後押しする大きな説得材料になるだろう。

同じことを考えたのか、カイナがふと思いついたように言った。

「そう言えば、高レベル認定審査会議もそろそろ申請締め切りですね」

高レベル認定審査会議とは、次にレベル8と9の認定試験を受けようとしているハンターに対して一年に一度行われている審査会議だ。試験を受ける前提条件となる会議であり、審査に通らなければ試験を受けるまでに至らない。

ハンターのレベルアップの推薦をするのは探索者協会の支部長だ。腕の見せ所とも言える。

「あぁ……そうだな。さて、どうしたものか……」

「アーク君のレベル8はどうしますか？」

「……アークは幾つかのでかい依頼を抱えている、タイミングが悪いな。それに…………ふん。アークも、今レベル8になる事は、望まんだろうな、奴にもプライドがある」

帝都の若手ハンターのトップ層として、《銀星万雷《ぎんせいばんらい》》のアーク・ロダンと《千変万化》のクライ・アンドリヒは比較される立場にある。血筋と戦闘能力ではアークが上回っているが、クライと同じレベル8とするにはアークは実績で見劣りしていた。

今、アークがレベル8になれば血筋が理由だと考える者が確実に出るだろう。

実際に血筋や権力もレベル認定に於《お》ける一つの要因なのだが、アーク・ロダンはそれを望むまい。

「アンセム君は？」

「悪くはないが……少し足りないな。光霊教会からの後押しはあるが、レベル８のパーティメンバーである事もマイナスに働く。それに、奴もまだレベル８を望みはしないだろう」

超高レベルの座に至るには様々な条件をクリアせねばならない。ガークだって現役時代はレベル７止まりだったのだ。あの頃は多少の不満はあったが、様々なハンターを見ている今はなぜそこで止まったのかわかっていた。この世界は——怪物が多すぎる。

次々とハンター達の吟味を続け、最後の一人、今回の本命の話にたどり着く。

「後はクライ、か。レベル９は…………レベル８とは、段違いできついからな」

ガークの感覚での話だが、アークのレベル８認定は恐らく本気で通そうと思えば、通せる。少なくとも、試験も受けさせられないという事はない。だが、クライのレベル９は違う。

レベルは高ければ高い程、上がりにくくなってくるが、レベル９認定試験はその中でも別格だ。

「実績は十分だと思うんだが……レベル９は足の引っ張り合いだからな……」

「どこの支部長も皆、自分の支部からレベル９を出したがっていますからね」

レベル８とレベル９には大きな壁がある。レベル８に至れるのはある種の英雄のみだが、その英雄でもレベル９認定試験を受ける段階までいける者はほとんどいないのだ。

ハンターの認定レベルはレベルごとでそれぞれ必要とされるものが違う。

レベル８までは実績と力が必要だが、レベル９認定試験の前提条件にそれらは必要とされない。

実績や実力など、あって当然。

レベル9認定試験を受けるのに必要なのは――高いカリスマだ。

所属ハンターがレベル9に相応《ふさわ》しいと探索者協会の支部長クラスが確信した時にその挑戦は始まる。

高レベル認定審査会議では各国で高い信頼度を誇る著名人や探索者協会本部・支部の職員が集められ、その者がレベル9ハンターに相応しいかどうか、投票が行われる。

求められるのは、出席者全員の賛成票だ。

各界の著名人達の賛成と、探索者協会の本部と各支部の賛成。誰もがそのハンターにレベル9の地位を与えたいと、そのレベルに相応しいと考えて、初めて試験を受ける権利が得られるのだ。

レベル10は特殊なレベルだ。もともと、ハンターとしての信頼度という意味での認定レベルは9が到達点なのだ。

《千変万化》の活躍は凄まじいの一言だが、国を一つ救った程度ではレベル9にはなれない。

「一度審議に掛けて失敗すると二度目はハードルがさらに上がりますし……」

「全員の賛成票だからな。普通は通らん。皆が認めざるを得ない功績がなければ、だ」

クライ・アンドリヒに反対票を入れる理由はある。

若さは経験不足と捉えられかねないし、率いるパーティが強力なのでハンターとしての個人の能力を疑問視する者も出るだろう。それをどうにか説得するのはハンターを推薦した者の仕事だった。

各国の貴族に皇族、国を跨《また》がる巨大な商会の会長に、各学術機関や研究機関のトップ。

票を与えられるメンバーはその年によって様々だが、幅広い。現在、ガークが認識している《千変万化》の評判では心もとない。

だが、その評判を、ユグドラでの実績は、セレン皇女の推薦は、補強できる。

ガークの言葉に、カイナが難しい表情で言った。

「………まぁ、余りにも実績がありすぎても虚偽だと思われかねませんけど……」

「そこなんだよなあ……事件解決の期間が短すぎるんだ、あいつは。俺だって散々後始末させられていなかったら信じられん」

実績はある。証拠もある。だが、甚《はなは》だ、疑わしい。それが大きなハードルになる。ガークの見込みでは、ゼブルディア皇帝を味方につけても審議が通るかどうかはかなり怪しいだろう。

トレジャーハンターの名門出身ではない《千変万化》は、信頼を補強する背景が足りない。ゼブルディアを中心に活動しているので、顔もそこまで広くはないはずだ。

そして何より問題となるのは探索者協会の各支部長の票だ。

自らの支部からレベル9が出るのは名誉な事だ。支部長にとっても大きな実績になる。探索者協会の支部長は公平である事が求められるが、支部長ともなればそれぞれ自らの支部に贔屓《ひいき》のハンターもいるだろう。その眼は自然と厳しくなりやすいし――推薦者との確執で反対票が投じられる事もある。

レベルの高い宝物殿の攻略は実力さえあれば可能だが、全員の賛成票を得るとなると難しい。少なくとも、一つの国に留まったままでそれを成し遂げるのは不可能に近いだろう。

賛成反対を問わず票を入れた者の名と理由は公開される。それは一種の戦いと呼べた。

改めて直面する様々な問題に頭が痛くなりそうになり、ガークはため息をついた。

ガークもレベル9申請を試みるのは初めてだ。支部長をやめてハンターに戻りたい気分だった。

ガークの心情を慮《おもんぱか》ったのか、カイナが静かな笑みを浮かべて言った。

「クライ君が戻ってこないと申請も無理ですし、今はとりあえず、話だけそれとなく広めておきましょうか。今年は間に合わなくても来年に繋《つな》がるでしょうし、ゼブルディア帝国側からも働きかけてくれるかもしれません」

「そうだな。それに…………試験の内容もある」

レベル９認定試験は受けられるようになるまでも長いが、試験それ自体も簡単なわけではない。

前提にカリスマしか求められない分、試験で問われるのは――本人の能力だ。

試験内容は依頼を達成する事だけなのだが選ばれる依頼が問題で、各地の探索者協会の支部に持ち込まれた依頼の中から、様々な理由で未達成になっているものが選ばれるのだ。

試験というのは名ばかりで、試練と呼んだ方が適切だろう。大抵の場合、その依頼は高レベルハンターが連続で失敗していて誰も達成できなかった、いわくつきのものになる。

運が悪ければレベル９ハンターが失敗した依頼が選ばれる事もある。

試験内容が依頼から選ばれる以上、その時々で難易度には大きく差が出る。

その事が問題になった事もあるが、探索者協会発足以来、試験のルールが変わった事はない。

実績、力、そして――運。その全てを持ち合わせて初めてレベル９に至れるのだ。

「噂ですが……本部が少し騒がしいようです。特殊な依頼が持ち込まれたのかもしれません」

レベル９認定試験の課題となる依頼は一癖あるものばかりだ。これまでクライには様々な依頼を割り振ってきたが、あれらは十分勝ち目があった。今回は……わからない。

ガークが認識している限り、探索者協会は長く誰も解決できていない依頼を幾つか抱えている。

……………今回は見送った方がいいかもしれんな。

「とりあえず、奴次第だな。せめてユグドラでやった世話とやらが少しは説得力があるものだったらいいんだが――」

「……クライ君、いつも説明に困る事ばかりしてますからね」

誰も理解できない神算鬼謀。その目で見なければ決して信じられない実績。何より問題なのは本人がいつものらりくらりとしていて大人物に見えないところだ。

ガークはがりがりと頭を掻《か》いてカイナに言う。

「ユグドラの皇女が転移魔法でやってきたなど、とても本部に報告できんぞ。いや……あらゆる意味で、問題だ」

ユグドラの皇女という存在がまず伝説的な存在で、魔法陣を介さない転移魔法というのが人間界ではほぼ不可能な術で、ついでに細かい事を言うのならば――不法入国である。

ガークにも《千変万化》にも実績はあるが、第三者目線で言うのならばその報告は全く説得力がないだろう。ガークだって自分が体験していなければただの冗談だと思う。本部には既にクライがユグドラに向かった事は伝えてあるが、根本から疑われるだろう。

ユグドラでの実績が誰もが無視できないものであれば、クライはレベル9に王手がかかる。

だが……今年の審査には間に合わんな。時間が足りない。

クライが今すぐに戻ってきて、ついでにセレン皇女が再び帝都にやってきてユグドラの皇女たる証を示して探索者協会に全面的に協力してくれればなんとかなるかもしれないが――。

まぁ、いい。今レベル9になれば最年少かもしれないが、今年は見送ってもいずれ奴はレベル9になるだろう。

本当に、クライと知り合ってから随分俺も気が長くなったものだな。

そんな事をしみじみ考えていると、扉がノックされた。部下が入ってくる。

「支部長、《始まりの足跡《ファースト・ステップ》》の副マスターから連絡が来ました。《千変万化》が帰還したそうです」

「何だと!?　門を見張らせていただろう。何故エヴァから連絡が来る？」

面倒な事になるのは承知の上で、クライにユグドラへ向かうのを優先させたのはガークだ。

クライが向かったのがユグドラだという事も知れ渡っている。国を始めとした色々な機関がクライの帰還を待っている。先に身柄を押さえられるわけにはいかない。

急いで、部下が持ってきた手紙を開封する。

中身を素早く確認し、二度読み、三度読み、ガークは顔をあげ、手紙を握り潰した。

「カイナ、レベル9認定試験の申請の準備を頼む。後、ユグドラからの帰還者が出たと、本部に連絡を。俺はエヴァと話し合ってくる。忙しくなるぞ」


若手トップクラスのパーティを集め、莫大な金を注《つ》ぎ込み建てた《始まりの足跡《ファースト・ステップ》》のクランハウスは外に出ることなく生活できるようになっている。

二階に存在するラウンジまで行けば食べ物もあるので、一週間や二週間の引きこもりなんて余裕だ。

帝都に戻ってから五日。僕は今日もクランマスター室で堕落の限りを尽くしていた。

一日の睡眠時間は十五時間。三食おやつつきで不満なのは空いた時間に磨く宝具がない事くらい。

エヴァに全権を与えているため、クランマスター室にいても仕事は来ない。ガークさんも殴り込んでこないあたり、エヴァがうまく説き伏せてくれているのだろう。

まぁ、ユグドラでの事件の全容を話すのは僕にはレベルが高すぎる。シトリーが戻ってきたら僕の代わりにうまい具合に話してくれるだろう。

特にマナ・マテリアル攪拌《かくはん》装置回りは僕にはちょっと触れられないな。

どうやら僕達がユグドラに向かっている間に呪物関連の事件は一段落したらしい。エヴァが持ってきてくれる新聞にはもうあの事件については余り書かれていなかった。時間が解決してくれたのか……やっぱり平和が一番だね。

しかし、何もやることがなかったらこれはこれで暇だな。久しぶりに日記でも書こうかな……いつから書いてなかったっけ？

確認してみると、最後の記述はクラン合同でのメンバー募集の前日だった。随分空いている。

最近の出来事を思い出しながら、概要だけ書いていく。

それぞれ何が起こったのかは覚えているのだが、細かい部分が思い出せない。これは僕が忘れてしまったのか、あるいはそもそも知らないのか――ともかく、本当に色々な事件に巻き込まれたものだ。

トレジャーハンターは宝物殿や冒険を求めて世界中を巡るものだが、今回ユグドラに到達した事で大体の場所には行った気がする。賊とも魔物とも幻影《ファントム》とも神とも遭遇したし、様々な秘境を旅した。もう行ってみたい場所も思いつかない。まぁ、強いていうなら……秘境とか宝物殿とかじゃなくて、文化の違う国を見てみたいかなぁ。

この世界の国の文化は間近に存在する宝物殿の種類に影響を受ける。

ゼブルディアの周囲に存在している宝物殿は多種多様なので街にはそれほど尖った特徴はないが、例えば現代文明では再現できない便利な生活用品の宝具が多数顕現《けんげん》する宝物殿が近くに幾つも存在する国があれば、自ずと生活はそれに依存するようになるだろう。魔力《マナ》がなければ宝具はチャージできないので、その国の住民はハンターでなくても魔導師《マギ》としての実力を高めているはずだ。

マナ・マテリアルが呼び起こすものは千差万別で制限がない。天空や海底にも都市があるという話を聞いたことがある。余り危険な場所には行きたくないけど。

行くなら帝都よりも快適な都市がいいかな。そんな都市、ほとんどなさそうだけど――。

そう言えばただの噂だが、高度物理文明の宝物殿を近くに有し、そこから産出される品の恩恵を国民全員が受けている国があるらしい。

高度物理文明は宝物殿の中でも滅多に存在しないタイプだ。帝都の近くにも存在しないが、その文明の宝物殿で見つかる宝具は他と比較しても有用な性能を誇っている事で知られていた。僕がこの間まで持っていたスマホ――『スマートフォン』も何を隠そう、高度物理文明の宝具である。

物理文明は魔術文明の対極にあるものらしい。一度は見てみたい宝物殿の一つなのだが、

《嘆きの亡霊《ストレンジ・グリーフ》》も高度物理文明の宝物殿には行ったことがない。希少かつ有用な宝物殿だけあって、高度物理文明の宝物殿を有している国はそのほぼ全てが宝物殿へのハンターの立ち入りを制限しているのだ。

　宝物殿を探索したいとは思わないが、そういう宝物殿が近くにある街に行けば、妹狐に葉っぱに変えられてしまったスマホの代わりが手に入るかもしれない。

　シトリー達が戻ってきたら何か方法がないか相談してみようか……。

　そんな事をのんびり考えていると、ノックの音と共にエヴァが入ってきた。

「クライさん、ガーク支部長から連絡です。できれば来て欲しいと」

「忙しいから無理だよ」

「もっと詳しい情報が欲しいらしいです。他にもあちこちからうちに問い合わせが来ています。取材やパーティーへの招待も」

　ガーク支部長にはユグドラから帰還したという話と支部ＯＫだったよという話だけ伝えてもらっていた。神殿型宝物殿の話はちょっと重すぎて話せないし、僕に言えるのはそれだけだ。

　セレンも、探索者協会の支部の話をするために一度はここに来るはずだが、いつ来るかわからない。

「フランツ卿からも呼び出しがかかっていますよ。今はなんとか先延ばしにしてもらっていますが、長くはもちません。早めに情報を公開しないと、虚偽の情報だと思われる可能性もあります。ユグドラ関連はよく偽情報も出回りますから」

　まぁ、虚偽の情報だと思われても何も困らないけどね。皆ユグドラ大好きだなあ。

足を組み、ため息をついて言う。

「そんな事言われても……ユグドラはけっこうただの森の中の街だったからなぁ……我慢も重要だって伝えてもらえるかな。セレンは皇女だからねえ……色々あったし、忙しいんだと思うよ」

「い……色々？」

快適になったり色々あったが、セレンは責任感のある皇女だし、彼女にはより良い未来へのビジョンがあるのだ。閉塞しているユグドラの環境を打開するためにしばらくは忙しく働く事だろう。

「まぁ、そんなに遅くはならないと思うよ。大丈夫、シトリーが今詳しい調査をしているから戻ってきたらレポートをまとめてあげてくれるはずさ」

「猶予は余りないのでは……レベル９の前提審査に使うには功績を確定したものにしなくてはいけないですし、最低でもユグドラに探索者協会の職員を送るところまでもっていかないと」

「……大丈夫だよ。大丈夫大丈夫」

レベル９になんてならなくていいから大丈夫。

本当に、ユグドラに支部を作る約束なんて貰ってこなければよかったな…………普段、僕が役に立てる機会なんて滅多にないので、こう眼の前にチャンスがあるとつい……。

「探協本部の人が今回の件の詳しい話を聞きに帝都にやってきたという情報もあります」

「ガークさんも働き者だよね」

昔はばりばりの武闘派だったみたいだが、よくもまあそんなに働くものだ。頼んでもいないのに。

よしんば認定試験を受ける資格が得られたとして、試験に受かる気がしないなんていったらまた怒られるだろうか？

　着々と進みつつある状況に目を瞬かせていると、エヴァは諦めたようにため息をついて言った。

「…………本当に、お願いしますね。ガーク支部長にもう少しだけ待ってくれるように伝えておきます。ユグドラについて何か追加で出せる情報があったら、すぐに呼んでください」

　エヴァが足早に部屋を出ていく。背を向ける瞬間に見えたその横顔はどこか切羽詰まっているように見えた。ストレスで倒れないか少し心配だな……。

　五日も追及をシャットアウトしてくれたんだし、そろそろ僕が矢面に立って話すべきかもしれない。エヴァに倒れられたら困るのだ。まあ、矢面に立って話すなんて言っても話す事なんてないけど。

「待った、エヴァ…………やっぱり、僕が少しだけ話そうかな」

「え!?　本気ですか？　何故いきなり――」

　エヴァが目を見開く。いつも押し付けてしまって本当に申し訳ない。

「いや、そろそろタイミングかなって――」

　気は進まないが、とりあえず話すべきはフランツさんとガークさんだろう。嫌なことは一緒に済ませた方がいい。他の人達についてはまた考えよう。

「とりあえず、ガークさんとフランツさんをラウンジに連れてきて。僕からの新情報とかはないけど、質問を受け付けるから。話していれば何か思い出すかもしれないしね」

「え……ラウンジでやるんですか？」

　今回重要な話をするつもりはない。ラウンジだったらクランメンバーもいるし、万が一殴られそうになっても誰かしらが助けてくれるだろう。

移動し、ラウンジで待つこと十五分。ガークさんとフランツさんはすぐにやってきた。

トレジャーハンターとは異なる威圧感。ガークさんはカイナさんと、探索者協会の制服を着たどこかずる賢そうな顔つきの男を、フランツさんも部下を三人連れている。

これから何が始まってしまうのか……普段ならば絶対に遭遇したくないシチュエーションだ。

かたや、僕の方は、僕とエヴァだけだった。今日に限って、ラウンジに誰もいなかったのだ。

「早かったね」

「散々、待たされたからな。本来ならばそちらの方から報告に来るべきだが――まあいい。それにしても……この広いラウンジを貸し切りとは豪勢だな」

フランツさんがぐるりとラウンジ内を睥睨《へいげい》する。

「まぁ…………状況が状況だしね」

貸し切りにしたくてしてるわけじゃないよ。まぁ、カイナさんもいるなら少しは安心だ。

さっさと終わらせよう。シトリーがやってくるまでろくに言う事もないのだ。

と、そこで、ガークさんが連れてきた男が仰々しく手を差し出してきた。

「初めまして、我輩は探索者協会調査部のズルタン・ルミルソンという者。この度はガーク支部長から呼び出しを受け、本部から参った。以後お見知り置きを」

「クライ、ズルタン殿はユグドラに到達したお前の話を聞くために、わざわざ本部から転移魔法陣を使っていらした。ユグドラの情報の重要性は理解しているな？　今後のお前の進退にも関わる。いつも通りしっかり、頼むぞ？」

ガークさんが『いつも通り』を強調して言う。僕は大きく深呼吸をしてハードボイルドに言った。

「あ……どうもご丁寧に……我輩はクライ・アンドリヒです……」

ズルタンさんは口調こそ丁寧だがその眼差しは鋭く、こちらを微塵も信用していなかった。抜け目のない男という表現がしっくりくる。

探索者協会は各地に支部が存在するが、本部に配属されるのは本当に優秀な一握りらしい。探協は基本的にその地域の管理を支部に任せているので本部の人間がこうして街に現れる事は滅多にない。

「お噂はかねがね。今回はかの伝説の都――ユグドラへの到達を果たすばかりか、支部を作る約束まで取り付けてきたと聞いております。本部は蜂の巣をつついたような騒ぎで――ガーク支部長から連絡を受けすぐに我輩を派遣した次第。事前に調査し情報をまとめなければ支部は作れませんからな」

有無を言わさず、ぺらぺら休みなく話しかけてくるズルタンさん。よく喋るなあ。ガークさんやフランツさんが一言も言えていないじゃないか。

「古今東西ユグドラに到達したと言うハンターは何人か存在しましたが、検証の結果その全てが、虚偽――勘違いだった。何しろ誰一人としてたどり着いた事のない都市だ、存在自体が怪しまれていた。森の中で見つけた精霊人《ノウブル》の集落をユグドラだと勘違いしている、なんてパターンもありえるでしょう」

なるほど、なかなかごもっともな話だね。

僕の目をじっと見ながら喋るズルタンさんに、とりあえずうんうん頷く。

「なるほどね……確かにありえるかもねえ」

「!? おい、クライ!?」

「もちろん、二つ名持ちのレベル８ハンターがそのようなミスをするとは思っていない。今回の情報は、信憑性がある。ガーク支部長の信頼もお厚いようだし——我輩、しかと真偽を確かめさせていただく所存です。功績が確認できれば、レベル９への大きな後押しになりましょう。間違いなく」

やり手っぽいけど、暴力の気配がやや薄い分だけガークさんよりマシだな。

ガークさん、フランツさん、ズルタンさん、カイナさんを順番に確認し、フレンドリーに言う。

「わかったよ。我輩に聞きたい事があるならなんでも聞いてよ。まぁ、事前に連絡した通り、さしあたってこちらからの新情報とかないんだけど、我輩で答えられる質問があったら答えるよ」

我輩はただ公明正大に答えるだけだ。

フランツさんは僕の言葉を受け、ようやく口を開いた。

「……新情報がないと言うが……そもそも情報が少なすぎる。支部を作るにあたり、ユグドラの皇女が帝都にやってくると聞いているが、それが真実ならばこちらにも準備が必要だ。わかるな？」

「うーん……まあ、大丈夫じゃないかな。セレン皇女はそういうの気にしないし」

「き、貴様が大丈夫でも、我々の中では、問題なのだ」

ボルテージが早速少し上がるフランツさんに、ズルタンさんがもっともらしく頷く。

「精霊人《ノウブル》は気難しいですからなあ。実はここだけの話——本部では長らく、数少ない精霊人《ノウブル》のハンターを集めてユグドラの調査を進めていたのですが、進まないのなんの。その精霊人《ノウブル》の皇女ともなればどれほど気位が高いのか。そして如何にしてその皇女との交渉に成功したのか、我輩、気になりますな」

「あー、それはね……話を持ちかけたら即答でオーケーもらえたね。運がよかった」

それに、多分皆が想像しているほどセレンの気位は高くない。ラピス達の方がまだ気高い感じだ。

おそらくずっと戦い続けていた結果、そういう余計なものは削ぎ落とされてしまったのだろう。

ズルタンさんがあからさまに顔を顰《しか》める。ガークさんがじろりと圧のある視線を向けてきている。

「運……運がよかった、か。しかし、わからないな。何故、排他的で知られるユグドラが今更探索者協会の支部を受け入れる事に乗り気になったのか。そのあたりは何か聞いておりますか？」

「あー、なんかね。これからは、出入りの制限を緩和して人間と交流していきたいって言っててさ」

「!?　そんな馬鹿な…………」

ズルタンさんが目を見開く。ガークさんとフランツさんもぎょっとしたように僕を見ている。

そもそも、ユグドラが出入りを制限していたのは世界樹を守るためだ。

理由なく制限していたわけではない。

「うんうん、信じられないのはわかるよ。でもセレン皇女は意外に面白い人でねえ……そう、一度は僕にユグドラの全権を預けるとか言い出して驚いたよ」

「…………」

「あと、ユグドラを観光大国にするって意気込んでいたよ。温泉掘って武闘大会をやるらしい。そう聞かされた時はさすがに僕も呆然《ぼうぜん》としたね」

「…………」

そこで、嫌な沈黙に、僕は我に返った。

向けられている正気を疑うような目つき。ガークさんとフランツさんの表情もだが、特に初対面のズルタンさんの視線がやばい。ちょっと言い過ぎた。小さく咳払《せきばら》いをして言い訳するように言う。

「ま、まあ全権の話は、あの時のセレンは正気じゃなかったというか、きっと余りに快適だったからつい口に出してしまっただけだと思うけど」

実際にあれ以来、セレンが僕に全権を預けると言う事はなかった。魔が差したというやつだろう。

ちなみに観光大国についてはガチである。言い訳のしようもない。

訂正する僕に、ズルタンさんは細く息をして言う。

「ッ…………ま、まぁ、いいでしょう。実際に皇女とやらがここに来れば全てわかる事だ。問題はその皇女がいつ来るか、という事です。我輩も本部も、暇ではないですからな」

「……そ、その通りだ、クライ。皇女が来ないと話が始まらん。見込みとかないのか？　レベル9審査の前にたどり着いてくれたら……助かるんだが」

ガーク支部長が何かを押し殺しているような声で言う。

僕、なんか変なこと言ったかな……いや、言ったかもしれないけど、嘘はついていない。

僕が変な事を言ったとしたらそれは、実際のセレンが変なのだ。

気を取り直し、ガークさんから言われた事を考える。しかし何度でも言うが、セレンがいつ来るかなんて知らない。精力的に活動しているのでそこまで遅くはならないとは思うが――。

「さ、さあ…………精霊人《ノウブル》って気が長いからね。百年くらいあっという間みたいに考えている人達だし、セレンも忙しいからなあ」

「百年⁉　我輩、聞き間違えたか？　百年、だって⁉」

「ま、まぁ、そのあたりは本当に彼女次第だから、全然もっと早くなる可能性もあると思うんだけど、正直、そこは我輩に言われても困るというか――」

「⁉」

やばい……言葉を出せば出すほどまずい状況になっている気がしてならない。

どんどんズルタンさんの眼差しが歪んでいくし、フランツさんも凄い形相だ。いつの間にかエヴァも青ざめている。

だが、ガーク支部長の表情はいつもこういう時に浮かべるものとは異なっていた。これは、怒りではない。焦りだ。こういう時はまず真っ先に怒鳴るはずなのに、禿頭《とくとう》に汗が滲《にじ》んでいる。

「ま、まぁ、他の情報は我輩のパーティのシトリーがまとめてくれるはずだからちょっと待っててよ。他に質問とかある？」

僕の言葉に、ズルタンさんががたりと音を立てて立ち上がった。来た時はなんだかずる賢そうだと思ったが、今のズルタンさんの顔は赤みがかり、表情が歪んでいる。

「……変わったハンターと聞いていたが――ガーク支部長、このような男をレベル9審査にかけようとは、貴方《あなた》もなかなかのギャンブラーだ。レベル9はハンターの模範にして人々の希望、我輩には百年後に来るかもしれないユグドラの皇女を条件に票を集めるのはなかなか難しいように思えるが……………まあ、審査にかけるのは支部長の自由ではある」

「ま、待った、ズルタン殿！　これは、この男の罠だ！」

ガークさんが焦ったように叫ぶ。カイナさんもこくこく頷き、フランツさんが目を丸くしている。

「罠？　罠って何？　罠なんて掛けたことないよ。一度も」

「待ってください、ズルタンさん。クライ君の実力は本物です。実績はご存じでしょう！」

カイナさんが慌てたように立ち上がりかける。カイナさんがこんな声を出すなんてなんだかレアだな。そして僕の実力は本物じゃないし、何なら実績もかなり怪しい。

ちなみに追加で言わせてもらうと、セレンが百年後に来るとも僕は言っていない。

「まあ、レベル9はまだまだ早すぎるかも。ほら、実力も全然足りてないし――というか、正直余りなりたくないかな。ユグドラに支部を作るのが功績になるなら、話を白紙に戻したいくらいだよ」

「!?」

「…………ま、まぁッ、ゼブルディアまで来たのだ、しばらくは滞在してユグドラについての騒動の決着がどうつくのか、どうつけるのか、確認させてもらう」

「ズルタン殿ッ!!」

ズルタンさんが吐き捨てるように言うと、ラウンジの出口に向かう。

ガークさんの声も届いていないようだ。僕はただ目を瞬かせてそれを見送った。

フランツさんに、ガークさん、カイナさんの視線が痛い。

僕は大きく深呼吸をして、ガークさん達に聞いた。

「……我輩、何か間違えた事言った？」

「まず、その、我輩を、やめろッ！」

それは、なんかすいません。つい……。

フランツさんが人を殺せそうな眼光で僕を睨《にら》みつけ、確認してくる。

「《千変万化》、めちゃくちゃ言いおって……本当に、ユグドラに行ったんだろうな？」

「…………多分？」

改めて言われると全てが僕の見ていた夢だったような気がしてくる。

「多分とは、なんだ！　多分、とは！　ふざけた言動はいつも通りだとしても、ここまで大騒ぎにして、ユグドラに行ったという情報まで虚偽だったとなったら、ゼブルディア建国以来の失態だぞッ!!　貴様の首一つじゃ足らんッ！」

そんな理不尽な話、ある？　別に僕は信じて欲しいなんて言った記憶はないのに――。

針の筵《むしろ》だった。まさかラウンジがここまで居心地が悪くなる日が来ようとは…………こんなの、シトリーの提案でラウンジで宝具チャージ大会が起こったあの時以来だよ。結構あるな！

と、そこで震えていたガークさんが押し殺すような声で言った。

「フランツ殿…………こいつは、確かに行っている。ユグドラに」

「!?　……どういう事だ？　先程から様子がいつもとは違うとは思っていたが」

「そうだよ、どうしたの？　ガークさん。いつもとなんか違わない？　いつもならもっと早く怒鳴りつけてきているのに」

いや、怒らないのはいい事だとは思うけど、珍しいと言えば珍しい。

ガーク支部長は顔を真っ赤にして数秒何かに耐えるように固まっていたが、やがて頬を引きつらせて言った。

「来たのだ、セレン皇女と護衛のルインが、うちの支部長室にな。すぐに帰っていったが」

「え？　セレンが？　いつ？」

思わず聞き返す僕に、ガークさんが唾を飛ばして怒鳴る。

「お前が、戻ってくる前だッ！」

「!?　ど、どういう事だ？　ガーク支部長」

フランツさんが完全に混乱していた。

僕が戻る前に帝都に来ていたなんて――セレン、何も言っていなかったけどなぁ。

「余りにも信憑性に欠ける話だったから事前に話していなかったのだが――こいつがこんな馬鹿げた発言をすると知っていたら、話していたものを。くそっ!!　《千変万化》の性格についても、話しておくべきだった！　レベル9審査に悪影響だったとしても！」

「信憑性に欠ける!?　信憑性に欠けるとは、どういうことだ!?　そもそも、支部長室に来たと言うが、帝都の門からはそれらしき情報は入っていないぞ！」

馬鹿げた発言って……嘘なんてついてないんだけど。だが、しかし、セレンがやってきたのは本当らしいな。ルインの名前は報告していないはずだし。

「支部長、ズルタンさんを止めてきます。今の話し合いの結果を本部に報告してしまったら……余りにズルタンさんが可哀想です」

「そうだな、頼む」

カイナさんがガークさんに言う。余りに可哀想ってどういう事……。

そして、カイナさんが足早に出ていこうとしたその時——不意にフランツさんの眼の前が発光した。

「!?」

フランツさんがとっさに顔を庇《かば》う。後ろにいた部下達が弾かれたように剣を抜く。

光が発生したのは一瞬だった。まるで空気中から湧き出してきたように見知った顔が現れる。

皆が呆然としていた。自然から離れても尚変わらぬその美貌。

現れたのは、ちょうど話に出ていたセレン・ユグドラ・フレステルその人だった。

「……………」

ガークさんが凄い仏頂面だ。カイナさんの表情も強張《こわば》っている。

セレンはおのぼりさんよろしく、きょろきょろ周囲を不安げに確認していたが、すぐに僕を見つけると、慌てて姿勢を正し澄まし顔を作った。もう遅いよ。

セレンは近くにいるガークさんやフランツさん、カイナさん達を完全に無視すると、その側《そば》を通り僕の前にやってきて言った。

「ニンゲン、魔力《マナ》が回復したのでさっそく遊び——視察にきました。さっそくゼブルディアとやらを案内しなさい」

……君、タイミング悪いね。ズルタンさんがいなくなった途端に来たな。

「なる、ほど…………これは、信憑性に、欠けるな」

フランツさんが絞り出すような声で言う。

唐突に現れたセレンに、ラウンジ内は凄い空気だった。

全員が――一度セレンと会ったというガークさんとカイナさんも含め、全員が硬直していた。

セレンはそんな二人の様子も眼に入っていないのか、ラウンジ内をきょろきょろと見回して言う。

「なんという、不思議な建物。これが…………ニンゲンの国なんですね！　しかも、あんなに、硝子《ガラス》を使うなんて――一つ確認したいのですが、ここがニンゲンの屋敷なんですか!?」

「まぁ、似たようなものかな……」

「凄い！　インスピレーションが湧いてしまいます。我が国にも是非このような建物を建てたいものです！　樹だけで！」

それなら、アンダーマン達を紹介してあげよう。リューラン率いる彼らの建築技術は最近の帝都でかなり評価されているらしいし、樹だけでもなんとかなるんじゃないかな。

しかしそれにしても、セレン……僕が予想したよりも随分来るのが早い。

服装をじろじろと確認し、眉を顰《ひそ》めて言う。

「ユグドラの方は一段落したの？　新たなる都市計画とか色々あるって言ってなかったっけ？」

「指揮はルインに任せてきました。それに、ユグドラの魔導師《マギ》は皆、優秀ですからね。むしろ、視察は皇女たる私にしかできない仕事なわけです。これは我らがユグドラを観光大国にするための第一歩ですよ」

「ッ!?」

胸を張り堂々と断言するセレンに、凍りつくガークさんフランツさんコンビ。そうですか………

遊びとか言いかけていたけど、まあ本人がそういうのならばそういう事にしておこう。

ユグドラの魔導師達《マギ》が優秀かどうかはともかく、セレンへの忠誠心だけは間違いないし、脅威がなくなった今、むしろセレンは自由に動けるという事なのだろう。

細かい事は今は置いておこう。出てくるタイミングが酷いけど、来てしまったものは仕方ない。

ポジティブにいこうじゃないか。

護衛がいないせいで僕は外に出られなかったのだ。セレンならば護衛として十分である。

「仕方ないなあ。視察したいなら帝都を案内してあげよう。甘いものは好きかな？　とっておきの店を教えてあげるよ。宝具の店とかもあるよ」

「………ニンゲン、その提案、ありがたく受け取ります。しかし、一応言っておきますが、私は遊びに来たわけではありません。それだけは忘れないでください。これは仕事です。遊びも仕事です」

セレンが上機嫌そうに言う。やっぱり好奇心強いよなあ。

ガークさんとフランツさんはこの期に及んで、未だ完全に蚊帳《かや》の外だった。いや、それ以外のメンバーも――一言も口を開かず、固唾《かたず》をのんで僕とセレンのやり取りを見守っている。

帝都に転移してきたユグドラの皇女は二人にとって酷くセンシティブな問題だろう。

明らかな不法入国なのだが、何しろどこに存在するのかも不明なユグドラの皇族である。正当とはいえクレームを入れて開きかけていた国交がなくなっても困るのだ。

そして、僕がまだ怒鳴りつけられていないのも――ユグドラのトップの前で僕を叱るわけにもいかないという事なのだろう。恐るべし、セレン。

硬直するメンバーの中で真っ先に声をあげる事に成功したのは、隣に座っていたエヴァだった。

彼女には自覚があるのだ。僕の代わりにクランの利益を追求しなくてはという責任と自覚が！

「あ、あの……………クライ、さん？　まさか、そこの、御方は――」

その言葉に、ようやくセレンの視線が僕から外れ、エヴァを見た。

まるでなんでそこにいるんだろうとでも言わんばかりの不思議そうな表情。

ガークさん達がセレンの急な登場についていけていないのはまあ仕方ないが、こんなに人がいるのに――しかもカイナさんやガークさんとは一度会っているっぽいのに、僕以外を完全に無視していたセレンはやはり根底にあるものが人間とは違っている。

まぁこのままずっと二人でやり取りするわけにはいかない。

「あぁ、話していたユグドラのトップ――セレンだよ。セレン、彼女は僕の右腕のエヴァだ。僕が好き勝手やってクランが駄目にならないように代わりに頑張ってくれている。用事があったらエヴァに言うといい。協力してくれるよ」

「え!?」

「好き勝手やってクランが駄目にならないように…………あぁ」

セレンは何かを納得したように頷くと、急な振りに固まるエヴァに見惚《みと》れるような笑みを浮かべて言った。

「初めまして、私はセレン・ユグドラ・フレステル。世話になります」

「こ、こちらこそ……ご紹介に与《あずか》りました、エヴァ・レンフィードです。何かありましたら、クライさんに代わって対応します」

「優秀なのですね。覚えました」

よきかなよきかな。

そして、どうやらセレンは僕からの紹介があればちゃんと他の人も認識するようだな。

皆の判断力が低下している間に紹介をやってしまおう。セレンの今後の活動には僕は役立ちそうにない。仕事を押し付けるスキルについて、僕は他の追随を許さないのだ（丸投げとも言える）。

僕は立ち上がると、固まっているガークさんの方にまわり、肩をばんばん叩いてセレンに言った。

「そしてこの人が探索者協会帝都支部長のガーク・ヴェルターと、副支部長のカイナさん。既に一回会ったんだって？　ユグドラに支部を作る話をする時とかはこの人達と適当にしてよ。そうだな……強いて言うなら、僕の左腕みたいな感じだからさ。はは……」

「!?　お、おい、こら!?」

「わかりました。名前は初めて聞きましたね」

「言ったぞ!?」

慌てたように立ち上がりかけるガークさんにも一切疑念の眼を向けることなくセレンが頷く。

なんだか刷り込みでもしている気分だ。

そして、僕は最後にフランツさんの肩に手を乗せて言った。

「そして、この人がフランツさん。ゼブルディアの偉い人だ。何か問題が起こったら解決してくれるはずだよ。僕も色々お世話になってるから、困った事があったらフランツさんに言えばいいよ。入都申請も誤魔化してくれるし……」

「ッ…………あ、あぁッそうだなッ」

「わかりました。それで……そのニンゲンは、どの腕なんでしょう？」

「!?」

目を瞬かせ素朴な疑問を投げかけてくるセレン。少し天然が入っていた。

どの腕って……人には腕は二本しかないんだよ。僕は息が詰まったような声を上げたフランツさんをしばらく確認し、首を傾げて答えた。

「えーっと…………左の手首、くらいかなあ？」

「左の手首……覚えました」

「!?」

覚えられてしまった…………いや、でも、急にそんな事言われてもうまく答えられないって。

何も言わないが、フランツさんの額に血管がぴくぴく浮いている。またやってしまったな。

ガークさん達は皇女の来訪を待ち望んでいたようだが、本当にいきなり来てしまったらそれはそれで困るだろう。何分《なにぶん》急すぎるし、調整しなくてはならない事もあるはずだ。

僕は場を誤魔化すように笑顔で言った。

「そ、それじゃ、さっそく帝都を案内するよ。ガークさんやフランツさん達も少し考える時間が必要だろうし。エヴァも話聞いといて、僕は時間稼ぎするから」

「!?　お、おい、ちょっと待て、それは――」

「!!　話が早くて助かります。ニンゲンの街や文化を知らねば何もできませんからね」

フランツさんが言いかけた言葉に被せるように、セレンがキラキラと目を輝かせて言う。

……もしかして駄目だった？　今日、タイミング悪すぎるな。

現実逃避気味に笑みを浮かべる僕に、フランツさんが真っ赤な顔でさっさと行けと言わんばかりに手振りをするのだった。


帝都ゼブルディア。大通り沿いに存在する宿の二階の一室で、ズルタンは探索者協会本部と繋がる共音石《きょうおんせき》を使い、報告をあげていた。

「はい。余りにも荒唐無稽な話で――信憑性はかなり低いかと。《千変万化》の口調には重みが足りていなかったというのが実際に話を聞いた我輩の正直な見立てです。ユグドラ関連には何度もしてやられてますからなあ。同席していたガーク支部長は随分《千変万化》を信頼しているようでしたが」

大きな窓からはさんさんと光が差し込んでいた。帝都ゼブルディアは聞きしに勝る盛況っぷりで、通りには小さな都市ならば祭りの日でもなければ見られない程の人が行き来している。この国の発展の一翼をトレジャーハンターが担っているのは周知の事実だ。

だが、そのトレジャーハンターの活動の根底を支えているのは、探索者協会だ。

探索者協会が管理したからこそ、トレジャーハンターは近年の地位に至った。

情報共有。仕事の斡旋《あっせん》。教育に、自治。トレジャーハンター全員に問題があるとは言わないが、ズルタンから言わせてもらうと、ハンターというのは雑すぎるのだ。

共有される出処が不確かな情報に、実力の過剰な自己申告。腕っぷしのみが物を言うと勘違いしている犯罪者崩れのハンターも未だ大勢いる。探索者協会の認定するレベルが社会から信頼を得るまでも随分かかった。

先達の活躍もあり、ハンターの地位は既に揺るがないように見える。だが、それは間違いだ。

信頼されているからこそ、ミスは起こせない。言動には責任が伴う。中でも探索者協会の持つ信頼性を揺るがし兼ねないと危険視されていたのが、ユグドラ関係だった。

ユグドラ。世界の中心に存在するという伝説の都。

精霊人《ノウブル》達の証言から存在は確実だとされていたが、訪れた事がある者はほとんどいなかった。その都市には数多《あまた》の希少な自然素材が存在し、高度な魔導技術を有する精霊人《ノウブル》達によって高い文明が築かれていると言われている。

誰もがその都の情報を求めた。国家規模でその都市の探索計画が実行された事だって何度もある。

だからこそ、その都市の情報は価値を持った。

問題なのは、これまで何度もハンターがユグドラの情報を持ち込み、その全てが誤りだったという点だ。それでも、持ち込まれた情報が表に出なかったのならば、内々で誤りと判断できたのならば問題はなかったのだが、中には情報を真実だと認定してしまったパターンも存在していた。

持ち込まれた情報への信頼を担保するのは探索者協会の役割だ。不確定な情報はしっかり調査しているからこそ、探索者協会は信頼されている。

それは、探索者協会の根底を揺るがす失態だった。

ユグドラというビッグネームの前には探索者協会の支部長とて眼が曇る。なまじ情報に価値がある分だけ、功を焦ってしまう。

二度とそのようなミスを許すわけにはいかない。だからこそ、現在ではユグドラ関連の情報は調査部預かりとなるのだ。

探索者協会を騙《だま》そうと仕組まれた情報を見破るのは困難だからこそ――。

そこで、ズルタンは報告に付け足した。

「まぁ、ですが……レベル８の報告としては余りにもあからさまで杜撰《ずさん》な報告だったのも事実。何か別の狙いがあるのかもしれません。推移を見守り、結果が分かり次第また報告を」

例えば――ユグドラの情報を狙う組織を一網打尽にするための餌にしようとしている、などが考えられるだろう。

データベースによると、《千変万化》はこれまで幾つもの組織を潰している。探索者協会としては、信頼の根底を揺るがすような囮《おとり》を使うのは到底許されない行為ではあるが、《千変万化》が何も考えないアホだと考えるよりはそちらの可能性の方がずっと高いはずだ。

いくら何でも観光大国はない。

共音石の接続を切り、ズルタンはため息をつく。

最悪な状態になるのは未然に防げたとはいえ、ユグドラに支部を作るという話がなくなってしまうのはズルタンとしても残念でならなかった。

所属ハンターの言葉でフランツ卿の手を煩わせてしまった事についても、改めて謝罪しなくてはならないだろう。レベル9審査についても、これではまず通らない。レベル9審査を通すにはミスなく莫大な功績を挙げなくてはならないのだ。

今回の件で探索者協会は、大国ゼブルディアの心証を落とし、ユグドラに支部を作れず、新たなレベル9候補を失った事になる。大損な上に、これからズルタンは《千変万化》のこれまでの功績が妥当かどうか洗い直さなくてはならない。

低レベルならばともかく、レベル8の信頼が揺らぐとはそういう事。

それは少し考えるだけでうんざりするような仕事だった。

唯一、ズルタンにとっての僥倖があるとするのならば、ずっと一度は訪れてみたかったゼブルディアに来られた事だろうか。

魂が抜けるような長いため息をつき、ふと窓の外を見下ろす。

そして、大通りを行き来する人々が立ち止まり、一方向を見ている事に気づいた。

大きく見開かれた眼。中には口をぽかんと開けている者もいる。

馬車が何台も急に止まり、乗っていた人々が慌てたように馬車から下りる。往来に発生したザワツキはまたたく間に膨れ上がり、二階から覗《のぞ》くズルタンにもはっきりわかる規模になる。

一体何が起こっているんだ？

戸惑いながらも、窓を開き大きく身を乗り出し、皆が見ている方向を確認する。

そして――ズルタンは一瞬、我が眼を疑った。

心臓がどくんと強く打ち、背筋に冷たい何かが奔《はし》った。

思わず更に窓から身を乗り出し、眼を最大まで見開く。見たものを、見てしまったものを、改めて確認する。

そこにあったのは――人の群れだった。何百人もの人の群れ。

通りすがりの人々を吸収し大きくなるそれはまるで波のようでもあり、パレードのようでもある。

そして、その先頭に立っていたのは、先程別れたばかりのレベル８ハンター、《千変万化》だった。

だが、一人ではない。

ざわめきの中、不思議とその声ははっきりと聞こえた。

「なんて数――まさか、こんなに沢山ニンゲンがいるなんて、信じられませんッ！　しかも皆ついてきますよ、ニンゲン！」

「な、なんでだろうね……不思議」

声をあげたのは《千変万化》の隣を歩く女性だ。《千変万化》が相変わらず気が抜けるような声で相槌を打つ。

それは、この上なく美しい妙齢の女性だった。だが、ただの女性ではない。

精霊人《ノウブル》だ。だが、ただの精霊人《ノウブル》でもない。

ズルタンは探索者協会本部の人間として、何度も精霊人《ノウブル》と会ったことがある。

格が違った。存在の格が。

見る目には自信がある。ズルタンにはわかる。きっと、人々も本能的に感じ取っているのだろう。

その細身に秘められたどうしようもなく惹き寄せられる輝き。

それこそが、人の波が出来上がった原因だ。

ユグドラを支配するという、精霊人《ノウブル》の皇族。高位精霊人《ハイ・ノウブル》。

あ、ありえないッッ!!

「あ」

ふと視界が回転し、地面が迫ってくる。

身を乗り出しすぎて窓から落ちたのだとズルタンが認識したのは、全身に強い衝撃が奔ったその後だった。

まさしく地獄のような行進だった。

最初にあれ？　と思ったのはクランハウスを出て百メートル程歩いたあたりだった。

そして、その疑念が確信に変わった時には既に僕とセレンを先頭にした行列は後戻り出来ないレベルまで膨れ上がっていた。

何がなんだかわからなかった。というか、今でも全然わからない。

僕はただセレンを護衛代わりにして久々に帝都を散策していただけなのに――。

襲撃者などあるわけもなかった。あれほどの行列の先頭に立つ僕達を襲える賊がいたら見てみたいものだ。膨れ上がったその規模は下手をすれば帝都で行われる騎士団のパレードをも越えていた。帝国の威光、台無しである。試しに甘味処《かんみどころ》に入ってみたが、皆外で待機していて、まったく人は捌《は》けなかった。怪我《けが》人出ていてもおかしくないよ、あれ。

久々に訪れたマーチスさんの店――マギズテイルではマーチスさんに怒鳴られるし、散々だった。全然人が減らないので予定していた以上に帝都を歩いてしまったし、足が痛い。

結局人を減らすのは諦めて大きくぐるりと方向転換してクランハウスに戻ったのだが、幸いだったのは注目を一身に集めていたセレンがそれら人の群れを一切気にせず終始上機嫌だった事だろうか。

さすが皇女、肝が据わっている。そして、こんなセレンがあんなに憔悴《しょうすい》していたなんて、もしかしたらユグドラの異変というのは本当に大変な事態だったのかもしれない（今更）。

「ニンゲンの街はこんなに賑わっているのですね。それに、あんなに甘い食べ物があるなんて――世界樹を守っている間にユグドラはだいぶ遅れてしまったようです」

「……いや、普段はこんなに人、いないけどね」

どうして彼らがセレンと僕についてきたのかは最後までわからなかった。帝都は大都会だ、精霊人《ノウブル》はさすがに希少だが、ここまであからさまに後をつけてくるなんて、記憶にない。

さすがにつきまとっていた人々もクランハウスには入ってこなかった。ラウンジから外を見るとまだ人々はクランハウスの前にたむろしていたが、まぁ仕方ない。

エヴァに案内され、クランハウス上層階に存在する会議室に向かう。

狭く窓のない会議室では、ガークさんとフランツさんが鬼のような形相で待っていた。

「確かに、確かに、だ。ここまで騒ぎにすれば、ズルタンが本部に報告しようが、関係ねえ。確かに、な。ああ、確かに、クライ、その通りだ。お前の、言う通りだ！」

「大騒ぎにしてくれて、感謝するぞ、《千変万化》。手間がッ、省けたッ！」

フランツさんが帝都で出回っている各社新聞の束を投げ出すように机に置く。

ぱらぱらとそれぞれの新聞を確認する。号外だ。

紙面は先程までのパレードの事で埋まっていた。

どこから漏れたのか、「ユグドラからの凱旋《がいせん》」なんてタイトルがつけられているものもある。こんなに紙面の話題をかっさらうのは久しぶりだ。呪い事件に引けを取らない規模だよ。

「……なんで握りつぶしてくれなかったの？」

「あ、あんなに大々的に練り歩いてッ、握りつぶせるか、ボケえっ!!」

キャラが……フランツさんのキャラが崩れている。隣のセレンも目を丸くしていた。

それにしても新聞に載っている写真のセレン、満面の笑みだなあ（ちなみにラッキーな事に僕は見切れている）。

「クライさん、グレッグさんからこんなものが届けられたのですが……どうぞ」

エヴァがテーブルに一つのぬいぐるみを置いてくれる。

それは、セレンを模したぬいぐるみだった。縫製は雑だが特徴をよく捉えられている。なかなか愛らしい。数時間で作ったとは思えないな。しかし、それにしても何故グレッグ様が……。

「最近、ハンターをやめて商人に転向したらしいですね、グレッグさん。オークションで伝手《つて》ができたとかなんとか。うちにも挨拶に来ましたよ」

!? それは地味にビッグニュースだな。

セレンが目を瞬かせて、ぬいぐるみを持ち上げる。

「これは……まさか、私ですか!?」

「急遽《きゅうきょ》、作らせたらしいです。それは試作らしいですが――販売していいか問い合わせが来ています」

「え…………まぁ、いいけど」

「いいわけあるか、ボケぇッ!! 私は、皇帝陛下になんとご報告すればいいのだッ!!」

「フランツ団長、落ち……落ち着いてください」

見るに見かねた部下に制止されるフランツさん。ストレスが爆発している……貴族も色々大変そうだな。

フランツさんとガークさんが落ち着くまでしばらくかかった。セレンはその間、グレッグ様が持ってきたぬいぐるみを物珍しそうに観察していた。

気分を悪くした様子もない。突然自分のぬいぐるみが作られたのに、懐が深すぎる。

十五分程かかり、ようやくフランツさんとガークさんの顔色がある程度回復した。

フランツさんは仕切り直すように咳払いをすると、セレンを見て堂々と問いかける。

「セレン皇女、内部で話し合いました。ゼブルディアは貴女《あなた》を歓迎します。突然来られるのは正直困るが——我がゼブルディアの皇帝も是非話をしたいと。ところで、このクライ・アンドリヒから、貴女は、今後ユグドラと人族との交流を増やしていく意向だと聞きましたが、それは真実ですか？」

「ありがとうございます。左手首のニンゲン」

「ッ——」

にこやかに礼を言うセレンに、フランツさんの表情がぴくりと動く。

だが、何かを言う前にセレンはすらすらと続けた。

「クライ・アンドリヒの言葉は真実です。ユグドラは長く世界樹を守るために人の出入りを厳しく制限していました。ですが、今回の件でクライ・アンドリヒにはよく助けられました。そこで、私は、種族間の関係をより深めるためにも、制限を少しずつ解除していこうと考えたわけなのです」

「!?　…………それは、つまり、人族をユグドラに入れる、と？」

フランツさんの表情が完全に強張っていた。ほら見ろ、僕が言った通りじゃないか。

セレンが大きく頷く。世界樹の暴走対策をしていた頃よりもだいぶエネルギッシュだ。

「そう考えて差し支えありません。まぁ、幾つかハードルはありますが——」

「それは……ユグドラの住民は納得しているのですか？」

フランツさんの言葉に、セレンは不思議そうな表情で言う。

「？？　私が決定すれば納得しますよ、左手首のニンゲン」

「…………な、なるほど」

「そしてゆくゆくは観光大国を目指します」

「…………」

ところで、真面目な話をしているところで口を挟むのもあれなんだが、左手首と言うたびにフランツさんがこちらを睨んでくるのが気になる。自業自得だが、盛大にミスをしてしまった気がする。

後でちゃんと名前で呼んであげるように話さないと。

「こちらとしては願ってもない話です。しかし、そうは言っても事は重大です、決めるべき事は沢山あります。…………ちなみに、失礼な話ですが――そこの男は、雑に、貴女を、ユグドラのトップだと紹介した。ですが、我々は、貴女は皇女だと聞いておりました。ユグドラの統治体制がまだ見えていないのですが――」

そう言われて見れば、そうだねえ。皇女とは皇帝の娘という事。全く気づかなかったわ。

セレンは背筋を伸ばし、僅かに微笑んだ。

「それは、言い方の問題です。クライは何も聞いてきませんでしたが――ニンゲンには分かりづらいかもしれませんね。私はユグドラの守護者、女王にして、世界の皇たる世界樹から生まれ落ちた娘なのです。代々ユグドラは女王が治めています。私はユグドラの導き手にして、ユグドラの臣民は庇護《ひご》する対象でもあります。臣民には私に陳述する権利がありますが、反対する権利はありません」

ユグドラって独裁国家だったのか……でも意外とセレンって臣民から慕われているんだよなあ。

そこで、ガークさんが僕を睨みつけて言った。

「……ちなみに、クライは、貴女からユグドラの全権を譲ると言われたと言っていた。きっと正気じゃなかったんだと言っていたが——それは本当ですか？」

失礼な言い草だと思うのだが、セレンを見て言ってしまっても大丈夫だと思ったのだろう。

セレンはガークさんの言葉にぴくりと頬を動かしたが、恥じ入るように身を縮めて言った。

「そ、それは…………あの時は、少し、魔が差していたのです。快適だったので……」

「ほら、僕が言った通りじゃん。まったく、そう疑われると困るよ！　確かに真実味はなかったかもしれないけど！　なかったかもしれないけど！」

ガーク支部長は僕を睨みつけると、今にも舌を噛《か》み切りそうな表情で言った。

「…………ほら、見ろ。罠だった……くそっ」

「ガーク支部長、貴方に非はない。全てこの《千変万化》が悪いのだ。貴方に、非はない。あのズルタンにもな」

慰めるように言うフランツさん。どうして誰も僕をフォローしてくれないのか謎すぎる。


ユグドラとの交流の話は、ガークの想像以上の速度で——いまだかつて聞いたことのない恐ろしい速度で、進んでいた。

それもそのはずだった。ユグドラは少人数の国家にして、完全独裁国家。そして、ガークの見立てでは宗教国家の側面も持っている。

世界樹の子であるセレンは皇女であり、皇帝でもあるのだ。

彼女が頷けばユグドラではその全てが許可される。そして、セレン・ユグドラ・フレステルは驚くべき事に、割と易易《やすやす》と頷くのだった。

恐らく悪意というものにほとんど触れてこなかったのだろう。

そして、彼女はカリスマの塊だ。恐らく、存在自体がそういうものなのだ。帝都の民達がまるで誘われるようにその後をつけたのも納得の話だ。悪意に耐性がない分、ゼブルディアや探索者協会がサポートをしなくてはならないが――。

色々準備はあるが、ユグドラに探索者協会の支部を作るという話も、やろうと思えばすぐにでも終わるだろう。ユグドラの許可は出ているのだから、ここから先は探索者協会本部の問題だ。

だが、何より驚くべき点は、セレンのクライ評価の恐ろしい高さだった。

深夜。支部長室で、ガークはセレンと行った会談内容をまとめ終え、ようやく拳を机に叩きつけた。

「クソッ、一体何をしたらあんなに信頼されるんだッ！」

ガークと初めて出会った時は口調も態度も冷たさがあったが、クライがガーク達を紹介した後は明らかに反応が違っていた。精霊人《ノウブル》は身内には優しいと言われているが、あれがそれなのだろうか。

「何があったのか教えてくれませんでしたからね……」

カイナが苦笑いで言う。改めて一つ一つ確認したが、セレンはクライの言葉を何一つ否定しなかった。口止めされているらしく、クライが何をしたのかは教えてくれなかったが、『呪いの精霊石』を持っていっただけであれほど信頼される事はないだろう。

少なくともガークにわかるのは、あの男がガークの要求に必要以上に応えたという事だけだった。

ユグドラはゼブルディアとの国交構築に意欲的だ。ガーク達の仕事も間違いなく増える。

「この速度なら、今年のレベル9審査でも十分勝ち目があるぞ。帝都の騒ぎを見ればズルタンの調査報告など霞《かす》む」

「私の制止が間に合えばよかったんですが……」

「……状況が状況だ、仕方ない。突然のセレン皇女の登場で皆頭から抜けていたからな」

そういう意味で、クライ・アンドリヒがお披露目でもするかのようにセレンを連れて帝都中を練り歩いたのはこの上なく有効だった。ズルタンもあれを見たら報告内容を書き換えるに違いない。

仮に既に調査報告をあげた後だったとしても、大慌てで訂正報告をあげるだろう。そうしなければズルタンが無能の烙印を押される事になる。

かなりの力業だが、あれは世論が動くに足る騒動だった。

クライはこれまでレベルアップに意欲的ではなかったが、さすがにレベル9にもなると手を打ったという事だろうか？　できればもう少し大人しい策にしてほしかったが……。

「勝率、どのくらいだと思います？」

「六、七割といったところだろうな。セレンに票でも与えられればまた話は別だろうが――さすがに今年は間に合わん」

ユグドラとの国交が開かれ得をするのはとりあえずゼブルディアだけだ。ユグドラは少人数の国のようだし、その恩恵が人族の他国に波及するのには少しばかり時間がかかるだろう。

レベル9認定審査には様々な思惑が絡む。クライの今回の実績がうまくハマれば審査は通るとは思うが、実際にどのように会議が動くのかはガークにも予想しきれない。

だが、今年は無理だったとしても――この分だとクライのレベル9認定は時間の問題だろう。

世界が放っておかない。つくづく、恐ろしい男だった。

まさかたった二十かそこらでレベル9に手がかかるとは。

「他のメンバーのレベルアップも考えなくちゃならんな」

「ルーク君達、知名度はあるけど悪評もありますからねえ」

「奴ら、暴れ過ぎなんだよ」

ルシアやアンセムのような優等生ならばともかく、ルークやリィズのように見境なしに暴れているとどうしてもレベルは上がりにくい。

まぁ、どちらにせよレベルアップが平均よりもずっと早いのは間違い無いので、すぐに問題というわけではないのだが、余りリーダーと差が開くのは好ましくはないだろう。

と、その時、部屋の外から声がかかった。

「ガーク支部長、お客様です。ズルタンさんが取り次いで欲しいと」

今日の騒動を見て話を聞きに来たのだろう。

いずれ来るとは思っていたが、こんな夜中にやってくるとは――さすが本部の人間、動きが早い。

ちょうど仕事も一段落がついたところだ。入ってもらうように指示を出す。

「失礼する。ガーク支部長」

部屋に入ってきたズルタンを見て、ガークは目を見開いた。

ズルタンは何故かボロボロだった。頭や手足に包帯を巻き、顔にもテーピングがなされている。

「……その傷は、どうしたんだ？」

「ふん。少々、とある事情で、うっかり、二階から落ちてしまってな」

酷く苦々しげなズルタンの表情。そう言えば、この男が滞在している宿は、今日クライが練り歩いた大通りに面していたような――。

…………。

ガークは詳しく触れるのをやめ、さっさと本題に入る事にした。

「災難だったな。ユグドラの件も――我々全員が、すっかり《千変万化》にからかわれた結果だ。最初に伝え忘れてしまって申し訳ない。あの性格は数少ないあの男の欠点だよ。ここにフランツ卿と皆で話し合った結果をまとめてある。まだ本部に報告前だが――確認してくれ」

フランツはズルタンに非はないと言っていたが、ガークも同意である。

クライの説明は、そしてその話し方は、真剣さが致命的に欠けていた。誰だってあんな話を聞いたら嘘だと思うだろう。だが、ユグドラとの交流を可能にした功績は揺るがないはずだ。

調査員は個人の感情で大きく評価を変えてはならない。

ガークの差し出す報告書を確認するズルタン。

確認している間、ズルタンの表情は全く変わる事はなかった。五分程で確認を終えると、ズルタンは深いため息をついた。

「なるほど……これは、罠だ。ガーク支部長の言う通りだな。だが、吾輩にも非はあろう。いくら馬鹿げた報告だったとしても──あのハンターの言葉を、正面から否定するべきではなかった。もしかしたら別の作戦に関わっているのかとも考えていたのだが──」

さすが本部付の調査員だ。懐の深さもかなりのものらしい。

目を見開くガークに、ズルタンが言う。

「だが、我輩はその話をしにきたわけではない。警告にきたのだ、ガーク支部長。我輩は本部付の調査員だが、何も言わずにあの男につまらぬ復讐《ふくしゅう》をしたと思われたくないからな」

「…………なに？」

思わず目を見開く。ズルタンは痛々しい格好だったが、その表情は酷く真剣だった。

「修正報告は出した。そして、我輩の見立てでは──《千変万化》の審査は恐らく、通る。だが、今回のレベル9認定試験は、手を引いた方がいい。最近本部が騒がしいと思っていたが、ある筋から情報が入った。今回のレベル9認定試験は──探索者協会発足以来の最大の汚点の一つ──いわくつきである」

第二章　レベル９認定試験

セレンが突然帝都にやってきてから十日弱が経過した。

結局、フランツさん達はセレンの帝都観光を国家主導のものという事にしたらしい。

改めて国側から発表されたユグドラの皇族――セレン・ユグドラ・フレステルの来訪は帝都の者達に熱狂を以《もっ》て受け入れられた。もともと精霊人《ノウブル》は容姿が優れているし、ユグドラにはネームバリューもある。呪いだの暗殺未遂だので最近帝都には暗めの話題しかなかったのもその熱狂を後押ししたのかもしれない。

セレンは連日連夜あちこちに引っ張り回されているようだった。夜は騎士団の護衛付きで貴族の邸宅をたらい回しにされているらしい。僕ならばとても耐えられないが、セレンは本当にガッツがある。

既に事は僕の手を離れていた。何かあったら連絡するようには言ったのだが特に話は来ていないのでうまくいっているのだろう。

昼間は人間界の常識を知らないであろうセレンのために、エヴァに付いてもらっていた。

《星の聖雷《スターライト》》かエリザがいればそっちに頼んでいたのだが……どちらもまだユグドラだからな。

……もしかしたら《星の聖雷《スターライト》》はユグドラを拠点にする事を選ぶかもしれないなあ。

それを言うなら、エリザもだ。彼女は捜し物のために世界中を回っていたのだから、それが見つかった今ハンターを続ける理由はないだろう。

エリザが引退すると言い出したら僕もついでに引退できるかもしれないな。

セレンのサポートをしながらも、エヴァの夜の日課は変わらない。

日も暮れた頃にクランマスター室にやってきたエヴァに確認する。

「セレンの調子はどう？　問題とか何か発生してる？」

「そうですね……色々懸念はあったのですが、大きな問題は発生していません。セレン皇女が人族を毛嫌いしていないというのもありますが、帝国側も随分、気を遣っています」

いつもと何も変わらない表情でエヴァが教えてくれる。昼はセレンの付き添い、夜はクランの運営と、寝る間もないくらい働いているはずなのに全く疲労が見えない。

どうやら聞いた話では、部下をうまいこと使ってやっているらしかった。自分の能力も高いのに部下の育成までできるなんて、本当にどうしてエヴァが外部から引き抜けるような地位にいたのかわからない。

そこで、エヴァがふと、思案するような表情を作る。

「ただ……一つだけ、懸念点というか、気になる点があるのですが…………どうやら、ユグドラにはお金を支払って物の売買をするという文化がないようなのです」

「へー、そういえば観光の時もセレン、財布を出す素振りがなかったなあ」

代わりに宝石を出そうとしていたけど……もしかして物々交換なのかな。

「存在自体は知っているみたいですが、人族の国と円滑な交流をできるようになるまでは少し注意が必要かもしれません。騙《だま》されるかもしれませんし」

「まあ、うまいことやってよ。騙されるのは……どちらかというと騙す側が心配だよね。ユグドラの戦士達って神殿型宝物殿に突撃する程、戦意高いからさ。セレン本人の戦闘能力もかなりのものだし、上位の精霊《エレメント》もついてるし――」

「!?　…………わ、わかりました。注意しておきます」

セレンの来訪が発表されてからの帝都の賑わいは凄いものだった。街中セレンの話題で持ちきりである。もう十日近く経っているのに、まだクランハウスの前も見張られているらしい。

きっと、シトリー達や《星の聖雷《スターライト》》が戻ってきたらこの状況に驚くことだろう。セレンがこっちにいる間は戻ってこられないかもしれないけど……。

本当に、みみっくんだけでも連れて帰るべきだった。宝具がなければ退屈で何か余計な事をしてしまいそうだ。

そんな事を考えていると、エヴァがふと思い出したように言った。

「そういえば話は変わりますが、朗報があります。ガーク支部長からクランレベルを上げるという通達が来ました」

「おお？」

トレジャーハンターやそのパーティにレベルが存在するように、クランにもクランレベルという物が存在する。

何分《なにぶん》、クランというのは複数のパーティで構成されるものだし入退団の基準も個々のクランに委ねられているため、前者二つ程重要視される数字ではないのだが、朗報には違いない。

自分のレベルが上がるのは勘弁して欲しいが、クランのレベルが上がるというのはクランメンバー達の活躍が認められた証。素直に喜ばしい事だ。

「これで《始まりの足跡《ファースト・ステップ》》はクランレベル7です。老舗クランでも一流どころにしか与えられていませんよ。ゼブルディアだと税制面での優遇もあります。クランを設立してから五年も経たずにレベル7になるというのは異例中の異例です。高レベルハンター一人が所属していればなんとかなるという問題ではありませんし」

「それは嬉しいな。エヴァのおかげだ」

「恐縮です。所属している皆の――そしてクライさんの力あっての結果です」

クランにかかる税金の存在すらよく理解していない僕の言葉に、エヴァが真面目な顔で面白いジョークを言う。お世辞はもっとお世辞とわからないように言わないと……真実味がなさ過ぎるよ。

半端な笑みを浮かべる僕に、エヴァが続ける。

「それで…………その関係で、探索者協会の本部に誘われているのですが、同行できますか？」

予想外のお誘いに、僕は目を見開いた。

探索者協会の……本部……？

「本部か……行ったことないなあ」

「本来なら、帝都からでは馬車を使っても数週間かかりますが――今回はガーク支部長が本部に向かうついでに、探協が保有している転移魔法陣を利用させてもらえるらしいです。あれは相当な理由がなければ使用させてもらえないので、今回はまたとない好機ですよ」

クランレベルが6になった時には手続き含めて全てエヴァがやってくれたのだが、7ともなるとわけが違うらしい。

誘われているという事は強制ではないのだろうが――転移魔法陣、か。

魔法陣を刻んだ特定の二点間の転移を可能とする転移魔法陣は、起動するだけで熟達した魔導師《マギ》が複数人必要とされる、かなりコストがかかる代物のはずだ。ガークさんが本部に向かうついでとはいえ、そんなものを使わせてもらえるなんて、期待されているという事だろうか。

僕一人だったら断ってしまうのだが、どうやらエヴァは行くつもりのようだ。

今の僕は磨く宝具すらない暇人だ。護衛役がいないのが懸念だが、今回は転移魔法陣で直接向かうわけだし、さすがに危険な目に遭う可能性は低いだろう（フラグ）。

「セレンさんも一緒に行く予定です。向こうで話し合いがあるそうで――」

「…………護衛も大丈夫、か」

「？　何の話ですか？」

エヴァが不思議そうな表情を作っている。まさかレベル8の僕が、本部に行くだけなのに身の危険を心配しているとは思わないだろう。

「いや、こっちの話。ちょうどいいタイミングだし、同行するよ」

「!!　本当ですか!?　…………いえ、すいません。普段なかなかクライさん、こういうイベントに同行しないので――」

目を見開くエヴァ。自分から誘っておいて行くと言ったら驚かれるとか……もしかして僕、仕事サボりすぎ？

……………このままじゃいけないな。たまにはエヴァにもいいところを見せないと、いつか見捨てられてしまうかも知れない。

「まぁ、たまには僕も身体《からだ》を動かさないとね…………最近、サボってばかりだったし……」

「!?　サボってばかり!?　…………そ、そうですか……そうですか……」

頬を引きつらせるエヴァを見て、僕は拳を握りしめ、気合を入れ直した。


一夜明け、身支度を整え、エヴァとセレンと共に用意された馬車で探索者協会に向かう。

どうやら転移魔法陣は探索者協会帝都支部の地下に設置されているらしい。

数日ぶりに顔をあわせるセレンは、どこで手に入れたのか、サングラスをかけ、大きな帽子を被っていた。

楽しそうだね、君……僕の視線に気づいたのか、セレンが空を見上げて言う。

「そのままの格好だと目立って人が集まってしまうので…………人気者は辛《つら》いですね」

「うんうん、そうだね……」

そんな格好をしている人、帝都にもなかなかいないし、そもそもサングラスと帽子程度でセレンの見た目はごまかせないのだが…………精霊人《ノウブル》の感覚がよくわからない。

恐らく、探索者協会までそこまで遠くないのにエヴァが馬車を手配したのは、少しでも人目を避けるためなのだろう。

エヴァはトランクケースを一つ持っているくらいで、いつも通りの制服姿だった。僕も普段と変わらない軽装だ。一応、結界指《セーフ・リング》は装備しているが、宝具を全部保管していたみみっくんがまだユグドラなので選択の余地すらない。

そして、本来ならば何週間もかかりようやく到着できる探索者協会本部にこれっぽっちの荷物で行けるのだから、転移魔法の凄まじい利便性がわかる。

「転移魔法陣は一度に運べる人数が決まっているらしくて……ガーク支部長から二人分の枠を頂いたのです。誰を連れて行くか迷っていたのですが、クライさんが一緒についてきてくれてほっとしています」

「聞きましたよ。複数人で発動する事で負担を分散、複雑な術式を事前に書き込むことで不要に。本来ならば転移魔法はニンゲンの手に余る術式のはずですが、まさかそのような工夫で問題を解決するとは、ニンゲンもなかなかやりますね。知れば知るほど自分の視野がいかに狭かったのか思い知ります。これは、油断すれば抜かれてしまいますね」

一人で転移魔法を使える人がなんか言ってるよ…………まぁ、いい。セレンが人を評価する分にはメリットにしかならないはずだ。

馬車は探索者協会の裏手に回った。ハンターはだいたいがお祭り好きだ、セレンが現れたら大騒ぎになるのでその配慮だろう。

本当に人気者はつらいね……っていうか、普通、皇女は外をこんなに自由に歩いたりしないから！

裏口から建物に入る。中ではガークさんとカイナさん、ズルタンさんが待っていた。

ズルタンさんは何故《なぜ》か全身傷だらけだった。僕を見ると、その眉がピクリと動く。ガークさんの表情があからさまに顰《しか》められる。

「クライ、なんでここに来た。レベル9審査申請はしてないぞ」

「…………え？」

何の話だろうか。レベル9を狙えるという話は聞いていたが、申請云々《うんぬん》の話は初耳だ。

目を瞬かせじっとガークさんを見るが、特に何も反応をくれなかったので、僕は結局いつも通りハードボイルドな笑みを浮かべごまかすことにした。

「知ってるよ。僕が来たのは別件だよ。クランレベルアップのお祝いに本部に招待してくれるって言ったじゃん？」

「……ああ、そっち、か。だがな、クライ……お前はこれまでクラン関係はエヴァに任せっきりだっただろう？　俺はてっきり、エヴァと他の誰かが来ると思っていたんだが…………」

どうやらガークさんもエヴァ同様、まさか僕が参加するとは思っていなかったらしい。来なかったら文句言われるのに来たら来たで驚かれる僕って一体…………。

「クランの方はエヴァに任せるさ。ただまぁ、こんな機会でもないと本部に行くことなんてないし、一度探索者協会の総本山がどんなところか見てみたいと思ってね。物見遊山《ものみゆさん》みたいなものだよ」

後、なんというか、今暇だからね。

僕の言葉に、ズルタンさんがぴくりと反応する。

「物見遊山…………？　…………いや、言葉通りに受けるのはやめておこう。我輩もさすがにもうこれ以上怪我《けが》をしたくないからな」

「…………ズルタンさん、なんで怪我してるの？」

何かあったのだろうか？　ズルタンさんがジロリとこちらを見てくる。

だが、それ以上何も言う事はなかった。視線を向ける対象を、僕から隣に移動させると憮然としているガークさんと苦笑いのカイナさんに言う。

「ガーク支部長、本部に移動しよう。審査申請をあげなくてもガーク支部長は今回の審査員の一人なのである。遅刻は許されない」

「……そうだな。本部がどんな課題を持ってきたのかも気になるしな」

転移魔法陣は地下の一室に描かれていた。

壁、天井に奇妙な模様が刻まれた部屋で、床の上にキラキラ輝く砂のようなもので描かれた魔法陣を、十人の魔導師《マギ》が取り囲んでいる。

転移魔法陣を自分の目で見るのは初めてだった。もしもルシアが帝都にいたら、さぞ見たがっただろう。セレンが目を細めて言う。

「なるほど……十人がかりで起動するのですね」

ズルタンさんがその言葉に、ヒゲを撫でつけながら答えた。

「いや。本部側の魔法陣も時間を合わせて起動しなければならないから、二十人です。セレン皇女。

壁や天井に刻んだ術式は負担を軽減させるためのもの、それでも探協の職員では発動できないので、魔法陣を使用する際は信頼のおける魔導師《マギ》のハンターに依頼しているのです。故に、そう簡単に使えません。今回、我輩に使用許可が出たのも探索者協会が今回の件を重要視している証なのです」

「…………ニンゲンは大変なのですね」

これは、転移魔法陣の話を滅多に聞かないわけである。セレンの転移魔法は自由な場所に移動できるが、転移させる人数によって負担が大きく増えるらしいので、一長一短なのかもしれない。

皆で転移魔法陣の上に立つと、周りの魔導師《マギ》達が力を注ぎ込み始める。

魔法陣が強い光を放ち、僕達は探索者協会の本部に転移した。

魔法陣の発光が消える。転移魔法陣のある部屋は転移前とほとんど変わらなかった。だが、魔法陣を起動する魔導師《マギ》の顔ぶれと空気の匂いが少しだけ変わっている。

ズルタンさんがふらつきながら魔法陣から出て、愚痴るように言った。

「相変わらず、一瞬で風景が変わるのは少し気持ち悪いな。まぁ、何週間も馬車で揺られるよりはマシだが」

「転移魔法は感覚が鋭い程違和感が強いらしいからな。仕方ない」

ガークさんも眉を顰《ひそ》め、一度大きく深呼吸をしてそれに応える。感覚が鋭いのがデメリットに働くこともあるんだね。エヴァとカイナさんが割と平気そうなのもそのためか。

周囲を観察していたセレンが僕に視線を向けて言う。

「それは慣れです。転移酔いは何度も繰り返せば慣れます。《千変万化》も平然としているでしょう」

いちいち僕を話に出すのはやめてください。僕は注目されたくないのだ。いや、注目だけならばまだ我慢できるんだけど、注目には大抵面倒がついてくる。

「…………慣れとかじゃなくて、僕はただ平然としているだけだよ」

「セレン皇女、《千変万化》と我輩達を一緒にしないで頂きたい。そこの男はレベル８ですぞ？」

僕をただのレベル８だと思ってもらっては困るなあ……もしかしたら僕の感覚はエヴァよりも鈍い可能性すらあるのに。

まぁ、口は災いの元とも言う。余計な事を言うつもりはない。

今回本部にきたのもただの暇つぶし、ただのエヴァの付き添いなのだ。

ズルタンさんの案内で部屋を出る。

どうやら本部でも転移魔法陣の部屋は地下に存在しているようだ。

階段を上り、扉を開ける。

そして、僕は初めて見る探索者協会本部に思わず目を見開いた。

探索者協会本部の建物は僕がイメージしていたものよりもずっと洗練されていた。

磨かれた大理石の床に、柱。廊下は今ここにいる全員が横に広がって歩いても通れる程広く、遥か上、天井に広く取られた窓からは陽光が差し込んでいる。

探索者協会帝都支部は血塗《ちまみ》れのハンターが頻繁に出入りする事もあり、常に異臭が漂い埃っぽく喧騒に満ちていたが、ここはちょっと質素な城のようだ。

広大なホールには何人かハンターらしき者の姿があったが、その数は帝都支部とは比べるべくもなく少ないし、魔物の死骸を引きずっている者や汚れている者もいない。

空気も淀んだところはなく綺麗ではあったがハンターのイメージにはそぐわない。もしもハンターになった際に最初に訪れたのがここだったら、唖然《あぜん》としていただろう。

「へー、思ったより綺麗だね」

「……ここはあくまで本部、各支部を統括するための場所であって、素材の売買やハンターに対する依頼の斡旋《あっせん》などの一般業務は行っていないからな。一般のハンターの立ち入りが禁止されているわけではないが、余り来る者はいないいな」

ズルタンさんが説明を入れてくれる。

なるほど、ハンターというよりは、スポンサーや依頼を出す客向けの施設なのかな。

美しさで言うなら本部の方が上だが、活気は支部の方が上だ。

なんか余り面白いものはなさそうだな……。

一方で、セレンは目をキラキラさせていた。ユグドラでも一応石材くらいは使われているが、この巨大で荘厳な建物は森の中でずっと過ごしていたセレンにとっては新鮮に映るだろう。

ズルタンさんが、静かに興奮しているセレンに、言いづらそうに言う。

「それで…………本部の上の者が一度セレン皇女に挨拶したいと言っているのですが、お手数ですがご同行いただけますか？　支部設立についての話し合いが終わったら、是非本部を見学していってください。案内の者をつけましょう。ここには各国からの来客用に宿泊施設もあります」

「そうですね…………先に仕事をしないといけませんね」

真面目だなあ。そう言われてみると、今回仕事関係なしに来たのは僕だけか。

カイナさんがエヴァに話しかける。地味に珍しい組み合わせだ。

「エヴァさん、クランレベルアップの手続きは向こうです。レベル7クランの特典や規則についての説明もあるので、少し時間がかかるかもしれません」

「わかりました。よろしくお願いします」

「支部長、高レベル認定審査会議までは少し時間があるので、エヴァさんは私が案内します。スケジュールは昨日、ご連絡した通りです。時間の十分前に待ち合わせしましょう」

「わかった、任せたぞ。今回は忙《せわ》しないな…………クライ、お前はどうする？　エヴァの方に行くか？」

んー、どうしようかな。クランレベルアップの手続きについていってもいいが、これまでクラン運営の大半をエヴァに任せてきた僕がいたところで邪魔なだけだろう。

エヴァの方をチラリと確認すると、エヴァはため息をついて言った。

「こちらは私だけでも大丈夫です。話を聞くだけですから」

「元々は実務的には本部に足を運んで頂かなくても可能な処理ですからね」

セレンがいなくなると僕の護衛がいなくなってしまうが、ここは本部だし、警備の兵もあちこちに立っているようだ。大きな問題はあるまい。

「じゃあせっかくだし、この辺りをぶらぶらしてみようかな。面白いものがあるかもしれないし」

「……貴重な資料が所蔵された図書館や、これまでのハンターの歴史などを展示した博物館などもあるのである。利用にはレベル制限があるものもあるが――レベル8ならばほとんどの設備は使用できるはずだ」

ズルタンさんが教えてくれる。

一度はあんなに怒らせたのに、この人、もしかしたらけっこう親切なのかもしれない。

「なるほど、図書館や博物館か……色々あるんだね」

皆が仕事をしている時に遊び回るのも気が進まない。

たまには勉強して一つくらい有用な知識を取り入れた方がいいかもしれない。

「後は……ああ、そうだ。余り興味ないかもしれないが、カフェテリアもあったはずだ。我輩は頼んだことはないが、やたらでかいパフェを出すらしい」

よし、カフェテリアに行こう。探索者協会の本気を見せてもらおうじゃないか。

唇を舐める僕に、ガークさんが眉を顰めて念押しするように言った。

「クライ、一応わかっていると思うが、面倒事は起こすなよ。余り目立つことはするな、そこまで多くはないが、ここにはハンターもいるんだからな」


皆と別れ、本部の内部をのんびりと歩く。見れば見るほど探索者協会本部はトレジャーハンターの総本山とは思えなかった。

かつて探索者協会帝都支部を初めて訪れた時に受けた印象とあらゆる意味で正反対だ。掃除が行き届いた床に、制服をしっかりと着こなした職員達。

一応は警備兵もそこかしこに立っているが、その格好はハンターというよりは衛兵に近く、眺めていても全く粗野な印象は受けない。探索者協会というよりは、どちらかというと病院などに近いような気もする。

本部は探索者協会っぽくないと小耳に挟んだ事はあったが…………なるほど、的を射ていた。

僕はこんな感じの探索者協会も嫌いじゃないが、未知と冒険が大好物の他のハンター達にとってはかなり退屈に見えるだろう。

「さて、そろそろ本部の本気を見せてもらおうかな……」

カフェテリアが併設されているなんて、さすがは総本山だ。探索者協会に併設されるものなんて、せいぜいが酒場くらいだと思っていた。しかも……やたらでかいパフェだって!?

甘い物苦手だけどなー、未知の存在を知ると己の目で確かめてしまいたくなるのがハンターの性《さが》。僕にもハンターの熱い血潮が流れていたという事だろうか。

期待に胸を膨らませながら、カフェテリアの場所を確認しようとエントランスにあった案内板を眺めていると、ふと後ろから良く通った声が聞こえた。

「ふむ、なるほど。ここが本部か…………素晴らしい。なんと美しい建物だ！　まるで白亜の城ではないか！　今まで興味を持たなかった事を悔いるばかりだ。決めた、私はこれからここを拠点にして活動しよう！」

…………どこにでも変な人はいるもんだな。別にそういう未知は求めていないんだけど。

完全に無視するのもあれなので後ろを向く。

エントランスのど真ん中に堂々と立っていたのは、精悍《せいかん》な男性だった。

二メートル近い長身に、整った目鼻立ち。仄《ほの》かに緑がかった金髪は帝都周辺では余り見かけない。

裾の長い緩やかな衣装は魔導師《マギ》の着るようなローブとも違っていて、そこかしこに長い金属の飾りがついていて全体的にきらきら輝いている。

大声を出していたせいだろう、職員さん達の注目が集まっていたが、その男は一切意に介していなかった。朗らかでそして場違いな笑い声が高い天井に消えていく。

ここは探索者協会だし、こんな変人、ハンター以外ありえないと思うのだが、ハンターにしては装備がちょっと変わっている。武器のようなものを何も持っていないのだ。

その後ろに立っていたどこかくたびれた中年の男が言う。

「冗談がきつい。ここことガリスタがどれだけ離れていると思っているんですか。そもそも違う大陸なのに……この辺りでは《破軍天舞《はぐんてんぶ》》の二つ名だって知られていませんよ」

「なん…………だってぇ!?」

本当に声が大きいな、あの人。聞き耳なんて立ててないのにこんなによく聞こえるなんて……。

そして、やはりあの人はハンターらしい。ガリスタの名も、《破軍天舞》の二つ名も聞いたことないけど、どこか遠くから来た有名人なのだろうか。

やや派手めで頭のネジが二、三本吹っ飛んでそうな男性ハンターはきょろきょろと周囲を見回すと、事もあろうに僕の方を見た。

慌てて視線を背ける。僕はカフェテリアに行くんだよ！

だが、顔を背けた先には青年が立っていた。

十数メートル先にいたはずなのに、全く気づかなかった。どんなに素早く動いても空気の流れは止められないはずなのに、もしかしたら、リィズと同じタイプなのかもしれない。

青年が至近距離から自信満々の笑みを浮かべて言う。

「待ち給《たま》え、そこの青年!!　君は知っているだろう!?　疾風の足運びで千里を駆け抜け、たった一人で十五の国の戦争を止め無辜《むこ》の民を救った英雄中の英雄――つまり、この私の事をッ!!!!」

「あ、はい」

どっかいってくれないかな……言っておくが僕は散々凄い人を見てきているから見えない速度で接近してきたって何も感じないよ。

青年は目を見開くと、置いてけぼりになっている中年の男に叫んだ。

「聞いたか、支部長!?　我が勇名はこの大陸にも既に広まっているッ!!　そして、今回の試験でレベルが9になれば更にこの名は一気に高まり、我が足届く所漏れなくッ、全世界にッ、広まる事だろう!!　そしていずれは、現存する四人目のレベル10となってみせるよ、絶対に!!」

「…………まぁ、今回のレベル昇格試験の審査で通らなければ貴方《あなた》はしばらく通らないでしょうからね、カイザー」

僕はそのやり取りにげんなりした。

どうやらこの人たちはガークさんが言っていたレベル9認定試験の審査を受けに来たらしい。

全然聞いた事がない名前だし二つ名も知らないが、実力はありそうである。なんたって眼の前の《破軍天舞》はどう考えても二十代の後半から三十代くらいだ。

その年齢でレベル8になれる者は基本的に才能と運を兼ね備えた者だけだし、更にこの歳でレベル9に挑戦となると、いずれレベル10になるというのもあながち冗談ではなくなってくる。

どうして実力のある人って変な人ばかりなのだろうか。皆アークやスヴェンを見習うべきだろう。てか、こんな人よりアークをレベル8にするべきでしょ。

「青年ッ!! 君は、どこでこのカイザー・ジグルドを知ったんだい! 是非話を聞いて参考にしたい。今後のプロモーションのねッ!!」

「カイザー、一般人に絡むなと言ったでしょう。トラウマになったらどうするんですか」

この程度でトラウマになっていたら僕はトラウマの海に沈んでいる。

ゲロ吐きそうにすらならないよ。

幸いこのカイザーは無辜の民に暴力を振るうような性格ではないらしい。

というか、冷静に考えてみると十五の国の戦争を止めたって、本当だったら凄すぎる。

どうやって止めたのかも気になるが、まあ聞かない方がいいだろう。

「…………悪いけど、これからカフェテリアに行かないといけないから」

「待ったッ! 審査までは、まだ少し、時間もあるッ! こうして知り合ったのも何かの縁だ、この《破軍天舞》も同行しよう!」

さも当然のように言う《破軍天舞》。知り合ったと言うか一方的に声をかけられただけなんだけど。

カイザーが支部長と呼んでいた男性の方を確認するが、支部長の目は既に完全に死んでいた。どうやらこの人を止められる人というわけではないらしい。しかしこの堂々とした態度、ちょっとクラヒを思い出すなあ。こういう人は断ってもどうせついてきてしまうのだろう。

僕は一縷《いちる》の望みをかけて言った。

「…………わ、悪いけど、人と待ち合わせしてるから……」

「何？　まぁ、構うまい！　この未来の英雄王と顔を合わせられるのだ、君の友人は幸運だな！」

「あ、はい…………」

やはりダメなようだ。人から拒否される事など微塵も考えていない陰のない笑顔。

どうしてこの人、こんなに自信満々なのかわからないのだが、もしかしたらこういう厚かましさがアークに足りていないものなのかもしれない。

…………まぁ、護衛代わりだと考えておこう。特に何か問題があるわけでもないし。

僕は自分を無理やり納得させハードボイルドではない情けない笑顔を作ると、カフェテリアに向かって歩きだした。

「――というわけで、私は、実家の倉庫に死蔵されていた書物から閃《ひらめ》いたのだッ！　新たなるハンターの戦闘スタイル、攻防一体の舞踏術、テンペスト・ダンシングをッ！　そして、それをただ遮二無二突き進めた結果、いつの間にか高みにいた!!　パーティメンバーは残念ながらついてこられなかったが、仕方のないことだ。頂点とは常に孤独、なのだよッ！　わかるかね、青年!!」

「うんうん、そうだね。あ、あれがカフェテリアだよ」

歩いている最中に聞かされたカイザーの話はめちゃくちゃだったが、それなりに面白かった。読み物にしたら間違いなくコメディだろう。

世の中には色々な人がいるものだ。ただの傍観者としてだったら、カイザーの活躍は非常に楽しめるに違いない。あらましを聞いただけでも、テンペスト・ダンシング、凄すぎる………。

カフェテリアは広々としたエントランスから少し歩いた所に存在していた。本部の建物と調和の取れたなかなか洒落《しゃれ》たスペースだ。

席は丸いテーブルが五つ。だが、客は一人しかいない。帝都の街中で見かけてもおかしくないような店だと思うのだが、本部には他にレストランも併設されているようだし、そもそも一般的なハンターがやってこない本部の店には余り客は来ないのかもしれない。

だが、こういう意外なところに美味《おい》しいパフェがあったりするのだ。

唯一の客は、長い黒髪の女の子だった。年齢は僕と同じか少し下くらいだろうか、すらっと伸びた背筋に怜悧《れいり》な眼差しはルシアに少しだけ似ていた。

そして、しかし何より気になるのは、その眼の前に割と大きめのガラスの器が置いてある事だ。

もしかしたらあれがパフェか？　パフェの器なのか？　これは期待できそうだな。

そんな事を考えていると、カイザーがずかずかと女の子に近づき声をかけた。

「やあやあ、君が彼の待ち人か、お嬢さん！　君は《破軍天舞》を知っているかな？　知っているのならば良し、知らぬのならば、君は今日、一つ賢くなった！　私の名はカイザー・ジグルド!!　近くレベル9になる男、《破軍天舞》のカイザー・ジグルドだ!!」

一般人に迷惑かけてる……いや、待ち合わせしてるとか言った僕が悪いんだけどね。普通確認とかしない？

これはあの支部長、相当苦労していそうだ。

カイザーが仰々しく僕の方に指を向けた事で、その冷ややかな眼差しがこちらに向く。僕は思わずぺこぺこ頭を下げた。

ハンターにとって一般人を傷つけるのは禁忌である。加えて、傷つけなかったとしても理由なく接触するのは推奨されていない。一般人とハンターの間には種族が違うと言われるくらい戦闘能力に差があるからだ。

……まぁ、距離感の取り方がやばいだけでカイザーはまだマシかな。

どうか面倒なことにならないでくれ。無言で祈りを捧げる僕の前で、女の子はカイザーに向き直ると、静かな、しかし底知れぬ力を感じさせる声で言った。

「私は待ち人じゃない。私の名はサヤ。《夜宴祭殿《リトル・ウィッチ》》のサヤ。貴方は私の事を知っているかしら?」

おや、なんだか雲行きが怪しいな？

《夜宴祭殿《リトル・ウィッチ》》のサヤ。聞いたことがない名前だ。

だが、カイザーの目がその言葉に大きく見開かれた。

「もちろん、知っているとも、お嬢さん。古代の魔法陣――渦から無限に湧き出す魔物をたった一人で押し留め、滅びを食い止めレベル8になったという凄腕のハンター、まさかこんな所でお目にかか

れるなんて！」

……………レベル８、帝都でも三人しかいないのに、多すぎない？

そして功績を聞いた後でも、やはりそんな名前、知らないなぁ。

カイザーは真剣な表情で数度目を瞬かせ、腑《ふ》に落ちた様子で手を叩く。

「なるほど、サヤ君。わかったぞ……君もレベル９の審査を受けにきたのだろう？」

「…………そういう事ね。私の国ではレベル８なんて一人しかいなかったのに、まさか本部で別のレベル８に会うなんて――」

「安心したまえ、私が活動している近辺でもレベル８は私だけだった。こうして別のレベル８と出会えるなんて、たまには他国に足を伸ばすのもいいものだな！」

サヤはどう見ても二十代だった。もしかしたら十代の可能性すらある。レベル８は僕でもなれてしまう程度の存在とは言え、この年齢であの燃やす婆さんと同じレベルとは、世界は広いな。一体どこからやってきたのだろうか。

サヤは一度アンニュイなため息をつき、髪をかきあげて言う。

「私の目的は――異能持ちの地位の向上。レベル９になり、更に特別試験を受けてレベル10になれれば世界的に私の名が知れ渡る。そうすれば、特異な力を持つハンター達も受け入れられるはず」

「それは素晴らしい目的だな。応援しよう！　まぁ、今回レベル９になるのはこの私だがな!!」

レベル９、か。僕にはさっぱりその良さがわからないが、真面目に活動しているハンターにとってその地位は喉から手が出るほど欲しいものなのかもしれない。

………とりあえずパフェを頼んでもいいかな？

じっとカフェのメニューを見ていると、《夜宴祭殿《リトル・ウィッチ》》が不意にこちらを見て言った。

「ところで、彼は？」

「ん？　あぁ、そう言えば名前をまだ聞いていなかったな。青年、この私に君の名を教えてくれないか!?」

「…………僕はクライ・アンドリヒだよ。ただの、クライ・アンドリヒだ。今日は、ただの付き添いで来た」

そして目下のハント対象はこのカフェのパフェだ。《夜宴祭殿《リトル・ウィッチ》》と《破軍天舞》の話にも興味がわかないわけではないが、その話はパフェをゆっくり食べながらでもいいだろう。

だが、僕の言葉を聞いて、カイザーはぴくりと眉を動かした。

「クライ・アンドリヒ…………君は、まさかかの有名なレベル８ハンター、《千変万化》のクライ・アンドリヒでは!?」

「!?」

「数々の高難度の依頼を仲間達を率いて傷一つ負わずに攻略、各国が手を焼いていた犯罪組織に制裁を下し、前人未到だったユグドラに到達、探索者協会の支部を作る約束を取り付けた男。今もっともレベル９に近いとすら言われているハンターだ！」

…………君、やたらハンターの情報に詳しいね。別に僕もゼブルディアで名前が知られているだけのはずなんだが。

トレジャーハンター全盛期と言われるこの時代、強力なハンターなんていくらでもいる。世界に三人しか存在しないレベル10や滅多に誕生しない９ならばともかく、離れた国のレベル８ハンターを知っているというのはけっこう凄い。

しかも名前だけでなく割と詳しい情報まで知っているなんて――。

「人違いだよ」

「………彼からは高レベルハンターの気配はしない。何かの間違いでは？」

サヤがじろじろと僕を見て言う。そうだろうとも……成り行きなんだよ。僕は成り行きだけでここまで来てしまったのだ。さすが、見る目がある。

だが、カイザーはやれやれと言わんばかりに笑みを浮かべた。先程とは違う、どこか引きつったような笑み。

「見る目がないな、サヤ君。この《破軍天舞》は知っているぞ、《千変万化》は黒髪黒目でとても高レベルには見えない、ぱっとしない男だと聞く。特徴が合致しているじゃあないか！」

「………そりゃ、君と比べれば誰だってぱっとしないでしょ」

そのキラキラしてる衣装と比べれば、あの霧の国からやってきた、雷竜の素材で作った剣を振り回す《豪雷破閃《ごうらいはせん》》のアーノルドだって地味だよ。

カイザーがアゴに手を当て、難しい表情で言った。

「しかし、これは困ったな。《千変万化》の数々の功績と比べればこの《破軍天舞》の功績が霞《かす》んでしまう。探索者協会の本来の審査基準に照らし合わせるならば、この《破軍天舞》の功績はレベル９

には少々足りていないのだ。何を隠そう、今回の審査申請だって支部長に頼み込んでなんとかあげてもらったのだよ。今回の審査は通りやすいと風の噂で聞いてね」

十五の国を救ったのにまだ功績が足りないなんて、レベル9は恐ろしいなあ。しかし、その基準で言うなら僕の功績もまだまだな気がする。

カイザーの言葉に、サヤはこちらを睨《にら》みつけ、自分に言い聞かせるかのような声色で言う。

「…………別に、一人審査に通ったらもう一人は落ちるわけじゃない」

「落ちるかも知れないよ。レベル9が多すぎるとレベル9の価値が薄れるからね」

「いや、僕は別に今回でレベル9になろうなんて思ってないから……今回はちょっと調子悪いし」

僕はレベル8でお腹《なか》いっぱいなのだ。むしろ後一つか二つ、レベルを落とせたらいいのに……。

腕を組み、カイザーがもっともらしく頷いた。

「なるほど、さすが来年の審査でも十分勝ち目のあるハンターは余裕が違うな。その余裕は、全力で今回のレベル9昇格に賭けた私には少々腹立たしいが――うむ。そういう事ならば、今回はこの私がもらったも同然だな！　勝負は時の運、恨んでくれるな、《千変万化》」

「…………チッ。私がいる事も忘れないで」

サヤが盛大に舌打ちをしてカイザーを見上げる。

透明な黒の瞳。カイザーは大仰に肩を竦めて言った。

「ふむ、サヤ君。残念ながら、この私が公平に考えるに――私とサヤ君ではどう考えても、私の方が有利だな。何故ならば、噂が真実ならば、サヤ君の力――『さらさら』は私の『テンペスト・ダンシング』よりずっと印象が悪いからだ。わかっているだろう？　実績が五分なら印象の差で、私が勝つ。まぁ、一対一で戦ったとしても私が勝つだろうな。相性というやつだよ」

「ッ…………」

サヤが息を呑み、カイザーを睨みつける。殺意すら感じさせる鋭い眼差し。まだ何も始まっていないのに戦意が凄い。ハンター同士が仲間であると同時にライバルである事がよくわかる光景だ。

同じレベル８でも得意不得意はあるだろうが、双方とも化け物なのは間違いない。

レベル９審査はそもそも申請すらほとんど上げられないと聞いていたが、二人も候補がやってきているなんて──今回の昇格試験はどうなってしまうのだろうか。

「まあ、そんな目で睨まないでくれ。まさか私も同じ立場のハンターがもう一人現れるのは予想外だったよ。少なくとも我々は敵同士ではないんだ。ここは一つ、協力してこの難事を乗り切ろうじゃないか」

まじまじとカイザーを見る。協力とか言われても……僕は審査を受けないと言っているだろ！

サヤも概《おおむ》ね僕と同じ意見なのか、きっぱりとした口調で言う。

「協力できる事なんてない。レベル９認定試験で要求されるのは個人の対応力だと聞いている」

「だが、今回は違うかもしれないよ。私は知っている。審査が緩められるという噂が真実ならば──試験内容はかなり危険なはずだ。もしかしたら──現役のレベル９が失敗している可能性だってある。ただ重要な依頼が試験に回されるとは思えないしね。レベル９を報酬にしてでもどうしても成功させたい、そういう依頼が課題になるだろう」

自信たっぷりに言い切るカイザー。どうやら意外と考えているようだ。新たな戦闘スタイルを生み出した点といい、もしかしたら頭脳派なのかもしれない。サヤも目を丸くしている。

しかし、レベル9が失敗し、探索者協会がどうしても成功させたい、そんな依頼か。皆目見当《かいもく》もつかないね。

とりあえず、パフェ注文してもいいかな……。

そこで、カイザーは思案するような表情を作った。

「しかも……サヤ君が審査申請されているのを考えると、どうやら本部は事前に審査が通りやすい事をそれとなく広めているようだな。これでは、まるで多くのレベル8を集めようとしているかのようだ。最初に情報を知った時に僅かな違和感はあったが——やはり己の勘は信じるべきだという事か。まったく、腹立たしいな」

ぶつぶつ呟くカイザー。サヤは立ち上がると、肩を竦めて言う。

「どちらにせよ、私は最善を尽くすだけ。安心して、私の邪魔をしないなら攻撃はしない」

「サヤさん、そろそろ行きますよ。そろそろ審査会議が始まります」

カフェテリアの外から、探協の制服を着た恰幅《かっぷく》のいい初老の女性が歩いてくる。

口ぶりからすると、サヤの付き添いだろう。サヤは軽くこちらに会釈をすると、女性を見て言った。

「今行く、お義母《かあ》さん」

初老の女性が僕達の方をちらりと見て、薄い笑みを浮かべる。顔は笑っているのに目が笑っていない。余り友好的な人間には見えなかった。

サヤ達が去っていく。カイザーが面白いものでも見たかのように言う。

「あれが《夜宴祭殿《リトル・ウィッチ》》の名付け親――周囲の反対を押し切って孤高の怪物を養女にして、レベル８ハンターにまで持ち上げたという、テラスの支部長か。しかし、まさか、事もあろうにあの《夜宴祭殿《リトル・ウィッチ》》がレベル９候補とはな……この《破軍天舞》の頭脳をもってしても予想外だよ。だが、なるほど……今回のような事情がなければ彼女はレベル９になる事はあるまい」

「詳しいねえ。しかしまさかあんな若いレベル８がいるなんて――」

テラスってどこだ……僕は人の顔を覚えるのも苦手だが、地理も弱いんだよ。

僕の言葉に、カイザーが意外そうな表情をする。

「ん？　サヤ君はこの《破軍天舞》よりも年上だよ。その身に秘めた能力のせいか、十代半ばから老いが止まってしまったらしい。恐らく今後十年二十年経っても彼女はあのままなんだろう。この私としては羨ましい限りだが――まぁ、悍《おぞ》ましい話でもある」

…………高レベルハンター、怖ッ。能力で老いが止まるってどういう事？

そしてやっぱりこのカイザー、ハンターの情報に詳しすぎる。

「七日七晩戦い、魔法陣から湧き出す邪悪な軍勢を食い止め続けたその当時、彼女はまだたったの――十歳だったと聞く。少なくともこの私ではそんな真似、不可能だ。相手として不足なしだな」

それはそれは……まるで神話に出てくる英雄じゃないか。十歳の頃とか、僕達がまだハンターになろうと言い出した頃だよ。

そしてそんなハンターがライバルなのに、出る言葉が相手にとって不足なしとは、カイザーもどうかしている。僕は今すぐにでも引退したい。

「二人の活躍が見られないなんて残念だなー、試験、頑張ってね！　応援してるよ。それじゃそろそろ僕は注文を――」

そこで、カイザーがカフェテリアに置いてある時計を見て言った。

「いや、注文なんてしている場合じゃないぞ！　もうこんな時間だ！　さっさと行かなくては」

「…………え？」

「ハンターの中には遅刻常習犯もいるがね、私は待ち合わせの時間は守る主義なのだよ。安心したまえ、この私のテンペスト・ダンシングならすぐにつく。さぁ、我らが次なる戦場へ、いざゆかん！」

目を丸くする僕の腕を掴《つか》むと、カイザーは憎たらしくなるくらい自慢げな表情で頷いた。


滑らかな白い石で作られた円卓。各席に設置された頑丈そうな木製の椅子に、部屋の正面に掲げられた探索者協会の紋章。

円卓を挟んだ正面で、探索者協会の制服を着こなした偉そうな壮年の男性が宣言した。

「――それでは、これよりレベル9認定試験前提審査会議を開始する」

そこは、探索者協会本部の上層部に存在する一室だった。

高レベルのトレジャーハンターは探索者協会の柱だ。恐らくそこに出席を許されたメンバーは探索者協会という組織の中でも相当偉い人なのだろう。

円卓の各席のうちの幾つかには人はおらず、石が設置されていた。

遠方の音を伝える貴重な宝具――共音石だ。レベル９審査は投票で行われると聞いた事があるので、もしかしたらそれを使って遠くの国にいる審査員から票を取るのかもしれない。

そして、当たり前だが円卓を囲むメンバーにはガークさんもいた。

こちらを見て頬を引きつらせている。ついでに何故かその隣にはセレンまでついている。

僕はカイザーと共に、開会を宣言した男の正面に立っていた。男が一度咳払《せきばら》いをして、円卓の前に整列させられた僕とカイザー、サヤを見て訝《いぶか》しげな表情をする。

「此度《こたび》のレベル９認定試験の申請者は二名と聞いていたが――三名いるな。どういう事だ？」

「………………申し訳ない、議長。どうやら、うちのレベル８が紛れ込んでいるようで――申請はしないと言いつけたのだが……何故ここにいる、クライ？」

「不思議だよね…………来るつもりはなかったのに」

隣に立つサヤも何こいつみたいな眼差しをこちらに向けている。

拒否する間もなかった。カイザーのテンペスト・ダンシングを前に、僕は指一本動かす間すらなかった。風のように速く、結界指《セーフ・リング》すら発動しない程、衝撃がなかった。

気がついたら部屋の前にいて、呆然《ぼうぜん》としている間にこの部屋に連れ込まれていた。余りに鮮やかな人攫《ひとさら》いである。

僕が本当にレベル８相応の力を持っていたら抵抗できたのだろうか？

逆方向に立ったカイザーが驚いたように目を見開く。

「なんだ、《千変万化》。レベル９になるつもりはないとは言っていたが、申請すら出していなかったのか……これは失礼した。それならばそうと言ってくれればいいのに」

「…………うんうん、そうだね」

「だが――レベル8ハンター《千変万化》には此度の審査を受ける権利があるはずだ。この《破軍天舞》や《夜宴祭殿》《リトル・ウィッチ》が審査され《千変万化》がされない理由はない。なに、細かい事は気にするな！　早いか遅いかだけだ！　はははははは！」

他人事《ひとごと》だと思って――いや、他人事ではないのか。だが、探索者協会がそんなめちゃくちゃな話を受け入れるわけがない。

議長は眉を顰めしばらく考え込んでいたが、小さく首を横に振って言った。

「…………ふむ。まぁ、いいだろう。確かに、《破軍天舞》の言葉ももっともだ、実績から考えれば《千変万化》は頭一つ抜けている。本来ならばレベル9審査には拠点支部長の申請が必要だが――本人が試練を受ける意思があるのならば、特別にその意思を尊重しよう」

「………………ッ…………俺の計画を軽々と無視しやがって――まぁいい。そこまで言うなら、俺にお前を止められるわけがねえ。好きにしろ、《千変万化》」

!?　そんな馬鹿な話ある？　ありえない。何かがおかしい。

ガーク支部長がぎろりと睨みつけてくる。だが、その口元は笑っていた。

好きにしろ、か……ならもうハンターやめたい。

セレンは何を勘違いしたのか、手をひらひら振っていた。応援ありがとう……。

すぐにでも、審査なんて受けたくない、受けるつもりはないと叫びたいところだが、凄い空気だ。

さすがの僕でもこの空気をぶち壊す事はできない。

僕は問題を先送りにした。

そもそも、今回のこれは試験ではなく試験を受けるに値するかの前提審査だ。さすがにレベル９審査に自分が通るとは思えないし、万が一、通りそうになってもまだ断れるはず。

カイザーが小さな声で言う。

「あれが、ゼブルディアの支部長か？　なかなかの豪傑のようじゃないか……」

「………あれ？　ガークさんは元レベル７ハンターだよ。《戦鬼《せんき》》って二つ名だったみたいだけど知らないの？」

「あぁ……申し訳ない。私はレベル８以上のハンターは覚えているのだが、レベル７以下の情報はどうしても記憶できなくてね。興味がないせいかな………だって、下を見ても仕方ないだろう？」

レベル７ハンターも一流ハンターなのにめちゃくちゃな事を言うカイザー。まぁ、レベル８の名前も覚えていない僕には何も言えないけど……。

小声でお喋りしているのに気づいた議長が大きく咳払いをする。僕は思わず背筋を伸ばした。

「こほん。《破軍天舞》、カイザー・ジグルド。《夜宴祭殿《リトル・ウイッチ》》サヤ・クロミズ。そして、《千変万化》のクライ・アンドリヒ。まず、探索者協会を代表して貴殿らのこれまでの貢献に感謝しよう」

貢献に感謝、か。これまでハンター活動で巻き込まれた事件の数々を思い出す。

今振り返っても、僕の運は最悪であった。そして、仲間の足の引っ張りっぷりも酷いものだ。猛省したい。

「審査の結果に拘《かか》わらず、貴殿らの実力がこの時代でも突出したものである事に疑いの余地はない」

そこで、大きく息を吸い、朗々とした声で議長が言う。

「だが、これより貴殿らが挑むレベル9とは、世界を股にかけ比類なき偉業を成し遂げたトレジャーハンターに与えられる称号を意味する。現在レベル9の称号を持つトレジャーハンターは世界でもたった――十二人しか存在しない」

たった十二人。レベル10は三人存在するので、レベル9になれば数多《あまた》ハンターの中でトップ20には入るという事である。

カイザーやサヤの眼が静かに輝いていた。きっと今の僕の眼は死んでいる事だろう。まぁ、僕は試験なんて受けるつもりないけど、この空気、居た堪《たま》れない。

相変わらずの間の悪さと己の流されやすさに思わずため息をつき、呟く。

「………まったく、茶番だな」

レベル9になんてなるつもりはないのに、この場でこうして何も言えずに佇んでいる。そんな僕を滑稽と言わずに何が滑稽と言えようか。

こんな事なら、エヴァについてくるべきではなかった。エヴァと共にクランレベルアップの説明を聞くでもなく、パフェを注文できるわけでもなく、一体僕は何をしにこんな所まで来たのだろうか？

後悔先に立たずとはまさにこの事。自分のどうしようもなさにうんざりしている僕の横で、カイザーが突然笑い出した。

「はっはっは、その通りだ！　この私でもさすがに口に出すのは憚《はばか》られたが、まったくもって、君の言う通りだ《千変万化》！　議長、我々にはこのような茶番に付き合うような暇はないぞ！」

「………どういう意味だね？」

どういう意味だか僕も聞きたいよ。その通りって、何？　カイザーも試験を受けるつもりなかったりするわけ？

議長に喧嘩を売るのは構わないが僕の名を出すのはやめていただきたい!!

戦々恐々としている僕の前で、カイザーが堂々と言う。

「この《破軍天舞》と《千変万化》は、既に看破しているのだよ！　今回の審査会議は、例年と違い、探索者協会がほぼ全ての申請を通過させるつもりでいる事を、ね！」

「!?　まだ審査は始まってもいないが？」

やめて……僕の名を出すの、やめて。看破していないよ！　そんな事一言も言っていないよ！

「さすがの私ももう少し泳がせるつもりだったが、うむ、確かに無駄な時間だ。そもそも、《千変万化》はともかく、この私やサヤ君のようなハンターがこの場に立っている時点で不自然なのだよ！　探索者協会は、ほぼ勝ち目のないハンターをまず審査対象にはしたがらないはずだからね。レベル９認定試験の申請を出したのは我々だが、例年ならばまず、その申請は受理されないはずなのだ」

カイザー……自己評価が高いのか低いのかわからない。勝ち目がないとか言っているし……。

「既に審査を通すための見込みはついているのだろう。理由についても、《千変万化》とこの《破軍天舞》にはお見通しだ！」

お見通しじゃない。全然お見通しじゃないよ……やめておくれよ。

視線がこちらに集まっていた。身を縮める僕を完全に無視し、カイザーが叫ぶ。

「我々に、試験という名目で高難度の依頼を押し付けるためだろう！　レベル９の前提に世界的な偉業が必要だと言うのならば、世界的偉業となる試練を課してその突破をもってレベル９に認定すればいい。順序は逆だし、力業ではあるが、筋は通っている。そして、この私は、既に事前の調査で、把握しているのだ。そういうイレギュラーな例が実際に、過去に存在する、と！」

「…………」

カイザーの支部の支部長が頭を抱えている。ガークさんは何故か腕を組み落ち着いたものだが、その眼は僕に死刑を告げていた。

どうやらカイザーはレベル９を目指すにあたって様々な事前準備をしていたらしい。

「ふははははは、黙り込むとは、図星かね？　だが、何よりこの私が腹立たしいのは――君達がこの《破軍天舞》に直接依頼をしなかった事だ。これみよがしに審査が緩くなるという噂を流し、我々のような、少々レベル９を目指すのは難しいハンターが引っかかるのを待つ。仮にも英雄と呼ばれる我々を、騙し討ちのような手で招集しようなど、言語道断だ！　どうしても依頼を達成したいのならば事情を話し、指名依頼を出すべきだろう！　そうすればこの私も気持ち良く動けるというものだ！」

高らかに叫び、糾弾するように人差し指を議長に突きつけるカイザー。恐れを一切知らない。

だが一番厄介なのは、その言葉が割と真っ当な事だろう。正論が常に通じるとは思わないが、この審査の場で、しかもレベル８であるカイザー・ジグルドが堂々と出した言葉には説得力があった。

即座に議長が反論しないのはその言葉にそれなりの理があるからだろうか？　カイザーは沈黙する

議長にまるでトドメでも刺すように言う。

「おっと、返答には気をつけたまえよ。我々は無辜の民を傷つけたりしないが、誇りを傷つける者を許すこともまた、ありえない。確かに私やサヤ君は少しレベル９からは遠いが、それは弱さを意味しない。この《破軍天舞》のテンペスト・ダンシングや《夜宴祭殿》《リトル・ウィッチ》のさらさらを敵に回したくはないだろう？」

確かに敵に回したくないな。《深淵火滅》と同格という事はガークさんより上だからなあ……数字だけなら。

もう完全にカイザーの独壇場だ。突然名前を出されたサヤも呆れ返っているようだ。ガークさんの隣で何故か楽しそうにしているセレンが大変羨ましい。おうちに帰りたい……。

完全に気力を失っていると、カイザーが僕の背中をばんばん叩いて言った。

「そして何より、先日の武帝祭で白日の下になった《千変万化》の切り札――『雷槍天滅神来花《らいそうてんめつじんらいか》』を受ければ、この荘厳な本部も塵すら残るまい」

雷槍……え……な、何？

唐突な言葉に、思わず固まる。

武帝祭で白日の下になった？　何の話をしているんだ？　武帝祭で僕がやった事と言ったら……………なんか大変だった記憶しかない。

だが、これだけは声を大にして言いたい。言わなくては――。

『どうやら何か誤解があるようだな。《破軍天舞》、雷槍天滅神来花は《千変万化》の切り札ではない』

そうそう、それそれ。それが言いたかったんだよ！

カイザーが目を見開く。

不意にあがった、聞き覚えがあるようなないような声。

声の元は円卓に並んだ共音石の内の一つだった。

カイザーがそちらに視線を向け、傲岸不遜にも見える笑みを浮かべる。

「この私の情報に誤りがある、と？　一応、これでも情報収集能力には自信があるんだが――名を名乗りたまえよ」

『……そうだな、《破軍天舞》。私の名は――ラドリックだ。そして、君の情報収集能力を疑うわけではないが、今回はこちらの情報の方が正しいだろう。何しろ、武帝祭をこの眼で見ていたからな』

「…………」

カイザーから笑みが消え、黙り込む。一体どうしてしまったのだろうか。

そして、名前を聞いても全然思い出せない。ラドリックって誰？　観客席にいた人かな？

『正確に言うのならば、雷槍天滅神来花は試合相手の切り札のオリジナルスペルで、《千変万化》はそれを一瞬で再現して放っただけだ。それはそれで驚嘆すべき事ではあるが……その場で再現した術を切り札と呼ぶのは些か乱暴だろう』

!?　…………そう言われても、そんな状況全く記憶にない。

相手の術を再現して放つなんて僕では無理だし、見聞きした事を忘れていたとかならまだしも、そんなめちゃくちゃな事をして忘れるなんてありえな…………いや、まてよ？　もしや、無意識の内に

やっていた可能性も？

…………ああ、そう言えばあの時、妹狐が僕に化けて戦ってくれてたんだっけ。

「…………訂正、痛み入るよ。まぁ、友人の力が強いのはとてもいい事だ。つまり、議長。私が言いたいのは、もう少し探索者協会はレベル８の力を、我々をレベル８にした自分達の判断を、信じるべきだという事だよ。なぁ、サヤ君？」

「私は、私のやるべき事をやるだけ」

何故かカイザーの勢いが先程よりも落ちていた。しかもいつの間にか友人になっている。まぁ、別にいいけどね……。

突然話しかけられたサヤは変わらずクールだった。もしかしたら自分は関係ないとでも考えているのかもしれない。僕も全くの同意である。

というか、このままだとなんとなく流され巻き込まれてしまいそうだ。

そこで、ようやく議長が小さく咳払いをして、カイザーに反論した。

「誤解しないでくれ、《破軍天舞》。君の言う事は半分当たっていて、半分外れている。ただ、事は――それだけ重大なのだ。事前審査の基準が少々甘くなる事は違いないし、試験の内容が異質な事も正解だが――基準や試験内容が時勢に影響されるのはいつも通りの事。無条件に全員を通すなどという事は、断じて考えていない。トレジャーハンターにも向き不向きがある。それに――今回の試験になる依頼には、人数制限があるのだよ」

人数制限のある依頼。珍しい依頼だ。一般的に宝物殿の探索などには適正人数というものが存在するが、それは適正であって制限ではない。

可能性があるとすれば護衛依頼で相手から人数を指定されているパターンくらいだろうか。

僕はすかさず保身に走った。

「でもさあ、そういう試験なら僕達の他にも適切なメンバーがいるんじゃないの？　自慢じゃないけど僕の戦闘能力は大した事ないよ？　さっきカイザーが言っていた雷槍なんとかだってただの成り行きだし、まだ死にたくない」

勘弁して欲しい。レベル8になってしまったのだって、ガークさんの忖度《そんたく》や仲間達の弛《たゆ》まぬ努力の結果なのだ。僕は無能だが、さすがに自分の命がやばくなったら拒否くらいする。

カイザーが眉を顰め、僕を見下ろす。こちらを見定めるかのような眼差し。

「……《千変万化》、弱腰とは意外だな。それとも、この《破軍天舞》や《夜宴祭殿《リトル・ウィッチ》》が仲間では不満かい？」

そういう事じゃないよ。サヤもこっちを見るんじゃない。僕はそんな事言ってないだろ！

宥《なだ》めようと口を開きかけた瞬間、議長が表情をあからさまに歪《ゆが》めて言った。

「いや、そういう事ではないだろう。まったく、どこで漏れたのかはわからないが――困ったな。確かに、今回我々は――二の矢を用意している。余り使いたい方法ではないが、適性のあるハンターが現れなかった時のための二の矢――」

「!!　議長、それは……審査の結果が出てから話をした方がいいのでは？」

議長の隣に座っていた職員が声をあげる。だが、議長は首を横に振って言った。

「いや、既に知られているのならば今、話をしても問題ないだろう。我々が用意しているのは——戦闘能力にのみ秀でた、犯罪者《レッド》ハンターだよ」

「犯罪者《レッド》ハンター………？」

それは、探索者協会の幹部クラスが出したとは思えない、余りにも馬鹿げた言葉だった。

犯罪者《レッド》ハンターとは、犯罪行為に手を染め探索者協会を除名になった元ハンター達の総称である。

そのほとんどは、性格に難がある者であり、大抵の場合は犯罪組織の用心棒をやっていたり、盗賊団の一員として領地を荒らし回っていたりと碌《ろく》でもない連中ばかりで、僕もこれまで散々迷惑をかけられてきた。

確かに中には高レベルハンターに引けを取らない実力者もいたにはいたが、そんな連中を使おうなど正気とは思えない。

「君達の言いたい事はわかる。だが、今回の依頼はそれだけ重大なのだ。今回は各国にご協力いただき、超法規的措置を取った。監獄に収監されている犯罪者《レッド》ハンターの中から、高い戦闘能力を持ちこちらの指示を聞きそうな者を見繕い、任務に従事させる」

どんな言い訳をしようが聞けば聞くほど、とんでもない言葉だ。一時的にでも犯罪者《レッド》ハンターを解放すれば、被害者やそれを捕まえた者が黙ってはいまい。そりゃ犯した罪にもよるとは思うけど。

カイザーは顎に手を当てると、眉を顰めて、議長を見る。

「………ふむ。面白い案だ。馬鹿げているという点に目を瞑《つむ》れば、な。だが、今はこれ以上の追及はやめておこう。するだけ時間の無駄だからな」

円卓を囲む面々を見回す。よく確認してみると、皆が険しい表情をしていた。とても議長の出したこの策に納得しているようには見えない。ガーク支部長など、あからさまに不機嫌そうだ。

そもそも、探索者協会に所属しているハンターの層の厚さを考えれば、そのようなリスクばかりが高い手を打つ意味はないように思える。僕達三人がその依頼とやらに適性がなかったとしても、探索者協会には強力なハンターが大勢いるのだ。アークを使え、アークを。

「この私が気になっているのは——探索者協会が、そこまでおかしな手を考えざるを得なかった、今回のレベル9認定試験になる依頼の正体、だよ。それを教えてもらわねば始まらないからな」

カイザーが僕の思考を代弁してくれる。その表情は至って真剣だ。

ハンターにとって依頼の見極めは生き延びるための必須技能だ。僕と違って彼は依頼を受けるつもりなのだから、まあ当然である。

その問いかけに対して、議長の視線が僕の方に向けられる。そして、何故か、議長は話をしていた《破軍天舞》ではなく僕に尋ねてきた。

「《千変万化》、宝具コレクターだという君に聞くが——君は、高度物理文明というものを知っているかね？」

「…………!!」

カイザーが目を見開く。サヤが目を瞬かせる。僕は思わずため息をついた。

何を言っているのだろうか？

宝物殿が再現する文明のカテゴリー。ハンターの基礎知識である。詳細を知っているかはともかく高度物理文明の名を聞いた事のないハンターなど存在しないだろう。

そして宝物殿のカテゴリーは宝具のカテゴリーと一致するので当然、僕もある程度理解している。

「そりゃ、僕も一応ハンターだからね。宝物殿が再現する文明の中ではまぁ、一番興味があるかな」

何しろ、スマホが一般流通していたらしい文明だからな。

その文明の特筆すべき点は利便性だろう。他の文明から顕現《けんげん》した品と比べて高度物理文明から顕現した品は非常に多機能で使い勝手がよいとされているのだ。

おまけに、かつてその文明がこの星に存在していた頃は、それらの品を扱うのに魔力《マナ》が必要とされなかったという。その代わりに使われていたエネルギーが雷の力だったらしく、結果、高度物理文明の宝具には、基本的に雷に弱いという欠点が特性として残されている。ちょっと不思議な話だ。

「では、その高度物理文明の恩恵によって発展している都市も知っているな？」

「知ってるけど、行った事はないね。機会があれば行きたいとは思っているけど」

高度物理文明の恩恵を受けている街や国は大抵の場合、入出国や宝物殿の出入りに厳しい制限をかけている。宝物殿からの実入りが大きく、ハンターに開放するよりも国主導で攻略した方が利益が大きいからだ。なんでも、現れる幻影《ファントム》が弱いくせに顕現する宝具の価値が高いらしい。

一応、そういう国にも探索者協会は存在するが、そこに登録されるハンターは自国の人間のみであり、半ば独占状態になっているという。

そういった国は特に高レベルハンターやパーティの出入りを厳しく制限しているらしいので、レベル８の僕がそういう国への入国を許される事はないだろう。

議長は僕の言葉に眉を顰め、低い声で言った。

「それは……運がいいのか悪いのか、わからないな。次のレベル9試験の舞台となるのは――高度物理文明により発展した都市なのだ」

「え………行きたい……」

スマホ買いに行きたい。可能ならば他の宝具も欲しい。売ってくれるかわからないけど……。でも試験だからなあ……スマホ買いに行きたいから行きます仕事はしませんは通じないだろう（当たり前）。

そこで、カイザーが眉を顰めて言った。

「高度物理文明の都市。レベル9試験。議長、それはまさか――あの『コード』関連ではないだろうな？」

「ッ!?」

その言葉に、議長の顔色が――いや、その円卓についていた全員の顔色が変わる。ガークさんの眼も大きく見開かれている。

コード……？　また聞いた事のない名前が出てきたよ。レベル8って知識量も凄いんだなあ。

感心しながらカイザーに視線を向ける。カイザーの眉間には深いしわが寄っていた。

「『高機動要塞都市コード』………この私でもそこまで詳しく知っているわけではないが――サヤ君は聞いたことはあるかね？」

「…………少しだけ。高度物理文明でもかなり進んだ武器を有する……難攻不落の浮遊都市だとか」

難攻不落かぁ…………いいな。

高度物理文明の宝具と一口に言っても初期の物と後期の物で相応に性能差というものが存在する。

だが、難攻不落という事は、その都市は恐らく後期の宝具で軍備を固めているのだろう。

一体、探索者協会にどういう依頼が持ち込まれたのかはわからないが、その都市が今回の依頼者なのだとしたら、報酬も期待できるはずだ。もしかしたら宝具を譲ってもらえるかもしれないし、うまく心証を良くできれば今後も入国できるようにしてもらえる可能性もある。

そんな事になったら、ルーク達もきっと大喜びだろう。

「なるほどなるほど…………ありだな」

問題はやらねばならないのがレベル９認定試験になるような依頼だって事だけだ。僕だけじゃ絶対にクリアできないよ、せめてアークかそれに匹敵するようなハンターがいないと……。

議長がカイザーを睨むような鋭い目つきで見て言う。

「《破軍天舞》…………事前に聞いていた以上に切れるようだな。まさかたった一言の情報からそこまで絞り込むとは……如何《いか》にも、今回の依頼はコード関連だ。内容は試験を受ける者にしか話せないが、これだけは述べておこう。これはレベル９ハンターを求めるに相応《ふさわ》しい試練である、と」

内容は極秘、か。これは…………カイザーとサヤ次第だな。

高度物理文明の都市というのは気になるが、命の方が大事だ。レベル８ハンターは判断能力も優れているはずだ。彼ら二人がこの試験を突破できると判断するなら、きっと突破できるのだろう。

そして、僕がついていって一人ふらふらしていても何の問題もないに違いない。多分。

逆に、彼ら二人ができないと判断するなら絶対に無理だ。よし、これでいこう。

情けない事を考えながらうんうん頷いていると、カイザーは少し考えた後に、隣のサヤに視線を向けて言った。

「…………悪いが、事が事だ、即答はできない。一度サヤ君と相談させて貰おう」

…………僕は？


カイザー・ジグルドは自らの功績と実力に自信を持っている。

だが、決して自分が全ての依頼を達成できるとは考えていない。

ハンターの中にはどのような状況でもオールラウンドに対応できる者も存在するが、カイザーはそういうタイプではない。故に、カイザーは事前調査を怠らないのだ。

《夜宴祭殿《リトル・ウィッチ》》と共に会議室を出る。唐突なカイザーからの誘いにも、サヤは文句を言わなかった。

サヤはカイザーとは異なるタイプのハンターのはずだが、伊達《だて》に長くハンターをやっていないという事だろう。

サヤが拠点とする都市──テラスは特に魔物や幻影《ファントム》が強力な事で知られる地域だ。

そこでレベル8と認められている《夜宴祭殿《リトル・ウィッチ》》は間違いなく、戦闘に特化したハンターだ。

適当に会議室の隣の部屋に入り、周囲の気配を確認する。

誰も部屋を監視している者がいない事を確認し、カイザーは沈黙を保ったままのサヤに言った。

「サヤ君、今回の依頼、どう見る？」

「……まだ、わからない。でも、探索者協会の反応から推測するに、余り成功率は高くないと思う」

やはり、サヤも議長の言葉から同じ印象を受けていた、か。

カイザーも全くの同意である。だからこそ、サヤとの相談が必要だった。

「テラスで最強の座を担っていたはずなのにその判断、ブラボーだよ。私も完全に同意だ。そして探索者協会も、相当厄介な依頼を受けとってしまったように見える」

議長はまだ何も言っていない。

だが、その会話の内容から読み取れる事は幾つか存在していた。

「余り長く席を外すわけにもいかないから、私が彼らの言葉を聞いて考えた事を手短に話そう」

話しながら考えを整理する。

「この私が推測するに、恐らくこの依頼、レベル8ハンターが複数人いても厳しい。レベル8ハンターが複数人いても厳しいという事は、レベル9でも辛いはずだ。レベル8と9の差は概ね信頼の差のようなものだからね。そして、探索者協会はレベル9や10を失いたくないかあるいは――誰も受けないだろうと考えたからこそ、レベル9の認定という報酬を用意する事にした」

サヤは黙って聞いていた。感情やプライドの問題は今はいい。時間は余りなかった。

あの《千変万化》が動き出す前に、方針を決めなければならない。

「人数制限に、本来ありえない犯罪者《レッド》ハンターの投入。他の条件を鑑みても――今回の試験は相当、特殊な依頼だ。特に舞台がコードとなれば——その都市の事を少しでも知っている者ならば、依頼を受けるのは避けるだろう。少なくとも、私だったら受けない」

高度物理文明の恩恵を受けた都市、高機動要塞都市コード。

その都市について、カイザーは情報をほとんど持っていない。それは、コードが世界から切り離されているからだ。

唯一知っているのは、コードが現存するどの国よりも強大な軍事力を持っているという事。

そして——都市全体が人間社会と相容《あいい》れないという事である。

最初、それは、高度物理文明の宝物殿の一部だったらしい。

そこに存在していた未知の装置を起動した結果、コードは誕生した。

装置を起動した者は王となり、仲間達と共に、周辺に存在していた国々を都市に搭載された兵器の力で焼き払い、力ずくで統一を果たした。

不運にも都市の攻撃射程範囲に存在していた国々は一方的に敗北した。

各国の正規軍も、そしてトレジャーハンター達も——その蛮行を止める事はできなかった。

それほど、コードの兵器は優れていたのだ。

コードに探索者協会の支部は存在しない。必要ないからだ。

コードは他の国と交流を持たない。奪えばいいからだ。

「私が記憶している限り、これまでコードに関連する依頼が発行された事はなかった。恐らくは、余りにも危険だからだ。それが試験となるのだから何か状況が変わったのだろう。レベル８を複数集めようとしている点から考えても――恐らく今回の試験は、コードと敵対するものだ。レベル9に相応しい試練とはよくも言ったものだよ。そもそも国と戦うのはハンターの領分じゃないが――」

レベル9を目指す上での一番のハードルとされる実績審査が緩むのだ。カイザーもある程度の覚悟はしていたが、これはさすがに予想外だ。

サヤが目を瞬かせて聞いてくる。

「国を十五も救ったのでは？」

「それは事実だよ。だが、戦力が違いすぎる。私が救った国にはテンペスト・ダンシングの敵がいなかったからね。ハンターには得意不得意がある。サヤ君、今特別に、君にだけ話すが――我がテンペスト・ダンシングの弱点は………威力が控えめな事なのだ。人間相手なら何の問題もないが、竜も落とせない。私の本質は紛れもなく、戦士ではなくダンサーなのだよ」

それでも、相手が並だったら問題はない。カイザーもハンターである以上は、魔物や幻影《ファントム》も倒してきている。

だが、間違いなくその都市には存在しているだろう、高度物理文明の粋《すい》――機装兵《きそうへい》をどこまで相手にできるのかは怪しいところだ。

薄く強固な装甲を有する機装兵は現代文明では未だ再現できない存在だ。防御の硬い相手はカイザーの最も苦手とするところでもある。

「サヤ君、《夜宴祭殿《リトル・ウィッチ》》は、国々を焼き払い数多くの高レベルハンターを撃退したコードと戦って、勝利する自信はあるかね？　私は見たぞ、議長がコードの名を出した瞬間、サヤ君のところの支部長の表情が怒りに歪むのを。あれは、事前に試験の内容を知らせなかった探索者協会への怒りだよ」

恐らく、試験内容が事前に明らかだったら、サヤもカイザーもこの場には来ていなかっただろう。

今回カイザーは自らレベル9認定試験を受けたいと支部長に進言してここにやってきたが、その時点で支部長の許可が出なかった可能性が高い。

支部長にとって己の支部の優秀なハンターは宝なのだ。ましてそれが自ら導いた相手だったらその思い入れたるやどれほどのものになろうか。

カイザーはため息をつき、サヤに告白する。

「正直に言わせて頂こう。試験を受けるのが私だけだったら、今回はレベル9になるのは諦めて帰るよ。サヤ君と二人だったとしても、断っていた可能性は高い、と思う。あそこまで啖呵《たんか》を切って断るのも情けなくはあるが、達成できる自信のない依頼を受けること程、迷惑な事はないからね。それに、リスクも余りにも高い」

レベル8は英雄である。それに課される依頼もまた危険で、緊急性と確実性を要するものばかりだ。

依頼を受けてみてできませんでしたでは済まされない。

「だが、今回は問題が一つだけ存在する。本来、レベル9の申請をしていなかったはずのあの《千変万化》がコードの名を聞いて乗り気な事だよ」

《千変万化》。

トレジャーハンターの聖地と呼ばれるゼブルディアで、最年少でレベル8に認定された男。

トレジャーハンターのレベル認定の基準は必ずしも一律ではない。

トレジャーハンターにも需要と供給というものが存在する。ハンターの総数が少ない程、高レベルハンターの数が少ない地域程、高レベル認定を受けるための敷居は低いのだ。

ゼブルディア帝国は大きな国だ。トレジャーハンターの数もカイザーが拠点としている場所と比べれば桁外れに多い。そのようなトレジャーハンターの激戦区で、才能あるライバル達を差し置いて最年少レベル８に認定されるなど、尋常ではない。

しかも、《千変万化》は既にその功績でレベル９に手がかかりかけている。

今回の申請が通らなければ当分レベル９になる見込みのないカイザーやサヤとは違うのだ。

サヤが眉を顰め、カイザーに言う。

「…………そんなに凄い人物には、見えないけど」

「カフェでも言ったが、見た目で判断するのは愚かな事だよ。依頼達成率百パーセント。未来予知に限りなく近い、神算鬼謀の《千変万化》。独自の情報網から得た情報を組み合わせ、常人ならば思いついても実行しない奇策を幾つも成功させた彼は、ハンター大国ゼブルディアで絶大なる信頼を集めているという。信じられないだろうが、先程私の出した情報に訂正を入れたラドリックという男は、ラドリック・アトルム・ゼブルディア――ゼブルディアの現皇帝だよ」

「!?」

大国の皇帝の名前くらいは当然、把握している。そうでなくとも、このレベル９の前提審査で呼ばれる者は各国の要人クラスばかりだ。

そんな人物が、わざわざあの場でカイザーの言葉に対して反論した。

それが意味するところは何なのか？

「これはただの私の想像だが――今、我々は人生の岐路にいる。この極めて危険な依頼を受けるか受けないか、だ」

世界は広い。《破軍天舞》や《夜宴祭殿《リトル・ウィッチ》》はレベル8ハンターの中ではそこまで知名度が高い方ではない。だが、今回で名を知られてしまった。

「もちろん、現段階で、依頼を受けるか否かの決定権は私達にあるだろう。だが、もしも仮に私達が断った依頼を《千変万化》が受け解決したとなると――探協の中でのハンターとしての格付けが確定してしまう。彼が上で、私達が下、だ」

「…………」

「実力至上主義とは残酷だな。言うまでもないが、彼に非はない。ただ、私達が存在した事で街でナンバー2になってしまったハンターが存在するように、《千変万化》が存在するせいで私達は、年下のハンターが受けた依頼を、リスクを鑑みるという名目で回避した情けないハンターになるのだ。そして、その事実が来年以降のレベル9審査に影響するのは間違いない」

「…………最低な話」

吐き捨てるようなサヤの言葉。その苛立ちは果たしてどこに向けられたものだったのか。

だが、少なくともそれは――《千変万化》に対するものではないだろう。

はっきりしているのは、カイザーも、そしてサヤも、確固たる意志をもってレベル9を目指しているという事だ。

レベル８で終わるなどごめんだ。

戦わずして敗北するくらいならば、リスクを負ってでも勝利を目指した方がいい。その極僅かな表情の変化からサヤも同じ考えである事を読み取り、カイザーは心の中でほっと息をついた。

「《千変万化》は、仮に私達が依頼を引き受けなかったら、探協が用意した犯罪者《レッド》ハンターを率いて依頼に挑むだろうね。犯罪者《レッド》ハンターなんぞでコードと戦えるかは不明だが、そんな事になれば、耐え難い屈辱だよ。故郷で私のレベル９認定の朗報を待つ友人達に顔向けできない」

「……それには同意する」

「私は今回の試験を受けるつもりだ。私がサヤ君に声をかけたのは、参加者が増えれば増える程、勝率が上がるからだ。相手は悪いが、勝ち目はある。《千変万化》の実績は本物だし、恐らく彼は、仲間がいればいるほど力を発揮するタイプだ。驚くかもしれないが、彼にはまだ――パーティを組んでいる相手がいるんだよ」

「パーティを組んでいる……相手？」

瞠目《どうもく》するサヤ。カイザーはソロハンターだ。サヤもソロなのだろう。レベル８以上のハンターはソロの割合が突出して高くなる。レベル８への道は並大抵の実力でついていけるものではないのだ。

帝都で最年少のレベル８認定を受ける程の才能を持っているのに、未だパーティに所属しているというのは稀有《けう》な現象だと言っていい。

「この私やサヤ君が協力すれば必ずや《千変万化》は依頼を成功に導くだろう。レベル８同士の共闘は学ぶ事も多いはずだ。これは試練だが、考えようによっては好機とも言える。依頼をクリアできればレベル9が見えるんだからな」

それで……サヤ君はどう動く？

じっと視線で確認するカイザーに対して、サヤが小さく肩を竦める。だが、その口元には小さな笑みが浮かんでいた。

「…………」

漆黒だった虹彩が仄かに赤みを帯びていた。まるでその身に秘めた力を示すかのように。

ハンターとして培った第六感がカイザーに警戒を呼びかけていた。

カイザーはサヤの能力を名前しか知らないが、異能とはよくぞいったものだ。

サヤがゆっくりとその唇を開く。

「……………カイザー、私はそもそも、試験に乗り気じゃないなんて言ってない。私の力がコードに通じないとも思っていないし――共闘にも、興味がある。私は……これまで一度もパーティに、入れてもらった事がないから」

レベル8ハンターはソロがほとんどなどと言っても、過去パーティに参加した事のある者は多い。

単純に、才能あるハンターでも力をつけるには――メンバーとの力の差が致命的なものになるまでは、時間がかかるからだ。

一度もパーティに入ったことのないハンター。それが意味するものは何か。

《夜宴祭殿《リトル・ウィッチ》》…………仲間として不足なしか。

もしかしたら、私は本当についていているのかもしれないな。

沈黙するカイザーに、サヤがくすくす笑いながら言う。

「それに、カイザー、貴方が一つだけ言っていない事がある。《千変万化》だけが依頼を受けて、失敗した場合の話よ。その場合、撤退を選んだ私達の判断が妥当だったと評価されるのでは？」

「ふははははは、それは、言うまでもなかったから、言わなかったのだよ。《千変万化》だけが試験を受けるパターンなどありえないと考えていたからね。この私は負けず嫌いなのだ。たとえ実績で負けていても、ハンティング・スピリットでは負けたくないものだね」

居た堪れない空気の中、待機する事数分。部屋を出ていったカイザーとサヤが戻ってくる。

一応は僕もレベル8なのだが……何故仲間はずれにされてしまったのか。もしかしたら僕を戦力外だと考えたのかも知れない。その通りだよ。仕方ないね！

カイザーは僕の隣に立つと、こちらにちらりと一瞬視線を向け、堂々とした態度で議長に言った。

「サヤ君と話をした。その試験、この《破軍天舞》の力をもってしてもリスクが高いと言わざるを得ないが、犯罪者《レッド》ハンターに任せるわけにはいかないな。詳細を話したまえ。探索者協会の頭を悩ませているというその依頼、この三人で解決してみせようじゃないか！」

!?　僕はまだ受けるなんて言ってないんだが……もしかしたら、カイザー達がいるなら受けてもいいかもなと考えていた事が見抜かれていた？

いや、あれはただの出来心で本気じゃないんだけど……いくら僕でもカイザーやサヤの邪魔になるとわかっているのに同行しようとは思わない。

「ちょっと待って、僕はまだ試験を受けるなんて言ってないんだけど……」

手を上げ一応、反論してみるが、カイザーはきらりと歯を輝かせて言う。

「ふ…………《千変万化》、考えている事はわかる。君と私がタイプが異なるハンターである事くらい理解している。何を得意としているのかも、ね。安心したまえ、レベルは同じではあるが――君の邪魔をするつもりはない。それに、我々の力は君のパーティメンバーにも引けを取らない事だろう。これでもレベル8だからな」

考えている事はわかる？　タイプが違う事くらい理解している？　まさか僕が幼馴染に頼りっぱなし系ハンターである事まで、この《破軍天舞》は見抜いているという事だろうか？

それに君のパーティメンバーにも引けを取らないって事は…………リィズ達の代わりに事件を解決してくれるって事？　いやいや、そんな馬鹿な――。

カイザーの言葉の真意を読みかねて戸惑っていると、議長が厳かな声で言った。

「良かろう、《破軍天舞》、《夜宴祭殿》《リトル・ウィッチ》、《千変万化》。貴殿ら、探索者協会が誇るレベル8ハンターがそこまで言うのならば、この依頼――貴殿らに託すとしよう。時間も余りないし――少なくとも、現時点で取れる手ではそれが、最善だ。それでは、採決を取ろう。異論がある者がいなければ審査を終え――彼らのレベル9認定試験を開始する」

周りをぐるりと見回し、議長が確認するが、特に異論のある者はいないようだった。

もっと厳密に審査するのだと思っていたのだが、そんなに急を要する依頼なのだろうか？

残念ながらこの状況に戸惑っているのは僕だけのようだった。

カイザーもサヤも真剣な表情で議長を見ている。僕はまだ七割方試験を受けたくないのだが、なんかもう断れなそう…………まぁ、前向きに考えよう。

レベル８が二人も味方なのだ、その護衛付きで高度物理文明の街を見学できるなら悪い話ではないはずだ。多分、きっと、恐らくは。

自分に言い聞かせていると、議長は一度ため息をつき、深刻そうな声で言った。

「まずは、今回の依頼の舞台について話さねばなるまい。高機動要塞都市コード――これは余り公にはなっていない情報だが、レベル８ハンターならば聞いた事もあるだろう。高機動要塞都市コードと探索者協会の因縁は初めて都市が起動したその時から始まった。そして、探索者協会はこれまでに二回コードと戦い――事実上の敗北を喫している」

んー…………あれ？


高機動要塞都市コード。それは、高度物理文明期の宝物殿から分離した奇跡の都市。

とある男が高度物理文明の宝物殿の最奥で起動し、天空に浮かんだその都市は、過去文明の都市システムと兵器をそのまま有していた。

不幸だった点は、その男が正規のトレジャーハンターではなく、犯罪者《レッド》ハンターであった事。

都市を起動した男は新たなる王国の王を名乗り、仲間達と共に、搭載された兵器を使い都市の攻撃射程圏内に存在していた全ての国を焼き払い、力ずくで吸収した。

そして、その恐るべき都市は今なお、遥か天空からその地を支配し続けている。


議長からもたらされた情報は、この状況が、僕が期待したものと正反対である事を示していた。

敵じゃん。僕は高度物理文明の都市を観光したいって言ってるのに(言ってない)、コードって敵じゃん。もはや詐欺みたいなものだ。

だが、今更、その高度物理文明の都市が依頼人だと思っていたなどと言うことはできなかった。

カイザーやサヤはその事を知っていたようだし、トレジャーハンターは自己責任。知らなかった僕が悪かったという事だ。

僕には、深刻そうな表情で語られる議長の説明をただ呆然と聞く事しかできなかった。

探協は依頼を受け、過去に二度、そのコードと交戦しているという。

一度目の交戦は、コードが起動した直後。

一方的な降伏通告と共に攻撃された国々からの依頼を受け、探協は高レベルのハンターを集めコードの攻略作戦を決行した。

結果だけ言うのならば、探協はコードを止める事はできなかった。

探協は動員したハンター達のほとんどを失い、そして――かろうじて、コードに搭載された一つの重要な機能を奪う事に成功した。

そう――都市それ自体に搭載されていた、移動能力を。

コードに搭載された高度物理文明時代の兵器は現代技術の粋を集めた最新の兵器と比較しても隔絶した力を誇っていた。

その中の一つが、数百キロ離れた位置から広範囲を焼き払うエネルギー兵器――焼却砲《しょうきゃくほう》だ。

もしも超長距離からの攻撃が可能なコードの移動能力を破壊することができなかったら、世界中の国がその脅威に怯え続けなければならなかっただろう。

破壊した機能は未だ修復されていない。今のコードは一地点に浮かぶ空中都市だ。

そして一度目の戦いはコードの攻撃射程内の国が全て滅んだところで、無期限の延期となった。


二度目の戦いはその百年後。コードの全権を有していた初代の王が死んだ時。

きっかけはコードから逃げ出してきた人物から持ち込まれた依頼だったという。

コードは王の代替わりの瞬間、都市システムに混乱が生じるらしい。

その一瞬を狙い、探協は内外からコードの攻略を試み、そして、惨敗を喫した。

二度目の攻撃で、探協は何も得る事ができなかった。

外側から攻撃を仕掛けたハンター達も、依頼者と共に都市への潜入を試みたハンター達も――誰一人として戻ってくる事はなく、コードは新たに即位した王の手により再び万全となった。

それ以来、コードに対して探協は不干渉を貫き、その都市の名は表では語られないものになっていった。

外部からの攻撃は都市の防衛機能により通じず、依頼人の手引を受けての潜入作戦も失敗。

コードの攻撃射程圏内には既に国はなく、高レベルハンターの命を無意味に危険に晒《さら》すくらいならば近づかない方がいいというわけだ。それは事実上の敗北宣言でもある。

トレジャーハンターは騎士などと異なり自由だ。リスクは避ける傾向にあるし、無駄に死者が出るような仕事を斡旋すれば探協の信頼も揺らぐ。妥当な判断だったのだろうと、僕も思う。


だが、それから約百年が経過した今、また状況に変化が訪れた。

コードに再び挑まなければならない理由ができたのだ。


「コードの移動機能の復活、か。まさしく、世界の危機というわけだ。はははははは、ただ試験を受けにきたのに、まさかこんな難事にぶつかるとはな」

審査会議終了後。探索者協会本部の最上階。

共に依頼を受ける事になった三人でテーブルを囲み、カイザーが爽やかな笑みを浮かべて言った。

四方がガラス張りの部屋からの景色は絶景で、帝都に勝るとも劣らない夜景がよく見えた。どうやらここは本部でも極一部の特別な客にしか使えないＶＩＰルームらしい。とりあえず話をするための部屋を（カイザーが）要求したら通されたのだが、夜景を見て現実逃避でもしろという事だろうか。

酷い危険な依頼を押し付けられたにも拘わらず、カイザーもサヤも自然体だった。

小さくため息をつき、カイザーの言葉に、サヤが落ち着いた声で返す。

「同意する。でも、超兵器で防御が固められた難攻不落の都市を外から攻撃するよりはずっとマシ。内部に侵入できるのならばやりようがある」

今回の依頼で唯一幸いな点があるとするのならば、都市内部に入り込める手段がある事だろう。

もっとも、その手段がなければこの依頼がレベル9認定試験になる事もなかったろうから、幸運と呼べるかは微妙だ。

高機動要塞都市コードに潜入し、囚われの身になっている王族を救出せよ。

それが、今回のレベル9認定試験として提示された依頼だった。

難攻不落の都市に潜入、コードの貴族階級に囚われている王族を全員保護し、都市外に逃がす事。

コードにおける王族は他の国とは立ち位置が異なる。コードは古代文明のシステムを流用した都市だ。都市には様々な能力が備えられているが、その操作権限は最初に都市を起動した王とその血筋に帰属しており、王がいなければまともに動かす事ができない。

依頼人から持ち込まれた情報によると、現代のコードでは権力はその配下の貴族に握られており、平和を唱えた王族は軟禁され、都市の操作を強制されているらしかった。

移動機能が復活しても、都市を動かせるのは王族だけだ。とりあえず、王族を全員逃がす事ができれば、コードが移動し他国の侵略に乗り出す事もなくなるというわけだ。

………………てか、これってハンターの仕事なの？

確かに、ハンターは宝物殿の攻略で危険な場所に潜入するのには慣れているが、今回は世界の命運がかかっている。いくら何でもトレジャーハンターに重荷を負わせすぎではないだろうか？

依頼内容を聞かされてからやる気が下がりに下がり、心の中でグチグチ文句を言っていると、カイザーが大きく頷いてこちらを見る。

「まったくサヤ君の言う通りだよ。この《破軍天舞》に空に浮かぶ都市を攻める術《すべ》はないし、経験もないからな。《千変万化》、君は空に浮かぶ都市の攻略経験はあるかい？」

「いや…………………僕も大概いろんな目に遭ってきたけど、空飛ぶ都市の攻略なんてないね。……………せいぜい、一回くらいだな」

「!?」

まぁ厳密に言えば、レベル10宝物殿【迷《まよ》い宿《やど》】は都市ではないし、攻略したわけでもないが——どうして僕はいつもこんなに酷い目に遭うのだろうか。

無力な僕にできるのはハードボイルドな笑みを浮かべることくらいだ。

「あ……あるのか。どうやって？」

「……その時は飛行船で突っ込んでしまったんだけど、どうなるかと思ったよ」

「!?　飛行船!?　…………さすが、ゼブルディアのハンターは違うな……さすがの《破軍天舞》でもそこまで派手な事はしたことがないぞ！」

僕も今思い返しても二度と体験したくないね。

まぁ、だが冷静に考えると、今回の依頼、危険は危険だが、僕はどこに行っても大体危険なのだ。

カイザー達がいるだけマシだと考えられるかもしれないな。

高度物理文明の粋。難攻不落の空中都市、か。

「神殿型宝物殿とどっちが危険なんだろう……」

「ふむ……面白い想定だな。神の幻影《ファントム》はとてつもない力を持っていると聞く。だが、この私でも神の幻影《ファントム》など見た事がないからな……」

「へー……カイザー、神の幻影《ファントム》見たことないんだ……なんか意外だな。僕なんて五年で三回も遭遇してるのに……」

「!?？」

もしかしてゼブルディアという土地が僕と合わないのだろうか？

だがもう《始まりの足跡《ファースト・ステップ》》を作ってしまっている。パーティならともかく、クランごと移動となるとかなり難しい。今までのエヴァの努力を無にするなど僕にはできない。

まさか自分が楽をするために作ったクランが足枷《あしかせ》になる日が来ようとは……。

しかしどうしたものかね……今回はいつも以上にうまくいくビジョンが浮かばない。

これまでの試験は大体、単純なものだった。特定の魔物を倒せとか、宝物殿を攻略しろとか、貴重な素材を手に入れろとか、護衛をしろとか、やるべき事が明確に決まっていた。

だが、今回は違う。そもそも相手が都市（というか、もはや国）という時点でトレジャーハンターが受けるような仕事ではないのだ。事前情報もほとんどないし、明確な手段が用意されているわけでもない。さすが探索者協会が褒美にレベル９の地位を与えるだけの事はある。

手段が不問というのは臨機応変になんとかしろという事であり、前例がないから誰もうまくいく方法は知らないよという事でもある。カイザー達に頑張ってもらうしかないな。

そんな事を考えていると、不意にサヤが言った。

「《千変万化》、貴方がリーダーをやって。今回の依頼、私は貴方に従おう。臨時パーティのメンバーとして」

!?　…………一応確認するけど、なんで？」

「潜入任務はやった事がないし、貴方がリーダーとして一番適任だから。それに私は……一度、パーティに入ってみたかった」

真面目な表情でおかしな事を言うサヤ。僕のどこがリーダーとして適任なのか。サヤにリーダーをやれとは言わないが、どう考えてもカイザーの方がいいでしょ。

「僕だって潜入任務なんてやった事ないよ。…………………………いつの間にか潜入してしまった事はあるけど」

「…………」

自分で言うのもなんなんだがめちゃくちゃな言葉に、サヤが微妙な表情で口を噤《つぐ》んだ。

武帝祭で犯罪組織の狐？（正式名称は忘れた）のボスに間違えられた時は本当に衝撃だった。

本物のボスにもキレられるし、あれは本当に酷かった……ところで、その全ての原因となったうっかりをしでかしたソラは今も元気に稲荷《いなり》弁当を作っているのだろうか？

「本来ならばこの私がリーダーをやろうと言いたいところだが、まぁ今回はサヤ君の意見に同意しよう。この《破軍天舞》も、クランマスターやパーティリーダーを務める《千変万化》と神算鬼謀で勝負しようとは思わん。何しろ、この私は軍師ではなくダンサーだからな」

カイザーってダンサーだったのか……ダンサーでレベル8になれるって、テンペスト・ダンシング本当に凄いなあ。だが、軍師として期待されても困る。今まで僕がなんとかうまい具合にハンターを続けてこられたのは仲間達の尽力の結果以外の何物でもないのだ。

むしろ僕は全てが想定通りに行かない逆軍師（？）なんだよ。

僕は、しばらく指示をする側とされる側、どちらのリスクが高いか天秤にかけて迷っていたが、小さくため息をついて言った。

「わかったよ。まぁ二人共、レベル8のソロハンターだ、自由に動いてもらって連携が必要な時だけ話し合うのが一番いいと思うんだけど、とりあえず何を得意とするのかだけ確認しておこうか。まずは、サヤは何ができる？」

いざという時に助けてもらわなくちゃいけないかもしれないからな。

僕の問いに、サヤは迷う素振りもなく即答した。

「一通り何でもできる」

普通トレジャーハンターは役割があるものだが、こんな女の子が何でもできると断言するとは、末恐ろしい……いや、カイザーより年上だったか。

「カイザーは？」

「ははは、そういう意味で言うのならば、この《破軍天舞》も大抵の事はできるさ。何しろ、ソロハンターは何でもやらないといけないからね！　ヒーラーだってできるよ！　一番得意なのはダンスだが、ヒーラーの方もなかなかのものだと自負している」

レベル８ハンター、やばいな…………何もできない僕とは大違いじゃないか。しかし一番得意なのがダンス、か…………真っ直ぐ芯が通っていていいね！

どう反応したものか迷っている僕に、カイザーは茶目っ気たっぷりの笑みを浮かべて言う。

「だが、一時的なものとはいえ、パーティを組むんだ。リーダーには言っておこう。この《破軍天舞》にも苦手とするものが存在する。それは――狭い場所だよ。私のテンペスト・ダンシングは勢いのある舞いだからね……ステージが狭いと本領が発揮できないんだ。後、硬い相手も苦手だよ。逆に得意なのは――広範囲の敵を殲滅《せんめつ》する事だ」

なるほど…………狭い場所と硬い相手が苦手、か。そして広範囲の敵を殲滅するのが得意、と。

僕は聞かされてしまったので、仕方なく頭の中にその情報をメモした。しかし自らの弱点を会ったばかりの相手に晒すとは、豪胆だな。ハンターってのは手札を隠すものなのに。

そこでサヤが、カイザーの言葉にはっとしたように目を見開いて言った。

「リーダー、私にも苦手な事がある。もしかしたら作戦を立てる時に問題になるかもしれないから、今のうちに言っておく」

「…………いや、別にいいけど……無理に言わなくても……」

トレジャーハンターには敵が多い。弱点を教えられてもそれを誰かに漏らすつもりはないが、ここが盗聴されている可能性もゼロではないのだ。

その手の対策はなされているらしいが、この世界にはまだまだ未知の力が存在している。アドラーの『現人鏡《あらひとかがみ》』がいい例だ。

カイザーが目を丸くしてサヤを見る。

「絶え間なく襲ってくる魔物の大群を撃退した『さらさら』に苦手なんてあるのか……それは意外だな。二人で話をした時は何も言ってなかったのに」

「ある。あの時は言う必要性を感じなかっただけ」

サヤは大きく深呼吸をすると、覚悟を決めたように言った。

「私の苦手なもの――それは、朝と昼。私の異能は、夜にしか発動する事ができない」

その信じがたい言葉に思わず僕は目を丸くした。

ハンターも人だ、得意不得意は存在するが、それでも夜にしか力を使えないハンターというのは聞いた事がない。

魔術の中には使用する時刻によって威力が上下するものが存在するというのは聞いた事があるのだが――夜にしか戦えないのにどうやってレベル8になったのだろうか？

カイザーも同じ感想を抱いたのだろう。眉を顰めて言う。

「それは……随分極端な力だ。しかし、おかしいな……この私が聞いた話では――サヤ君はたった一人で魔物の軍勢と七日七晩戦い続けたと聞いたのだが――」

「それは…………嘘じゃない。貴方の調査はかなり正確」

サヤは肩をすくめると、まるで当たり前の事でも言うかのように言った。

「私が能力を使っている間——夜は明けないから」

脅すようでもない、何気ない口調。それ故にその言葉には不思議な説得力があった。

燃やす婆さんやばいとずっと思っていたけど、レベル8は化け物揃いか……夜が明けないってどういう事？

「それが、《夜宴祭殿》《リトル・ウイッチ》の二つ名の理由か…………頼りになりそうじゃないか。目立つとまずい今回のような任務では使いづらそうではあるが、それは、私も同じか」

「お義母さん——テラスの支部長からは、余り大っぴらに戦うなと言われている。周りを、怯えさせてしまうから」

「ははは、それはこの私も同じだよ。力ある者には節度が求められるからね」

ルーク達も少しカイザーを見習った方がいいかもしれないな。もしかしたら、こういう戦闘能力以外の部分が今回の依頼でレベル8が抜擢《ばってき》された理由なのかもしれない。

二人のその様子に少しだけ元気がでてくる。ハンターというのは年々レベルが上がっていると言われている。百年前と今ではトレジャーハンターの質がまるで違う。

コードがいくら難攻不落でも、内側からの攻撃には弱いはずだ。仮に王族を全員保護できなかったとしても、最悪サヤとカイザーに七日七晩暴れさせれば侵略する気もなくなるだろう、多分。

「クライは……異能持ちと会ったことはある？」

「いや、ないな…………最近会ったのはせいぜい二人くらいだよ」

「…………そう」

つい先日、ユグドラで関わりがあったアドラーとケラーである。『さらさら』は『導手《どうしゅ》』や『外部感覚《アウターセンス》』と比べたらどうなのだろうか？

「……クライ、君は本当に色々な経験をしているなあ。この《破軍天舞》も脱帽だよ」

「そんないいものじゃないよ。今回みたいに、変な事に巻き込まれてばかりでね」

呆れたようなカイザーに、肩を竦めて見せる。

だが、まだだ。まだ、都市が今回の敵だからといって、僕の当初の目論見《もくろみ》が達成できないと決まったわけではない。都市に入れるのは間違いないのだ。街中を知らなければ王族の保護も不可能だろうし、運が良ければ宝具を買いに行くこともできるはずだ。

そこで、サヤがこちらを向いて聞いてくる。

「ところで――《千変万化》。貴方には弱点はあるの？」

「僕の弱点は……沢山あるけど、一番大きいのは、何をやってもうまくいかない事かな。まあ、今回はカイザー達もいるし、余り心配してないけど」

「ははは……依頼達成率百パーセントの《千変万化》が、よくもまあ言うじゃないか」

カイザーが笑う。冗談か何かだと思っているのだろう。

だが、僕にできる事はいつだって祈る事くらいだ。

サヤが少しだけ不満げに言う。

「しかし、笑い事ではない、今回の依頼は不確定要素が多い。一番の問題は――依頼人が不明な事」

「まったくだな。こんな怪しげな依頼、普通は持ち込まれた時点で拒否するだろう。探協がこの依頼を通常の依頼として他の高レベルハンターに振らなかった理由がわかるよ」

今回の依頼は未知の金属のカプセルに入れられ、探索者協会本部の付近で発見されたらしい。

カプセルには依頼の詳細やコードの状況について書かれたものが入っていたが、差出人についての情報は含まれていなかった。唯一わかっているのは、その依頼人がコードでは相応の地位にいるという事だけだ。

その証明となっているのが、同封されていたコードに入るためのパスカードである。

それがそのまま今回の人数制限になるのだが、都市のシステムで発行されるその金属カードは正規の手段でコードに入るための唯一の手段であり、コードでもかなり高い地位にある者にしか発行権限がないらしい。

探索者協会はそのカプセルの中身を吟味した結果その内容を真実とみなし、その依頼を緊急の、絶対に失敗は許されない依頼として受ける事を決めた。

「だが、受けざるを得なかった理由もわかる。それに数少ないレベル8ハンターを動員するのも、ね。カプセルを無視してコードが移動を始めたら幾つの国が滅ぼされるのかわからないし――前回のコードとの戦いでは、ハンターに同行しコード潜入に協力した依頼者も戻ってこなかったらしいからな。探協としては、最低の不名誉だよ。消せない汚点を少しでも挽回したいんだろう」

理屈はわかるけど……巻き込まれる方からしたらたまったものではないな。

「手がなかったら犯罪者《レッド》ハンターを送るってのは乱暴過ぎると思うけど」

うんうん、そうだね。メチャクチャだね。

ため息をついていると、カイザーが不意にそれまで浮かべていた真剣な表情を崩し、僕を見てにこやかに言った。

「そうだ。それで、《千変万化》。実は我が新たなる友に、一つお願いがあるのだ」

「お願い……？」

何を急に言い出すのだろうか。目を丸くする僕に、カイザーが軽い調子で言った。

「なに、難しいことではない。この依頼が君の想定通りにうまくいったら――この《破軍天舞》をラドリック皇帝に紹介してくれないだろうか？　本来レベル９になるようなハンターは世界中に名が知れ渡っているかもしれないが、今回はイレギュラーな試験でレベル９になるのだ、大帝国の皇帝陛下とも顔を繋《つな》いでおくべきだろう？」

「!!」

その言葉に、僕は思わず目を見開いた。

………あの審査会議で発言してた人、ゼブルディアの皇帝か。

ちゃんと「私は皇帝だ」と言ってもらわないと困る。

もちろん、依頼達成のために頑張ってくれるならば顔を繋ぐくらい問題ない。僕もそこまで親しくはない相手だしどういうふうに顔を繋げばいいのかわからないが、僕にはフランツさんがいる。

「お安い御用だよ…………………おまけでユグドラの皇女もつけようか？　活躍したら、だけどね」

「‼　レベル8を動かすにも十分な報酬だな、友よ」

これだけ友を連呼されるなら、僕達はもう親友と言ってもいいのでは？　ちょっと変わってるけど、燃やす婆さんよりだいぶマシだな？

カイザーに触発されたのか、サヤもこちらをじっと見て言う。

「私は…………この依頼が無事に終わったら、貴方のパーティメンバーを紹介して欲しい。レベル8のパーティメンバーに興味がある」

「…………いいよいいよ、紹介してあげるよ。今回はけっこう厳しそうだし、活躍してくれるならね。もしかしたらサヤは僕の妹といい友達になれるかも」

どっちも似たタイプみたいだし……いや、リィズ達とも友達になれるかもしれないな。皆、強いハンター大好きだからなあ……。

「‼　それは……この《夜宴祭殿》《リトル・ウィッチ》を動かすのにはこの上ない報酬」

落ち着いた様子から一変、食い気味に言うサヤ。《夜宴祭殿》《リトル・ウィッチ》、安いな‼　パーティメンバーを紹介するだけでいいなんて、いくらでも紹介してあげるから僕の護衛やって欲しい。

「…………おまけでユグドラの皇女もつけようか？」

「それはいらない」

セレン……可哀想に。

まぁいい。何はともあれ、依頼を始める前に仲間とわかりあえたのは僥倖《ぎょうこう》だ。このコード潜入という難事を如何にして乗り越えるのか。他国のレベル8の力、この目でしかと見届けさせてもらおうか。

頑張れ頑張れ!!

レベル9認定試験に赴くための準備を整える。探索者協会の威信を賭けた作戦なだけあって、探索者協会は可能な限りのバックアップをしてくれた。

帝都ゼブルディアに一旦帰還する選択肢も与えられたが、どうせ戻っても出来る事は何もない。アークを一緒に連れていけるわけでもなければ、宝具は全てみみっくんの中なので宝具の選定ができるわけでもない。いつも持ち歩いている宝具をチャージしてくれればそれで十分だ。

武器はいらないとは思ったが、一応軽めの短剣を一本用意してもらい、腰に吊るす。短剣なんて持っていても戦力にはならないし、抜く気もないが、格好というやつだ。

一通り用意を終えて、カイザー達に合流する。

カイザーもサヤも、武装をしていなかった。二人共鞄を持っているくらいで、剣も杖も持っていない。服装も審査会議に出ていた時と同じだ。

この姿を見ただけでは二人共ハンターには見えないだろう。

僕の姿をじろじろと確認してカイザーが言う。

「《千変万化》、君は武器を持たないのかい？」

「それはこっちの台詞《せりふ》だよ」

戦闘方面は二人に任せるつもりなのに……いや、それ以外もだけど。

「この《破軍天舞》の武器は踊りそのものだからね」

「私も、能力の発動に武器はいらない」

ハンターは基本、レベルに比例して装備も強力なものになるはずなのに――レベル8にもなると違うのか、あるいは《破軍天舞》と《夜宴祭殿《リトル・ウィッチ》》が特別なのか。

だが、冷静に考えてみると、コードは二度も探索者協会と戦っているのだから、ハンターの来訪を警戒しているはずだ。奇しくも僕達のスタイルは潜入任務に持ってこいなのかもしれなかった。

さすがのコードもこんな無防備にハンターがやってくるとは考えていないだろう。

カイザーの後ろで、カイザーとサヤ、それぞれのホームの支部長が難しい表情で話し合っている。

それをぼんやりと見ていると、カイザーの支部長が顔を上げ、僕の方に手招きしてきた。

何か用事だろうか？　無視できそうもないので、仕方なく近づく。

どことなく気が弱そうなカイザーの支部長が恐る恐る話しかけてきた。

「初めまして、《千変万化》。探索者協会ガリスタ支部の支部長、ウォーレン・コールです。この度は、我が支部のカイザーがとんだ迷惑を……」

「これはこれは……ご丁寧に」

随分腰が低い支部長だな。

面食らう僕に、ウォーレンさんはぺこぺこ頭を下げて言った。

「カイザーは、ガリスタでも、非常に、手を焼いていて……奔放なハンターなので…………だが、《破軍天舞》が、ガリスタ最強であることは、間違いない。今回の試験は、とんだ罠だったが……カイザーの実力は、他のレベル8にも引けを取らないはずです。恐らく、コード攻略にも役に立つ事でしょう。

彼はただの馬鹿ではありません。少々その戦闘スタイルは目立ちすぎますが――面倒事を起こしそうになったら、殴って止めても構わないので、その、何卒《なにとぞ》、よろしくお願いします」

「あ、はい」

僕を何だと思っているのだろうか……殴って止めるとか、絶対に無理だよ。

続いて、サヤの支部長が前に出る。ウォーレンさんと違い、気の強そうな女性だ。厳格そうな顔立ちで、なんだか無性に土下座したくなってくる。

「探索者協会テラス支部支部長、コラリー・クロミズです。《千変万化》」

その目つきは、眼光は、友好とは程遠かった。ウォーレンさんとは正反対だ。

コラリーさんはじろじろと僕の全身を無遠慮に確認すると、早口で言った。

「サヤは、娘は、テラスになくてはならないハンターです。わたくし、このレベル9認定試験にあの娘《こ》を推した事を、後悔しておりますの。ですが、今更、止められはしません。あの娘もやる気ですし――ですので、貴方にお願いがありますの。依頼に失敗しても構いません、絶対に、サヤを、生きて帰してください。いいですね？」

「あ…………はい」

まさか支部長から依頼に失敗しても構わないなんて言葉が出るなんて――隣のウォーレンさんも目を丸くしている。

もしかしてサヤってそこまで強くなかったりする？

僕の思考を読んだのか、コラリーさんが情感を込めて続ける。

「あの娘は、可哀想な子ですの。その異能の強さ故に皆から忌み嫌われ——あの娘の二つ名と能力名は、私が付けました。少しでも、恐れる者が、減るように、そういう願いを、込めて。誤解なさらないで、あの娘の『さらさら』は、極めて強力な異能です、私がこれまで出会ったハンターの中で一番ですわ。ですが——中身は、ただの女の子ですから、こうして、名高い《千変万化》に頼んでおりますの。貴方のこれまでの経歴を調べさせてもらいました。無名のレベル8だけでなく、正規の審査でもレベル9に届きうる程の実績を誇る《千変万化》が参加するのは、幸運ですわ」

「無名とは、酷い言い草だ。だが、もっともです。無名には無名なりの理由がありますからね」

ウォーレンさんとコラリーさんが険しい視線をぶつけ合う。

やれやれ、僕の評価高いなあ。評判よりもしっかり僕自身を見て欲しいものだ。

ため息をついていると、ちょうどガークさんとセレンがやってきた。

こちらに駆け寄るなり、セレンが興奮したように言う。

「ニンゲン！　私もコードに行きたいんですが、なんとかなりませんか？　精霊《エレメント》の力を借りて作られたユグドラと正反対といえる高度物理文明に興味があるのです」

「あー…………僕の代わりに行く？」

「こら、クライ！　くだらん冗談はやめろ、セレン皇女が本気にするだろ！　コードで万が一、傷でも負ったらどうするつもりだ！」

ガークさんが被せるように怒鳴りつけてくる。

いや、僕よりもセレンが行ったほうが成功率高いかもしれないし……何しろセレンは一人で転移魔法まで使えるわけで、僕よりもよほど適した人材である。そしてついでに、僕がそんな危険なコードに行く羽目になったのはガークさんにも責任の一端があるのだが――。

ガークさんの台詞に、セレンは何故か自信満々に言う。

「その心配はありません、ガーク。このニンゲンの作戦はかなり危険ですが絶大です。ユグドラでもぎりぎり死者は出ませんでしたし、実際にニンゲンの作戦で神の幻影《ファントム》が――あッ！　これは秘密でしたね」

「!?」

セレンが慌てたように口を押さえる。まったく、お茶目なんだから……。

口を押さえるついでに、隣で憤怒の表情でこちらを睨みつけている鬼をなんとかしてください。

一応セレンにした口止めは効いているようだが、それも時間の問題かもしれない。

そして、ガークさんの事呼び捨てにする人、初めて見たな。左腕よりはマシになったのだろうか？

ともかく、ガークさんに追及される前にハードボイルドな笑みを浮かべて言う。

「三人で頑張ってくるから、セレンは待っててなよ。いつかまたコードに行く機会もあるだろうし」

「……わかりました。仕方ないですね。私が《千変万化》の邪魔をするわけにはいきませんし……」

いや、邪魔とかじゃないけどね……しかし、今回の依頼についての危険性はあの場で一緒に聞いていたはずなのに行きたいとは、ユグドラの皇女は本当に、アグレッシブだな。

ガークさんは僕の目を見ると、強張《こわば》った表情で言った。

「《千変万化》、話を聞くのは、後にしてやる。ゼブルディアのレベル８ハンターの力を見せつけてこい…………余り、やりすぎるなよ？」

「あ、はい……」

他の支部長は皆自分の支部のハンターの事を心配していたのに、なんという言い草……。

まぁでも、今回はレベル8が二人もいるからね。《深淵火滅》が二人仲間だと考えれば心配事なんて、攻撃の余波が自分まで届かないかどうかくらいだよ。

今回は余計な事は余りせずに、カイザーとサヤに任せるつもりだ。きっとうまくいくだろう。

関係者が揃ったところで、最後に審査会議を仕切っていた議長が数人の職員と共にやってくる。

議長は僕達の姿を確認すると一瞬眉を顰めたが、すぐに気を取り直すように頷いた。

「ふむ、予想以上に軽装だが――レベル8の実力を疑うつもりはない。今回は隠密任務だ、その格好の方が警戒されないだろうな。特に、《千変万化》、君の格好はとてもいい。何も武器を持たないよりも余程自然な格好だし、何より――取るに足らない男にしか見えない。《千変万化》の名は《破軍天舞》や《夜宴祭殿《リトル・ウィッチ》》よりも知られているが、まさか君のような男がレベル8とは思われないだろう。聞いていた以上の偽装能力だ」

「うんうん、そうだね……」

これが偽装だったらどれだけよかったか…………素だよ！　素の弱さが褒められるハンターなど世界広しといえども、僕くらいしかいないだろう。

無能が役に立つような依頼があればいいのに（無理）。

しかも、ただでさえ弱いのに、今回は宝具をろくに持っていない。セレンに返してもらっていないので、快適な休暇《パーフェクト・バケーション》すらないのだ。あるのはいつも身につけている物——結界指《セーフ・リング》と狗の鎖《ドッグズ・チェーン》、チョコレートしか入らない欠陥品の時空鞄《マジック・バッグ》くらいである。

必要最低限の道具はサヤとカイザーの時空鞄《マジック・バッグ》（サヤとカイザーはかなり高価な、ちゃんとした時空鞄《マジック・バッグ》を持っているのだ!!）に入れてもらっているが、歴代、レベル９認定試験を受けた事のあるハンター達の中で一番軽装の自信がある。

議長の見る目のなさに半端な笑みを浮かべていると、議長が僕に三枚のカードを手渡してくる。

ひんやりとした金属で出来た薄いカードだ。色は黒で、表面には不思議な模様が描かれている。見たこともない文字だ。

これが依頼に同封されていたというコードに入るためのカードか。

「例のパスカードだ。コードに元々存在していた都市システムが発行しているもので、現代文明では再現不可能な代物だ」

カードは三枚とも同じ物のようだった。それぞれサヤとカイザーに渡す。

「かの国と今も交流があるのは——裏に属する者だけだ。盗賊団に、秘密結社、犯罪者《レッド》ハンターに裏の仕事を仲介する斡旋所。コードはそういう表に出られない連中と取り引きし、外の情報や物資、あるいは人間と引き換えに高度物理文明の遺物を渡す。依頼に同封されていたそのカードはそういった連中がコードに入る際に利用しているものらしい」

交流があるのは裏に属する者のみ、か。初代の王が犯罪者《レッド》ハンターだっただけの事はあるというかなんというか……コードは僕が考えていたよりも文明的な国ではないのかもしれないな。

サヤがその言葉に対して確認する。

「身分証明書の確認などはしていないの？」

「していないようだ。そもそも他国の発行する身分証明書を提示したところで国交を閉じている彼らには真偽の確認ができないしな」

大抵の街では入る際に身分証明書の提示が求められるものだが、そう言えばユグドラに入る際にも出さなかったな。

完全に孤立している都市というのはそういうものなのかもしれない。

「そのカードについては、我々も調査した。コードは外から人材を求める際にカードを発行し、交流のある各組織に渡す。その組織は要求に適した人材を選びカードを与え、コードに送り込む。そのカードを持っている事自体が身元をある程度保証しているというわけだ」

レベル8が三人。万が一、任務に失敗すれば大問題だ。

その情報を調べるのも容易ではなかっただろう。淀みのない答えからは、この依頼が送られてから、探索者協会が事前にできる限りの事をした事が窺えた。

議長の言葉を受け、カイザーが疑問を投げかける。

「……しかし、それなら潜入の人数を増やすのも可能なのでは？　裏の連中のために発行されたカードを奪えばいいじゃないか」

「その手も考えたが……コードは彼らにとって大切な取引相手だ、カードの取り扱いには細心の注意を払っている。カードが奪われれば即座にコードに報告が送られるだろう。そうなればコード側の警戒も強くなる」

カイザーは納得したように頷くと、にやりと笑って言った。

「なるほど、つまりは、送られてきたカードを使い、そういった連中に紛れる形で正面からコードに潜入するのが、最も怪しまれない、安全な潜入方法という事か」

「…………《破軍天舞》、君は本当に察しがいいな」

「なに、考えればすぐに分かる事さ。正体不明の依頼者から送られてきた怪しげなカード。孤立した都市に怪しまれずに潜入するなど、探索者協会も無茶を言うと思っていたが――都市の出入りの管理が甘く、何人も都市に入る者がいるのなら、なかなか悪くない方法だ。問題はこの《破軍天舞》の内なる輝きが賊共の中で目立ちすぎないか、だけだな」

確かに、そういう連中に紛れるにはカイザーは浮きそうだな。サヤもだけど。

潜入任務……改めて考えてみると、《嘆きの亡霊《ストレンジ・グリーフ》》が一番苦手とする部分かもしれない。

だが、今回に限って言えばラッキーだ。

戦いが絡まない部分ならば僕でも役に立てる事はあるだろう。

「君達には乗合馬車を使ってコードに向かってもらう。裏の連中が共同で運営している、コードに向かう唯一の手段だ。潜入後の動きについては現地の状況を見て臨機応変に行動してもらうが…………まずは依頼人とコンタクトを取ってもらいたい。コード内部の状況を教えてくれるはずだ」

第三章　高機動要塞都市コード

どうやら探索者協会の本部には世界各地に繋《つな》がる転移魔法陣が存在しているらしい。

その中の一つを借りてコードの最も近くに存在する魔法陣に転移し、用意されていた馬車を使って探索者協会が突き止めたコード行きの乗合馬車の駅に向かう。

トレジャーハンターが受ける依頼の準備を探協がここまでやってくれる事は珍しい。レベル9認定試験というのがただの名目に過ぎないというのが、そのスタンスからも伝わってくる。

探索者協会はできるだけ手を尽くして準備してくれたが、それでもわからない事は多かった。

特に、コード内部についてほとんどわかっていないのが痛い。内部の地図がないのはまあ仕方ないとしても、人口や文化、統治体制が一切わからないというのは、普段のハントではありえない事だ。

もっとも、情報の少なさをどうカバーするのかもトレジャーハンターの腕の見せ所である。一流のハンターたるもの、いかなるアクシデントにも対応できるように態勢を整えねばならない。

緑豊かな草原を抜け、草木も生えていない荒れ果てた地に入る。

駅は荒れ地に入りしばらく進んだあたりに存在していた。

かなり大きな駅だ。もはや駅というより小さな町に近い。周囲を囲む堅牢な石壁の内部には幾つもの建物が存在し、物々しい雰囲気が漂っている。

探索者協会の話によると、ここは裏社会に君臨する複数の組織が協力して造った駅で、どの国にも属していないらしい。立地的にはコードの攻撃射程圏内ぎりぎりに位置しており、一定以上の規模の集団を無条件で攻撃するコードが攻撃しない唯一の集団だそうだ。

駅に入るのに身分証明書は要求されなかった。入り口を見張る数人の兵士にカードを見せると、あっさりと壁の中に通される。

このチェックの甘さは、この駅の利用者達も全員が仲間ではないが故だろう。ここはコードと円滑な取引をするために一時的に裏社会の住人達が手を組んで生み出した奇跡の緩衝地帯なのだ。

なるほど、これならば僕達のような部外者が交じっていても正体が露呈する心配はない。というより、この都市の部外者への警戒はそこまで強いものではない。

治外法権。自己責任。おかしな話だが、そこにはルールが存在しないが故の秩序があった。

門の中に入り、まず真っ先に目に入ってきたのは細い道と密集して建てられた建物。そして、そこかしこに屯《たむろ》する目つきの鋭い連中だ。年齢性別は老若男女幅広いが、警戒したような目つきと武装している点が共通している。どう見ても一般人ではない。

日は既に落ちていた。街灯も存在しているが明かりはそこまで強くはなく、建物と建物の間などそこかしこに闇が生じていて、一度踏み入れれば二度と戻って来られないような錯覚を受ける。

満ちた暴力的な雰囲気とは裏腹に、周囲は静かだった。それなりに人はいるのに、まるで全員が息を潜めているかのようだ。雰囲気だけならば帝都ゼブルディアの退廃都区に似ているが、恐らくこの駅は退廃都区よりも更に危険なのだろう。

物々しい町の雰囲気に戦々恐々としている僕を他所《よそ》に、カイザーはその辺を歩いている武装した男を捕まえ話しかけていた。

「ははは、そこの君！　私はこの駅に来るのが初めてなんだが――予想していたよりもずっと静かなところだな。皆がこちらに注意を向けているのに、誰も声を掛けてこない」

「…………あぁ。ここでは喧嘩はご法度《はっと》だからな。普段は敵対している組織もここでは確執を忘れるのが、ルールだ。ここは既にコードの攻撃射程内、騒ぎを起こせば焼き払われかねない。見ただろう、この辺には草木も生えない」

「そう言えば、魔物も余り出なかったな」

「本能でこの場所の危険性を察知しているんだろうな。コードに近づくのは、俺達人間だけよ」

男が深い笑みを浮かべ、脅すように言う。そう言えばここに来る時も草原から突然荒れ地になっていたな……もしかしたらあれもコードの攻撃の余波だったのだろうか？

「君もコードに行くのかい？　私達もこれから入る予定なんだが――コードについて何も教えて貰っていなくてね。都市について何か情報があるなら教えて欲しいんだが――」

カイザーがカードをこれ見よがしに見せびらかして言う。男がその金属のカードに目を見開いた。

「いや……俺は入らないし、情報も知らねえよ。コード行きに選定されるなんてお前ら、優秀なんだな。最近増えているとは言え――」

「はははは、これでも鍛錬は欠かしていない。高レベルのハンター相当の力はあると自負しているッ！　ところで、最近、増えているとは……？」

「噂だが、コードが戦える人間を大量に集めているらしい。カードもこれまではほとんど出回っていなかったが――ここ一月《ひとつき》でかなりの枚数が発行されている。この駅にも、コード行きの腕利きが大勢集まってるぜ？」

なるほど……道理で人が多いと思った。依頼者から齎《もたら》された情報にどれほどの信憑《しんぴょう》性があるのかは不明だが、コードで何かが起こったのは真実らしい。

しかしカイザー、君、誰が相手でも物怖じしないんだね…………正直、助かる。

そこで、楽しげにどこかの組織の男と会話を交わすカイザーを尻目に、サヤが小声で言う。

「調べてみた。そこそこ強い人はいるけど、この駅内部――壁の内側に、私達に匹敵する実力者はいない。貴方《あなた》程偽装に長《た》けた者がいたら話は別だけど――」

…………ずっと僕の隣にいたはずなのにどうやって調べたのだろうか？　駅内部と言っても、かなり広いのに……ろくに歩きもせずに調べるなんて一流の盗賊《シーフ》でも無理だろう。

「…………今は夜だから」

言い訳でもするかのように言うサヤ。

何をやったのか見えるどころか、何かをやっている事にすら気づかなかった。僕がやばいのかそれともサヤが凄いのか、判断がつかないが、きっと両方だろう。さすが頼りになる。

そして、サヤやカイザーほどの実力者がいないというのは朗報だな。まぁ、レベル8相当の賊なんて普通いないけど。

カイザーが手をあげて朗らかに言う。

「リーダー、少し話を聞いてくる。先に休んでいてくれたまえ！」

「私も、この辺りを少し探索してくる。目で見ないとわからない事もあるから」

カイザーが話をしていた男と肩を組み離れていく。サヤも物怖じする事なく、武装した強面《こわもて》の集団が屯する建物の中に入っていく。

護衛もなく一人残された僕は一体どうしたら――。

右を見ても左を見ても強面ばかり。複数人での行動が基本のようで、どのグループも突然置いてけぼりにされた僕を見ている。カイザーもサヤもソロでの行動に慣れすぎであった。

まぁ、ここでは喧嘩は御法度みたいだからまだマシか。僕は何かと絡まれやすい体質だ。裏社会の人間が大勢屯する場所に一人ぼっちとか、普段なら秒で絡まれていた。

これからどうするべきか。ため息をついていると、ふと後ろから脅すような低い声がした。

「おい、兄ちゃん」

「…………おいおい、知らないのか？　ここは、喧嘩は御法度だよ」

後ろを向く。そこに立っていたのは如何《いか》にもチンピラのような風体をした五人組だった。

それなりに鍛え上げられた肉体に、そこかしこに残る古傷。全員が全員、幅の広い大ぶりの刀を腰に帯びている。先頭に立つ男は僕よりも背は低かったがぎょろりとした眼はこちらを無遠慮に睨《ね》めつけていて、余りにも人を威嚇するのに慣れすぎていた。

サヤやカイザーがいなくなった途端これだよ……恐怖よりもうんざりが先に来る。

「…………どなた？　人違いでは？」

恐らくリーダーだろう、先頭に立つ背の低い凶相の男が威嚇でもするように笑みを浮かべる。

そして、とんでもない事を言った。

「仲間が昔、あんたに世話になったと言っている。うちのファミリーの流儀じゃ、世話になったら礼をしなくちゃならねえ。《千変万化》、こいつの顔を覚えているか？」

「ひっ…………ひ、久しぶりだな、《千変万化》。ま、まさか、こんなところでッ、会うとは な。と、とうとう、犯罪者《レッド》ハンターに、なったか？」

集団の中から押し出されるように出てきた男が、怯えたような声で言う。

焦げ茶色の髪と眼に、細身の引き絞られた肉体。

だが、こうして声を聞いても顔を見ても全く何も思い出せなかった。

「…………人違いでは？」

「ひ、ひ……き、貴様のせいで、前組んでた仲間は、全員監獄行きよ。なんとか免れたのは、俺だけだッ！　ひひっ、《嘆きの亡霊《ストレンジ・グリーフ》》は、どうした？　貴様以外、捕まったか？　運は尽きた。立場が、逆転したなッ！　俺には新しい仲間がいるッ！」

虚勢でも張るかのように叫ぶ男。ああ…………昔どこかで戦った人ね。

酷い言われようである。気持ちはわからんでもないが、《嘆きの亡霊《ストレンジ・グリーフ》》は犯罪者《レッド》ハンターとは違う。

リーダーらしき男が一歩近づく。とっさに一歩後ろに下がる。

「ここで騒げば周囲に迷惑がかかる。場所を変えるぞ」

え…………嫌だけど。てか、ここ喧嘩は御法度じゃないの？

周りを見るが、誰もこちらを止める気配はなかった。それぞれの建物には守衛がついているが、その全員がこちらに気づいていながら何も言わない。

どうやらこの街のルール的には彼らの行動はありらしい。喧嘩はご法度って、何？

人数は不利。力量でも不利。さすがに殺されはしないだろうと考えるのは見通し甘過ぎだろうか？

僕はどうしようもないので説得を試みた。

「ま、まあまあ、やめておこうよ。こんなところで喧嘩なんて双方のためにならないよ。過去の事は水に流してさ……」

てか、正体バレるのまずくない？　どうやら犯罪者《レッド》ハンターになったと思われているようだが、調べれば僕がまだ正規のハンターである事なんてすぐに判明するだろう。

さしあたって今のこの状況を切り抜けるのが先だが――。

「こう見えても僕はレベル8だよ？　こちらに戦うつもりはないし…………忙しいんだよ、こっちは」

「リ、リーダー、お、俺は、大丈夫です。奴の言う事も一理ある、コードの前で争うのはまずいでしょう!!　ここは、やめておきましょう」

僕の言葉に及び腰になった男に、リーダーは視線一つ向けず、曲刀を抜き、構えを取る。

僕は武術について詳しくはないが、その立ち振る舞いは随分と様になっていた。

「脅しが、効くと思うな？　この、レベル6パーティを倒した事もある、武闘派で知られるドンタンファミリーが、たった一人相手に退いたとなれば、名に傷がつく。さっさと片付けりゃ、コードも反応しねえよ」

「レベル6パーティ…………?」

まじかよ……レベル6パーティとは十分一流である。恐らく奇襲でとかなのだろうが、それでも普通はこんなチンピラ連中に負けるような格ではない。

怯えた男を除いたメンバー達も静かに武器を抜く。どうやら武闘派というのは本当のようだ。

しかし、レベル6を倒したからってレベル8に挑むのは命知らずだな。

僕が《深淵火滅》だったら君達、命なかったよ?

何かを言う時間もなかった。そもそもろくに話もせずにさっさと武器を抜いている辺り、この男達の目的は僕の命（正確に言うと、ファミリーのメンツ）らしい。何の生産性もない。最低すぎる。

即座に攻撃を仕掛けてくるとか魔物かな?

「ま、まって――」

結界指《セーフ・リング》はあるけど、まだコードに入ってもいないのに使いたくない。

僕の制止を無視し、リーダーが踏み込んでくる。振り下ろされた曲刀が目の前に迫り――そして、ぎりぎりのところでぴたりと止まった。

「…………なんだ、この音は?」

「ッ……近くだ、凄く、近くから、する」

その低い声には強い動揺が混じっていた。その仲間達も曲刀を握ったまま、慌てたように周囲を見回している。

音……？　音なんて、特にしないけど——。

だが、ドンタンファミリーの反応は普通ではなかった。

そもそも攻撃の最中に手を止めるなど普通ありえない。

リーダーの顔に脂汗が浮き出し、まるで幽霊でも見るかのような目つきでこちらを睨《にら》みつける。

他のメンバーは頻りに地面を、壁を確認している。特に異常のない、地面や、壁を。

「な、何をした…………ッ、《千変万化》」

そんな事言われても……むしろ、何かが起こっているなら僕の方が逃げたいんだが？

先程まで仮にもレベル8ハンターに対して躊躇《ためら》いなく敵対していたのに……。

冷静になって周りを確認してみると、異変が起きているのはドンタンファミリーだけではなかった。

こちらを認識しながらも無視を決め込んでいた他の集団が皆、泡を食ったようにこちらから距離を取る。その表情は、反応は、眼の前の男達と同じだった。

理解せざるを得なかった。何かが起こっている。僕では全く気づけない何かが。

リーダーが縋るような声で言う。

「ま、まさか、聞こえないのか!?　感じないのか、この、気配を！　音をッ！　この、砂がこぼれ落ちるような、さらさらという音を——」

「さらさらという音…………あー………」

さらさら……カイザーが言っていた、サヤの能力だ。

どうやらいなくなる前にサヤが何かしていったようだな。

変わった名前なのでどんな力なのか気にはなっていたが、反応を見る感じ本当にさらさらと音がするようだ。僕には何も聞こえないけど、相手の精神に影響する系の力だろうか？

ともかく、サヤには助けられたな。やっぱり全て終わったらセレンの事も紹介してあげよう。

曲刀を握るリーダーの手から血が滴り落ちる。手に力を込めすぎたのだろう。

僕は明らかに精神の平静を欠いているリーダーに言った。

「降参する？」

「!?　こ、降参…………？」

その目の色は目まぐるしく変わっていた。

恐怖、焦り、怒り。今にも泣きわめいたり、突然武器を振り回し始めたりしそうだ。これが『さらさら』の力だとしたら、皆から恐れられるのもわかるというものだ。

様子がおかしいのはリーダーだけではない。何かに恐怖するメンバーの悲鳴が、罵声が、暗い街に響き渡る。異様な雰囲気だ。

リーダーが判断までかかった時間は数秒だった。その場で跪《ひざまず》き、リーダーが咽《むせ》び泣く。

「こ、降参だ！　降参す――」

そう叫びかけた、その時だった。

不意にすぐ目の前にいたはずのリーダーが消える。

何の前触れもなかった。何も見えなかった。何の反応もできなかった。

空に吹き飛ばされたのだ。そう理解したのは、リーダーがぐしゃりと湿った音を立てて道路に叩きつけられた後だった。

手足があらぬ方向に曲がっていた。何メートル飛んだのだろうか、この程度でマナ・マテリアルを吸収した人間が死ぬ事はないが、重傷だ。

その様子に、メンバーたちが蜘蛛《くも》の子を散らすように逃げ出し——そして、その途中で崩れ落ちた。一瞬転んだのかと思ったが、立ち上がる様子はない。倒れ伏したその下から血の染みが道路に広がる。そこまで見て、僕は大きくため息をついた。

建物の窓から、息を潜めるようにして皆がこちらの様子を窺っている。

物音一つしない静かな夜だった。もちろん、さらさらという音もしない。

精神に影響する系の能力などではない。極めてシンプルな、物理攻撃。破壊の力だ。

何が起こっているのかもわからない圧倒的な力。レベル8に相応《ふさわ》しい。本当に味方でよかった。

もしかして、今回の任務、かなり楽なのでは？

唯一生き残ったのは、ドンタンファミリーの新参者——《嘆きの亡霊《ストレンジ・グリーフ》》に仲間を捕まえられたという男だけだった。どうして生き残ったのかは分からないが、腰を抜かし怯えたような目つきを向けてくる男に確認する。

「まだやる？」

「!?　…………ッ」

ぶんぶんと首を横に振る男。まあ、なんというか、最初からこの人はそんなにやる気なさそうだったな。どうして絡まれる事になったのか理解に苦しむよ。

僕はため息をつくと、カイザーやサヤが戻ってくるまでどこか休憩できる場所を探す事にした。

レベル8ハンターとは英雄だ。

街を滅ぼした強力な魔物の討伐、前人未到の宝物殿の攻略、通常のトレジャーハンターではなし得ない偉業を幾つも達成して初めて届くそのレベルは才あるハンターの中でも極一握りが研鑽《けんさん》を重ねようやくたどり着ける、一種の境地である。

飽くなき好奇心を持つトレジャーハンターにとって未知とは切り開くもの。試練とは乗り越えるもの。幾つもの死線を乗り越えてきた超一流のハンターにとって、達成不可能に見えるような依頼も恐れる対象ではない。

だが、どうやらその事実を、探索者協会本部は忘れていたようだ。

高機動要塞都市コード。高度物理文明から切り離されたその都市は、《破軍天舞》と《夜宴祭殿《リトル・ウィッチ》》という、遠き地で名を馳せた二人のレベル8ハンターにとって、ただ好奇心を満たすだけの代物でしかなかったようだった。

はるか彼方《かなた》、そびえた巨大な城から、カイザーが堂々たる所作でやってくる。その後ろには王冠を被った数人の男女を連れている。

彼方に見える城が盛大に爆発する。

呆然《ぼうぜん》と目を見開く僕の前で、カイザーはきらりと歯を輝かせて言った。

「王族は全員助け出した。正真正銘の、我々の、勝利だ！」

「さ、さすが、《破軍天舞》、仕事が早すぎるよ！　僕なんて来る必要なかったじゃないか！」

「はははは、この私を誰だと思っているんだい、《千変万化》。王族は城に幽閉されていたよ。ギリギリまで貴族側について信頼を得てから奇襲をかけた。敵が気づく間を与えずに迅速に行動するのがコツさ、君のような偽物とは違うのだ。お礼として宝具ももらってきたぞ！　哀れな君にくれてやろう！　特別だ！」

カイザーがいつの間にか背負っていた大きな袋をひっくり返す。

眼の前に積み上がる見たこともない宝具の山、山、山！

これが……レベル8、英雄の領域なのか！　僕の頭を悩ませていた依頼を容易《たやす》くクリア、僕を正しく評価するだけでなく大量の宝具までくれるなんて――

言葉を失う僕の肩がぽんぽんと叩かれる。振り向いた先にいたのは、サヤだった。

その足元には暗い赤色の水たまりが広がり、そこかしこに人だったものが浮かんでいる。

「歯向かう者は全員始末した、リーダー。雑魚だった……難攻不落の都市でも、内部に侵入できれば脆《もろ》い事この上ない。私達の完全なる勝利」

「!?　そ、それは……まぁ……さすが、《夜宴祭殿《リトル・ウィッチ》》だね。でも、君は夜にしか能力を使えないんじゃ――」

「こうすればほら、真っ暗になる。夜と同じ」

その場で両目を瞑《つむ》って見せるサヤ。天才かな？

っていうか、それでいいなら、もう夜とか関係なくない？

「私達に面倒な依頼を押し付けてきた本部の人間も始末しておいた。礼はいらない」

サヤが足元に浮かんでいた白いボールのようなものを蹴飛ばして言う。水たまりに波紋が広がる。

いや、それはボールではなかった。骨だ。人の、頭蓋骨。

これは…………果たして感謝するべきなのだろうか？

混乱する僕に、サヤは笑みを浮かべて言った。

「家に帰ろう。ここはまだ危険だから、さらさらで家に送ってあげる。ついでにこいつらが溜め込んでいた宝具もあげる」

「あ……ありがとう、助かるよ」

家に送ってくれる上に宝具までくれるなんて、なんていい人なんだ、サヤ…………さすがレベル8だな？

ところで、さらさらって結局何なの？

「さぁ、家に帰ろう、《千変万化》。私達の仕事はこれで終わりだ。バカンスの始まりだよ！　一緒にテンペスト・ダンシングしよう！」

「もう何の心配もいらない。敵は全部私のさらさらで始末する。私のさらさらで甘い物を作ってあげるし、私のさらさらでハンターを引退させてあげる」

二人の頼りになる仲間達に後光が見えた。

輝くような笑顔。じんわりと安堵が胸中に広がる。

よかった…………もう危険な日々とはおさらば出来るんだ。ハンターを引退できるんだ。

よし、帝都に戻ってテンペスト・ダンシングをさらさらしてレッツバカンスだ!!


——そう叫んだところで、僕は目覚めた。


間接照明から放たれるオレンジの光。強い酒気に、頬に感じる木で作られたテーブルの温もり。

変な格好で寝ていたせいか、身体《からだ》が痛い。

身を起こす僕に、いつの間に戻ったのか、カイザーが呆れたように言う。

「おはよう、随分疲れていたようじゃないか。しかし、こんな所で眠るとは、豪胆だな……ある意味敵地だっていうのに」

その言葉に、ようやく脳が再起動を始める。

そうだ…………僕達は、コードに向かう途中だった。

カイザー達が戻って来るまで待つつもりが、うっかり眠ってしまったらしい。

ここは、絡まれた場所の近くにあった酒場だ。サヤの力で窮地を脱した僕が適当に入った酒場。

大きく欠伸《あくび》をして、両腕を伸ばし身体を解《ほぐ》す。

酒場はそれなりに広く幾つもテーブルがあったが、人は僕達しかいなかった。店主すらいない。

「ああ、悪かったよ。戻るのが遅かったからさ……」

「ちょっと話し込んでしまってね……ところで、ここは酒場のようだが……客はどうしたんだ？」

「…………僕が入ったら全員出て行っちゃったよ。外でちょっとトラブルに巻き込まれたんだけど、それを見ていたみたいでね」

「!?　なんと……何か騒がしいとは思っていたのだが――この私が警告するまでもないとは思うが、騒ぎを起こすのはまだ少し早いぞ」

「僕は騒ぎにするつもりはなかったんだけど、なんか僕の顔を知っている人がいてね――」

やったのは僕ではなくサヤなのだが、言い訳はすまい。助かったのは間違いないのだ。

客だけでなく店の人もいつの間にか消えていた。意味もなくトラブルに巻き込まれるのはごめんだという事だろう。僕ももう少し彼らの立ち回りを見習って危険を避けるべきなのかもしれない。

いやまぁ、今回、僕は悪くないけど……。

「なるほど……それは由々しき事態だな。ハンターだとバレるのはまずい」

「そこは問題ないと思うよ。相当怯えていたからね」

あれだけ一方的にぼこぼこにされれば、しばらくは歯向かってはこないだろう。というか、サヤの能力、かなりえげつない攻撃だったし……ハンターだと思われない可能性もあるな。

肩を竦めて見せると、カイザーは一度ため息をつき、

「情報を集めてきた。最近のコードが外部から戦力となる人間を集めているのは真実らしいな。理由は伝えられていないらしいが――巷《ちまた》では、人間の軍を作ろうとしているのだともっぱらの噂だった。はははは、ただでさえ強力な兵器を持つコードが人を集めているのだ、探協が焦るのも納得だな」

「はははははは、軍、か。面白い事をやっているね」

笑う余裕があるのが大変羨ましい。実際に矢面に立って戦うのはサヤやカイザーだっていうのに。

ちなみに、僕が笑っているのは笑う事くらいしかできないからだ。共に戦う事はできないが共に笑う事はできる。何の意味もないけど。

そこで、サヤが戻ってくる。無表情で誰もいない酒場を見回すと、僕達を見て首を傾げた。

「戻った…………何を笑っているの？」

「はははははは、サヤ。カイザーが面白い事を言うんだよ、コードが軍を作ったんだってさ」

「…………何が面白いの？」

確かに、別に面白くはないな…………いや、細かい事は良いんだよ。

サヤの水を差すような言葉にも、カイザーのテンションは変わらない。

手を組み、にやりと笑みを浮かべて言う。

「ふっ、役に立てそうだ、という事だよ、サヤ君。何を隠そうこの私のテンペスト・ダンシングは、雑魚専だからね！　広範囲に展開する柔《やわ》くて弱い相手を大勢倒すのは大得意なのだよ！　私の前に立つ者は皆、我が舞いに魅せられ戦う気すらなくなるだろう」

「それは…………凄い。私は広範囲の敵を倒すのは余り得意ではないから、役割分担できる」

カイザー、君は凄いのか凄くないのかはっきりさせるべきだ。

雑魚専って何？　僕専門って事？

それに対するサヤの答えも……人間ができすぎではないだろうか？

裏の連中ばかりが屯する町をたった一人歩いてきたはずなのに、サヤの格好は別れる前と何も変わらなかった。背が高く明らかに強そうなカイザーはともかく、サヤがこんな街を歩いていたら襲われそうなものなのに、立ち止まっただけで絡まれてしまった僕とは偉い違いである。

いや、もしかしたら襲われて撃退したのかもしれないけど――。

僕の隣に腰を下ろそうとするサヤに言う。

「そう言えば、サヤ、君さ。僕に能力使っていったでしょ？」

「………………気づいたの？」

驚いたように目を見開くサヤ。いや、気づいたも何も、君の『さらさら』が絡んできた連中を血祭りにあげたのだが…………もしかして、能力が働いた事に気づいていない？

…………さらさらって、一体何なんなのだろうか。

半自動で発動する能力？　どちらにせよ、やばすぎる。

「まぁ、そんな事どうでもいいんだよ。僕が言いたい事は――」

「言いたい事は……？」

なんとなく出してしまった言葉に対してサヤが眉を顰《ひそ》めてこちらを見る。

僕はその何気ない視線に屈服した。

余り余計な事は言わないようにしよう。サヤは危険には見えないが、それでもレベル8、事ある毎にものを燃やそうとする《深淵火滅》のように、いつ僕をさらさらで攻撃し始めるかわからない。

そもそも、助けてもらったのにやり過ぎだとか、文句を言うのは間違えているよね。

夢の中でサヤが言っていた事を思い出し、とりあえず言葉を続ける。

「…………サヤの能力、目を瞑って発動すれば、朝でも使えるんじゃない？　真っ暗になるし」

「…………そんな事、できるわけがない」

あ、はい。そうですよね……まったく、夢の中のサヤは一体何を言っているのか。

僕の夢、本当に役に立たない事この上ないな。

カイザーが慌てたような声をあげる。

「待ちたまえよ、サヤ君。もしやこの私にも能力を使っていたのかい？」

「ここは危険だから……私の能力なら奇襲にも対応できる。でも、普通は気づかないんだけど――」

カイザーも気づかなかったのか。レベル８も気づかないなら僕が気づかなくても仕方ないな。

まぁ、何をやっているのかはわからないけど、守ってくれる分には大歓迎だ。

でも、できれば反撃は軽めでお願いします。死人が出るのは少しあれなので……。

カイザーは一度ため息をつくと、にやりと笑みを浮かべ、僕とサヤの顔を順番に見て言った。

「やれやれ、噂通り慧眼《けいがん》のようだな。同格同士のパーティは初めてだが、この私ももう少し気合を入れねば手柄を取られてしまいそうだ。さて、情報を共有して方針を立てようか。まずは私から話そう。私は、各組織を回ってコードに対する情報を集めてきた」

《破軍天舞》が集めてきた情報を話し始める。

普段はほとんど発行されないパスカードがここしばらく急激に増加している事。巷では軍が作られているともっぱらの噂で、どこかに攻め入るつもりではないかとされている事。

どうやら、駅がここまで混雑しているのもかなり珍しいようだ。そもそも普段はパスカードの発行枚数はかなり少ないのだとか。

「コードの内部の構造については、何も得られなかった。というか、誰も知らないみたいだ。これまで、コードの中に足を踏み入れて戻って来た者は誰もいないみたいでね。コードと何度もやりとりしている組織も、立ち入りを許されたのは門の近くの部屋だけで都市の中には入った事がないらしい。都市の人間が外に出る事もまずないらしいし、どうやらコードは、外から中に入るより中から外に出る方が難しいみたいだな」

宝物殿でもないのに、誰も戻ってきた者はいないなんて言葉を聞く羽目になるとは、世界は危険でいっぱいだな。

今回は二人もレベル8がいるから大丈夫だろうけど、都市から出られなくなったら困るなあ。

「そして、人の募集に際して彼らに提示された報酬は――コードの市民権だ。中での仕事の活躍次第で貴族も夢ではないという話だ。世界最強とされる都市だ、彼らにとってはうまい話なのだろうさ」

なんだか聞けば聞くほどろくでもない都市っぽいな……コード。せっかく高度物理文明の恩恵を受けられているのだから、その力をもっと有効活用すればいいのに。

市民権に貴族への取り立て、か。法を犯し社会から排斥されたろくでもない連中にそんなものが与えられたら、都市が荒れそうだ。

そんな事を考えていると、続いて、サヤが話し始める。

「私はコードの戦力を中心に調査した。現在彼らの間で知られているコードの主力兵器は半自動で働く超長距離砲とコードの住人の命令に従い動く機装兵。長距離砲は数種類存在していて、攻撃射程範囲に侵入した竜を撃墜した実績がある」

竜をも落とす砲撃……完全に現代文明で再現できるレベルを越えている。しかもコードの攻撃射程範囲ってめちゃくちゃ広いって言ってなかったっけ？

一体、高度物理文明は何と戦うためにそのような超兵器を生み出したのだろうか？

眉を顰める僕に、サヤが続ける。

「機装兵の詳細な性能は不明だけど――最近、コードを襲った者達がいて、送り出された機装兵に制圧されたらしい。襲撃者の内の一人は相当な実力者で、目撃者の話では高レベルハンタークラスの力を持っていたらしいけど、結局都市に一歩も足を踏み入れる事すらできなかったとか。かなり手強《てごわ》いのは間違いないと思う。長距離砲の他にコードの外壁にはぐるりとバリアが張られているそうだから、やはり、コードに正面から攻め入り勝つのは難しいと思われる」

正面からの戦いで勝てないのはわかっていたけどね……これまでの話を聞いていてまだその可能性を模索するサヤの方が恐ろしいわ。

しかし、一応コードも襲われたりするんだね……高レベルハンタークラスの力を持っている賊って一体――。

「それに加えて、募集を受けて、既にコードには十以上の組織が入っている。数で言うなら数百人、高額の賞金をかけられている者も何人もいる。こちらは私達よりも格下だと思うけど、軍を作るなら高度物理文明の武器が与えられる可能性もあるから、油断は禁物」

高度物理文明の武器が与えられた賊とか、僕は絶対に戦いたくないぞ。

いや、待てよ？　外の世界では高度物理文明の武器とか、（特に文明後期の物は）滅多に手に入らないが、コード内では普通に売っていたりするのだろうか？

今更、ハンターとしてやっていきたいなどとは思っていないが、高度物理文明の武器はほとんど使ったことがない。もしかしたら僕でも使える武器があるかもしれないな。

「他にも、コードは前々から外部の組織から人を引き取る事があったみたい。組織でも扱いきれない凶暴な裏切り者とか、実験の結果生み出された魔導生物とか――気をつけて。リーダー、私からの情報は終わり」

気をつけてって、どうやって気をつければ……そしてサヤ、戦力を中心にというか、戦力の事しか話していない。

「なるほど、やはり、不要な戦いはなるべく回避するべきのようだな」

カイザーがうんうん頷き、僕を見る。

「それで、我らがリーダーからは、何かあるかい？」

……………なにもないよ。君達と違って居眠りしていただけだからね。ごめんね。

僕程度に出来ることは何もなかったとはいえ、仕事をサボりすぎであった。

サヤが透き通るような瞳をこちらに向けている。カイザーもこちらの言葉を待っているようだ。

何か言わなければならないらしい。

「えっと……今回は、調査は君達にまかせていたから、僕からは特にないよ」

「それは…………つまり、私を試したって事？」

サヤが眉根を寄せ、ぐいと身を乗り出して僕を見る。

…………なんかごめんなさい。試していないのでそんなに僕を見ないでください。

「合格だった？」

「ま、まあまあ、落ち着いて…………」

合格欲しいの？　サヤの性格が読みきれない。

だが、そうだな。情報はないけど、何も言わないのはいまいちかもしれない。一応、リーダーっぽい事を言っておこうかな。

「でも…………そうだな。調査は君達に任せていたけど、夢を見たよ。珍しくしっかり覚えてる。今回の依頼がうまくいく夢だ。カイザーが王族を助け出し、サヤが戦闘を担当していた」

「…………依頼がうまくいく夢、か。それは幸先《さいさき》がいいな」

うんうん、そうだね。

強いて問題を一つだけあげるのならば——僕の夢がほとんど当たらない事だろうか。

ただの夢なので仕方ないと言えば仕方ないのだが、今更だけど、テンペスト・ダンシングをさらさらしてレッツバカンスって酷すぎない？

「夢の中で、カイザーは、一度貴族側について奇襲を掛けたと言っていたよ。王族は城に幽閉されていたらしい。まぁ、ただの夢だけどね」

「ふむ…………面白い案だ。なるべくなら避けたい方法ではあるが——」

カイザーは目立つからな……しれっと情報収集してきているし不可能ではないとは思うが、相手側につくのも容易ではあるまい。まあ、ただの夢だから。

「……私はなんと言っていた？」

「…………特に何も言ってなかったよ。でも、戦闘面でかなり活躍しているみたいだった」

何しろ、面倒な依頼を押し付けてきた本部の人間まで始末していたからな。ただの夢だけど。

僕の言葉は終わりだ。

カイザーを視線で促すと、カイザーはしっかり意図を汲み取り、場を収めてくれた。

「次のコード行きの馬車は明朝らしい。後は実際にコードを見て回って確認しよう」


カイザー・ジグルドの朝は柔軟と瞑想から始まる。

時間をかけて肉体を解し、コンディションを最高まで持っていく。磨き抜かれた精神と肉体は、いついかなる時でもカイザーを裏切る事はない。

今回の認定試験は《破軍天舞》の全力を以《もっ》てしても達成困難な試練だ。議長に試験の内容を具体的に聞いてから抱いたその印象は駅での情報収集を経ても変わる事はなかった。

特に、目的が何かの破壊や入手ではなく王族の保護というのが最悪である。

何かを守り通すのは自分の身を守るのとは比べものにならないくらい困難だし、件《くだん》の王族が何人いるのかわからないのも、今回の試練を測りきれない一つの大きな原因になっている。都市を動かす条件が王族の血ならば、王族を一人も残す事はできないだろう。その数が三人で保護できる程度である事を祈るばかりだ。

絶対に避けたい選択ではあるが、保護がどうしても難しい場合は、王族を始末せねばならないだろう。大抵の場合、保護よりも殺す方が簡単だ。探協が二の矢に犯罪者《レッド》ハンターを選んだ理由がそこにあるというのは少し想像力があればわかる事だった。

既に依頼を受けるかどうかを判断する時間は終わっていた。やり遂げると決めた以上は、今持っている札で最善を尽くすだけだ。

駅に存在する唯一の宿はカイザーが知る最高級の宿とも遜色がなかった。大きな窓からは狭くもない駅全体の様子が見える。

パスカードを持ちコードに入る者は精鋭揃いだ。少なくとも、つい先日、コードがカードを大量に発行するまでは精鋭だけだった。この宿の設備の充実っぷりは、それらコード行きを許された精鋭達への敬意の表れなのだろう。

身支度を終え、窓から駅を見下ろしていると、サヤがやってきた。

「目が覚めたようだな、サヤ君。世界で最も危険な国に乗り込む準備は万端かね？」

「…………既に覚悟はできている」

シャワーでも浴びてきたのか、濡れた黒髪をバスタオルで拭きながら答えるサヤ。

艶のある長い黒髪に、どことなく憂いを帯びた眼差し。カイザーの故郷の支部ならば間違いなく人気が出る風貌だが、未だ《夜宴祭殿《リトル・ウィッチ》》の底は見えなかった。

わかるのはサヤが、カイザーがこれまで出会ってきたどのハンターよりも強いという事だけだ。

仲間として不足はない。

「クライは？」

「まだ寝ているようだ。ははははは、これからコード入りだというのに、彼は本当に豪胆だな」

「…………少し寝過ぎだと思う。もしかしたら意味があるのかもしれないけど」

「そうだな。まぁ、よかろう。せいぜい、彼のお眼鏡に適《かな》うように活躍しようではないか」

「ん」

サヤが短く答える。よほどレベル8のパーティメンバーが気になるのか、やる気は十分のようだ。

《千変万化》。いくら観察しても全く捉えきれない男。

さすがゼブルディアきっての知恵者は違うという事だろうか、その身に纏う空気から動きに至るまで、カイザーは未だ何も理解できていなかった。

サヤはわかる。能力は不明だがその動きは理に適っているし、レベル8の風格がある。だが、クライの動きについては、カイザーがこれまで培ってきたハンターの基礎から大きく外れていた。

敵陣での居眠り。情報共有時の、周囲の盗聴を全く警戒していない受け答え(依頼という単語を使った時にはひやひやした)に、駅にやってきてからの動き。

何らかの意図がある動きなのか、あるいはサヤやカイザーを試しているのか——唯一わかるのは、ただの間抜けというパターンだけはありえないという事だけだ。

何しろあの男は、カイザーが全く気づかなかったサヤの能力行使に気づいていたのだから。

今回のカイザーやサヤはおまけのようなものだ。自分達の支部長が《千変万化》に話をしていたのを、カイザーは聞いていた。ガーク支部長が彼を全面的に信頼しているのも。

レベル8同士が三人も共闘するなど滅多にある事ではない。《千変万化》から約束された報酬もあるし、少しでも存在感を示さねばならない。

「サヤ君、彼はどうかね？」

「…………さぁ。でも、多分彼は…………いい人だと思う」

なるほど、いい人、か。言い得て妙だな。だが、だいぶ評価が甘くなっているように思える。そんなにパーティメンバーを紹介されるのが楽しみなのだろうか。

ごしごしと髪を拭き終え、サヤが真剣な表情で言う。

「彼はこの《夜宴祭殿《リトル・ウィッチ》》の能力を知っても、恐れる事も態度を変える事もなかった。これは稀《け》有《う》な現象」

「…………恐れる事も態度を変える事も、か…………それは、見落としていたな……」

それは果たして、いい人と呼べるのだろうか？

確かに、カイザーは一瞬、ほんの一呼吸にも及ばない僅かな時間だが――さらさらを恐れた。サヤがカイザーに気づかれないように能力を使ったと言ったその瞬間に――だが、それは仕方のない事だ。未知の能力を使われれば誰だって恐れもする。用心深いハンターならば尚更だ。

「私の能力を預けるのに不足はないという事。私の全力を見た彼が、どのような反応をするのか、少し興味がある」

サヤが軽く言う。だが、カイザーは気づいていた。

ここまで《千変万化》は――現時点でカイザー達にはそこまで強い期待を抱いていない事に。

恐らく、《千変万化》はカイザー達に指示はもちろん、何ら建設的な話をしていない。期待していたら――カイザー達と協力して任務に当たろうと考えていたのならば、これは少しばかり不自然だ。

コードに入ってからが勝負だ。ガリスタのハンターの力を見せつけ、認められ、そして――僅か二十かそこらでレベル9ハンターに届きうる功績を積み上げた怪物じみたその手管を目に焼き付ける。

これはコード攻略という難事の攻略であると同時に、レベル8という各地でトップを張るハンター達の力と知恵、誇りのぶつかり合いなのだ。

と、そこで、《千変万化》が部屋に入ってきた。寝癖なのか、大きく撥《は》ねた髪に、ぼんやりとした眼差し。カイザーとサヤを見て大きく欠伸をして腕を上げる。

隙だらけだ。カイザーならば一秒かからずに気絶させられるくらい隙だらけ。

「おはよう、サヤ、カイザー、早いね。さすがだよ」

早くはない。断じて、早くはないし、さすがでもない。朝に軽く身体を動かし肉体のギアをマックスまで持っていくのは、大抵のハンターが行っている行為だ。

異能を武器にするサヤもそれは同じだろう。《千変万化》が、クライ・アンドリヒが、異端なのだ。

胸を張り、完璧な笑みを浮かべて言う。

「ははは、コードに入るのが楽しみでね。コンディションは完璧だ、友よ。戦闘でも情報収集でも、何かあればこの私に任せてくれたまえよ」

「…………おはよう、クライ。実は私は……パーティメンバーから朝の挨拶をされるのは初めて」

サヤが虚を衝かれた様子で言う。思わず目を見開く。

そう言われてみれば、カイザーもパーティメンバーから挨拶されるのは久々だ。

なるほど、サヤ君の言っていた人が良いという評価もあながち間違いではないのかもしれないな。

これは恐らく、パーティの一員として動いてきたが故に染みついた習性だ。一般市民にあって、常日頃からたった一人、危険と隣り合わせにあるカイザー達のような絶対強者にはない習性。

《千変万化》は目を瞬かせると、腰に付けた小さな鞄に手を入れ、中から銀色の包装紙に包まれたバーを取り出した。

「…………おやつを貰った事は？」

「ない」

「じゃあ、チョコレートバーをあげよう。遠慮はいらないよ、沢山持ってきているからね。これはチョコレートしか入らない時空鞄《マジック・バッグ》なんだよ」

レベル８ハンターにチョコレートバーを配る男、か。

《千変万化》が手渡してきたバーを見下ろす。本当にただのチョコレートだ。

匂いでわかる。毒なども入っていない。

サヤは唐突に渡されたそれに固まっていたが、銀紙を剥いて小さく齧《かじ》って言った。

「…………甘い」

わからない。行動に脈絡がない。神算鬼謀と謳《うた》われるその脳内が全く見えない。

「ありがたく頂こう。だが、一つ聞きたいのだが——このチョコレートバーは何かの策なのかい？」

「策って……いや、実は、チョコレートは疲労回復に良いんだよ。カイザーもサヤも今日は戦うんだから少しでも足しになればいいなと思ってね。今回の任務はなかなか危険みたいだし——」

チョコレートバーなどで足しになるわけがないだろう、と言いたいところだったが、カイザーはその言葉を飲み込んだ。

言う必要のない事は言わない。今回の任務はなかなか危険などというレベルではないのだが、その点についても指摘の必要はない。

カイザーは細かい事を考えるのをやめた。

注目すべきはこれからの《千変万化》の動きと手管、ただそれだけ。

三人でコードに挑み、世界を救う。考えるべきは、それだけだ。

「それに、もしかしたら餌付けしておけばまたサヤに守ってもらえるかもしれないし……」

「…………残念だけど、今は朝だから無理」

「あー……そうだったね。もしかしたら目を瞑ったら発動できたりは——」

「しない。それに、クライには必要ないと思う。目視できる距離じゃないと、細かいコントロールは効かないし……」

レベル8にあるまじき、守ってもらえるかもしれないとなどという発言。

だが、カイザーの目指すものとは異なるが、もしかしたら臆面もなくそういう事を言えるところも、

《千変万化》が仲間と共にレベル8まで至れた理由の一つなのかもしれなかった。

「僕なんて本当に大したことないからね……レベルがここまで上がってしまったのも仲間達の力が大きいし。いや、本当に。だから、前も言ったけど、今回は基本的に独自の判断で動いてもらおうと思っているよ。レベル8ならばきっとそれが一番だ」

その言葉からは謙遜のようなものは感じなかった。だが、そんなわけがない。

レベル8とは仲間の力で至れるような領域ではない。むしろ、仲間達が足手纏いになる領域なのだ。パーティを組んだ状態でレベル8に至るには、パーティメンバーに実力以上の能力を発揮させる指揮能力や指導能力が不可欠だ。それも、自由気ままなハンターを指揮するとなると、正規の兵士を指揮するのともわけが違う。

好きに動け。使って欲しいのならば、実力を見せろ。

まだカイザー達は《千変万化》の指揮を受ける程、実力を示せていない。レベル8ハンターなんて事実、自分には関係ない。

その言葉に含まれた意図は、そんなところだろうか。

「……オーケー、リーダー。そういう事なら、好きにやらせて貰おう。何かあったら言ってくれ」

「……………………バックアップは任せる」

「頼もしいなあ」

どこか不敵な笑みを浮かべて見せる《千変万化》。その表情を見ていると、《破軍天舞》の実力を見せつけ少しでも余裕の表情を崩させねばという気分になってくる。

どうやらサヤも気合は十分のようだ。実力を見せつけるべき相手は《千変万化》だけではない。

どちらが活躍できるか競うのもまた一興、か。

まず一つ目の問題は無事コードの中に入れるかどうかだ。人が大量に入っているという事は、相手も外敵の侵入を警戒している事だろう。入場に必要なものはカードだけという話だったが、何らかの審査はあるはずだ。万一レベル8ハンターであると露見したらただでは済むまい。

一番正体が露呈する可能性が高いのは《千変万化》だ。

大国で実績を積んだその知名度はカイザーやサヤの比ではない。実際に昨日、彼はこの駅で彼の名を知る者に会ったと言っていた。

避けねばならないのは、全員が同時に捕縛される事。

特に今回は任務の性質上、失敗しても外部から助けが来る事はないだろう。

顔をあげ、《千変万化》に提案する。

「全員で固まってコードに入るのはリスクが高い。ばらばらに入って中で合流するのはどうかと思うんだが——どうだろうか？」

「異論はない。一網打尽にされる可能性は少しでも減らしておくべき」

「…………そうだね。カイザーとサヤがそう言うならそうしようか」

《千変万化》がのんびりと言う。

無事、コードの内部に入りこめたら、まずすべきは現状の把握だ。

《千変万化》が昨日話していた『夢』とやらがどれだけ正しいのかも気になる。

あの状況で出された夢という言葉が何の意味もないとは思えなかった。予言者の類の中には、夢の中で天啓を得る者も存在している。レベル8にまで上り詰める程の神算鬼謀を実現出来た理由が夢を通した未来視だというのは十分ありえる話だろう。

貴族達の側につく、か……長丁場になりそうだな。

カイザーは心の中で呟くと、気合を入れ直し、笑みを浮かべた。

今回の冒険はカイザーのハンター人生で最も波乱に満ちたものになるだろう。

だが、それを乗り越えてこそ真の英雄となるのだ。

高機動要塞都市コード。それは、現存する世界中の都市の中で最も強い都市の一つだ。

地上から百メートル以上離れた位置に浮遊し、高度物理文明の兵器で武装したその要塞都市には攻守共に隙はなく、起動以来一度も敗北していない。

ほぼ自動で照準を合わせて発射される超長距離砲に、外壁とは別に都市全体を取り囲みあらゆる攻撃を防ぐ正体不明のバリア。都市システムが生産する機装兵は数こそそこまで多くないものの一騎当千であり、一体一体が一流ハンターと同等の能力を有しているとされている。

都市を動かしているシステムは起動から二百年以上が過ぎた今でも全ての機能が明らかになっているわけではないが、それでも現代文明と比較すると異質な能力を誇っていた。

搭載された強力無比な兵器も、人の手を必要とせずにほぼ無尽蔵に食料を生産する能力も、都市システムの一部に過ぎない。人口も少なく、他国との貿易もなく、二百年以上何不自由なく天に君臨し続けている事からもその力はわかるだろう。

コードに敵はいない。既にその攻撃領域には知性なき魔物すらも立ち入る事はない。

だから、コードの出入国管理局に齎された『コードにハンター潜入の恐れあり』の情報は、一日も経たない内に部門に所属する極少人数の職員、全員に広まった。

出入国管理局の仕事は重要だが、暇である。コードの都市を運営しているのは初代コードの王が起動した都市システムであり、高度物理文明時代の代物と推測されるそれは、基本的に人間が何もしなくても動き続けるように出来ている。コードへの出入国管理の業務もその例に漏れない。

そもそも、これまでは都市に入る者も出る者もほとんどいなかったから仕事などないようなものだ。最近になってコードの上層部が外部からの移民を募り、ようやく少しだけ仕事ができたが、それもシステムが担当してくれない都市についての説明をする程度のもので、大した仕事ではない。

コードの内外を繋ぐ唯一の出入り口。その建物の一室で、職員達が退屈そうに話す。

システムで規定された制服に身を包み、胸にはコード内部での階級を表すカードを付けた職員達は身なりに対してその表情は退屈そうで如何にもだらしない。

「トレジャーハンターかぁ…………本当に来るのかね」

「知らんよ。そもそもどこからその情報を仕入れたのかも知らねえしな」

仲間の言葉に、大きく欠伸を漏らしながら男の職員——コードの都市システムで言う、クラス４の市民の男が答える。

「この間の、外から攻撃しかけてきた連中のように少しは暴れてくれると退屈も紛れるんだがなあ」

「あれは凄かったからな……バリアを突破し外壁に傷をつけるなんて百年ぶりらしいぞ。まあ、結局外壁が少し崩れただけで大した被害は出なかったが――崩れた外壁ももう修復されたらしいし」

部屋の壁際には金属で出来た物々しい人形がズラリと並んでいた。

高度物理文明をあらゆる面で支えたという、機装兵。

そこに整列している者達は直立したままぴくりとも動かないが、都市のルールを破る者が出た際には破壊される事も厭わない無双の兵士となる。実際に、先日現れた襲撃者は男達では間違いなく一蹴されていたであろう強敵だったが、機装兵の軍により生きたまま捕縛されている。

コードに敵対する者が相手にするのは、人ではない。都市そのものだ。

「しかし、ハンター達が来るかもしれないから捕縛しろと言われても…………どうやってハンターかどうか、見分ければいいんだ？」

コードの出入りの管理は都市システムの発行するカードによって行われている。カードにも様々な能力が存在していたらしいが、現時点ではコードへの入場チケット以上の意味を持っていなかった。

これまでコードへの出入りは必要最低限しか行われていなかったため、本来のシステムがどのようなものだったのか、解明が進んでいないのだ。恐らくは、身元を照会して特定条件の者をブロックする機能もあるのだろう。だが、現時点ではそのような機能は働いていない。

カードを与える相手についてもコードの上層部が決める事であり、職員達は特に関知していない。

職員達が直接行っているのは、カードを持ってきた者達を市民として登録する事くらいだ。

そして都市システムにハンターを割り出すような機能は存在しない。

コード入りの人数も増えている今、そこに紛れて潜入を試みてくるハンターを区別するのは難しいだろう。そもそも、現在、出入国管理局に在籍している職員達は生誕時から一度も都市を出たことがなく、ハンターも話に聞くくらいで実際に見たのは先日の襲撃が初めてだ。

仲間の問いに、男はため息をついて言った。

「そりゃもう…………力量で判断するのさ。ここに送り込まれてくるハンターは一流のはずだろ？　最近大量募集して流れ込んできている連中とは格が違うはずだ。システムはハンターを見分けられないが、力は数値化できる。対象が絞れたら適当に案内して捕縛はシステムに任せればいい。上の連中は高い戦闘能力を持つ人間を求めてる。ハンターは最大でも三人程度らしいが……仮に捕縛した相手がハンターじゃなかったとしても、別に構わないとよ」


馬車の発着場には、大型の乗合馬車が幾つも止まっていた。金属製の馬鎧《うまよろい》をつけた屈強な馬が繋がれた馬車だ。それぞれの馬車には普段ならば絶対近寄りたくない強面の連中が集まっている。

格好、顔立ち、そして雰囲気。そのどれもが、連中が一般人ではないと示していた。中には穏やかな顔立ちの者もいたが、そういう連中程、恐ろしかったりする事を僕は知っている。

幸いなのは、そんな危険な空気をまとった連中が集まっているのに、静かで誰一人として暴れていない事だろう。昨晩のあれはやはりイレギュラーなのだ。

カイザーが突然、別れてコードに入ろうなどと言い出した時にはひやひやしたが、これならば問題はなさそうだった。

カードを提示してその列の一つに並ぶ。サヤやカイザーは既に別の馬車に並んでいる。

今回コード入りする者はかなり多いらしい。数十人はいるだろうか？　これならば僕達も紛れる事ができるだろう。幸い、昨日絡んできた連中はいないようだった。

ほっと息をつくと、列の流れに従い馬車に乗り込み、馬車が動き出す。

馬車は見た目の無骨さに反して、信じられないくらい揺れがなかった。もしかしたらこれもコードの技術が使われているのかもしれない。

周囲に顔見知りはいないし、絡まれるのも面倒だ。

腕を組み、目を瞑っていると、不意に外から声がかかった。

「お、おい、到着したぞ。コードに向かう馬車で眠れるなんて、とんでもなく図太いな、お前」

「…………ね、寝てないよ？　目を瞑ってただけだ」

「わかりやすい嘘つくな、こら！　明らかに寝ていたぞ！」

周囲を見回す。いつの間にか同じ馬車に乗っていた者達は全員降りている。

一瞬目を閉じたつもりだったが、どうやら意識が飛んでいたようだ。

声を掛けてくれたのは馬車の御者の人だった。礼を言い、大きく背筋を伸ばしながら馬車の外に出ると、御者さんが一方向を指さして教えてくれる。

「ほら、そこの列に並べ。すぐに入れる」

「!! これは……凄いな」

思わず感嘆の声をあげる。

御者さんが指した方向にあったのは、柱だった。幅数メートル程の柱が、数本。

表面には扉があり、列はそこから続いている。

首を大きく曲げ、空を見上げる。


——そして、僕はそれと邂逅《かいこう》を果たした。


御者さんが隣で同じようにそれを見上げ、説明してくれる。

「そうだ、あれが、コードだよ。ここまで下りてくるのは、地上から人を入れる時だけだがな」

それは——巨大な建造物だった。

陽光を完全に遮り、空を覆い尽くす、建造物。島のようでもあり、方舟《はこぶね》のようでもある。

地上から見上げていると、天に押しつぶされそうな錯覚すら受ける。

真っ直ぐ柱の伸びた先はその建造物に接続されていた。だが、柱で支えられているわけではないだろう。余りにも——大きすぎる。

高機動要塞都市コード。空に君臨する高度物理文明の都市。

柱はコードへの入り口か。空を飛ぶ都市は【迷い宿《まよいやど》】で経験があるが、コードは見た目からして根幹に存在する文明が明らかに違う。

かつてはこのような都市を生み出す程、技術が発達していたのか。

恐らく、馬車が走っている間に外を見ることが出来ていたら、天に浮かぶコードの形を確認できていただろう。こんな経験滅多にないだろうに、惜しい事をしてしまった。

しかし……予想よりもスケールが大きい。高度物理文明時代の宝具で最も有名な物の一つに浮遊要塞《フロート》と呼ばれる宝具が存在するが、これは明らかに宝具などというレベルではない。

こんな都市に潜入して王族を保護するなんて、もしかしてこれ、大変な依頼なのでは？（今更）

そりゃレベル8を三人も送るわけである。今更ながら凄く帰りたくなってきたが、僕一人では帰る事すらできない。後は天に運を任せるだけだ。

幸いなのは僕以外の二人が極めて有能な事だろう。僕にできることは応援だけ、かもしれない。

せめて変に足を引っ張らないようにしないと…………。

御者さんに別れを告げて列に並ぶ。列に並ぶ他の人々もコードにやってくるのは初めてだからか、気が立っている様子だった。

コード自体にも不安はあるが、この人達と一緒に中に入るのもそれはそれで不安だな。

内部の情報は何もない。すぐにカイザー達と合流できればいいんだけど……。

塔の入り口の近くには奇妙な全身鎧を着た人形が微動だにせずに立っていた。

あれが……機装兵か。高度物理文明で作られた万能戦士。高度物理文明の宝物殿では宝具として現れる事も、幻影《ファントム》として現れる事もあるという、高度物理文明の粋《すい》。

しかも、見える範囲だけで十体以上いる。まさか、コードでは機装兵を作れたりするのだろうか？　機装兵と一口に言っても世代によって能力は変わるらしいが、強い者は高レベルハンター顔負けの戦闘能力を誇るという。そういう存在がコードにいない事をただ祈るのみだ。

列は思ったよりもスムーズに進み、すぐに順番が来た。

馬車に乗ってきた連中が全員コードに入るのだとしたら、今回だけで数十人がコードに招待されたという事になる。カイザーが集めてきた情報では軍を作ろうとしているらしいが、機装兵がこんなにいるのに生身の人間に何をやらせようというのだろうか？

扉が音もなく開き、中に入る。

柱の中は壁も床も白い不思議な光沢の金属でつくられた部屋だった。

壁際には外にもいた機装兵が更に何人も立ち並んでいる。身長は二メートル超。こちらに視線を向けているわけでもないが、間近で見ると凄まじい威圧感だ。

部屋はカウンターとガラスで二分割されており、中央に金属のゲートがあった。一見、探索者協会の受付のようにも見える。思ったよりもシンプルな構造だ。

門の向こう側には黒の制服を着た男が二人、立っていた。

コードの住人だろうか？　胸に取り付けられたカードには星のマークが四つ描かれていた。

当たり前と言えば当たり前だけど、コードも住人は普通の人なんだな。

その内の一人が無愛想な顔で僕を見ると、抑揚のない声で言った。

「これより、入国の審査を開始する。カードを手に持ってそのまま進め」

「…………はい」

さすがに少し緊張してきたな。

探索者協会から貰ったカードを取り出し、ゲートをくぐる。

金属製のゲートは内側に不思議な装飾が施されていた。高度物理文明の技術だろうか？　何かチェックしている？　カードの真偽判定とかもここでしているのかな？

特に何事もなくゲートをくぐり終える。

――と、そこで先ほど指示を出してくれた人が眉を顰めて言った。

「止まれ…………もう一度ゲートをくぐり直せ」

「え？　はい」

どうかしたのだろうか？

指示に従い、もう一度ゲートをくぐりなおす。だが、その困惑したような表情は変わらない。

僕、何かしたかな？

職員さんは耳元を押さえ小声で何事か呟くと、僕を見て言った。

「…………一つ、確認がある。戦闘に自信はあるか？」

何をいきなり…………。

「余りありません」

「そうか……そうだろうな。一体その能力でどういうつもりでここに来たのかわからないが……

「……………まぁ、カードは持っているからな」

その能力？　もしかして、このゲートには人の能力を調べる機能でもあったり？

その機能、探索者協会にも欲しいなあ。人の能力を数値化できたら僕のように能力もないのにうっかり高レベルになってしまうような悲劇もなくなるに違いない。

そう言えば、『進化する鬼面《オーバー・グリード》』を被った時にも能力評価みたいなのあったね。どの文明でも意外と似たような事を考えるものなのかもしれない。

「一応確認するが……コードに反意はあるか？」

「えっと……ありません」

再び耳元を押さえ小声で呟く職員さん。もしかしたらどこか遠方にいる人と話しているのかもしれない。スマホの元となった文明なのだ、それくらいできるだろう。

職員さんはすぐに顔をあげ僕を見ると、先程同様に抑揚のない――悪く言えばどこか面倒くさそうな声で言った。

「…………了解。確認終了、真偽判定もパス。そのまま進み、手続きに移れ。ようこそ、コードへ」


コード、出入国管理局。ゲートから送られてくる情報を精査している部屋で、職員達は先程入国した青年について話し合っていた。

「まさか、総合評価４とは恐れ入るな。一体どういう経緯であんな男がカードを手に入れたんだ？　いくら大勢入れるって言っても、基本は能力に秀でた連中を集めていたはずだろ？」

「知るかよ。本物のカードを持っていたんだから仕方ないだろ。仮にここで弾いて貴族連中の許可つきだったら誰が責任を取るんだ？」

「というか、評価が低すぎてもアラートが鳴るなんて知らなかったな」

コードに入る際にくぐるゲートには幾つもの機能が搭載されている。通過者の能力を数値として表示する機能は、現代のコードでも使えている数少ない機能の内の一つだ。

筋力や瞬発力などの肉体機能から、五感、魔力《マナ》から潜在能力まで全てを詳《つまび》らかにするそれは理屈こそ不明なものの、確度の高い代物だとされていた。

だが、その青年通過時にゲートが送ってきた情報は、これまでそれなりの人数の入国を取り扱ってきた職員達をして、ゲートの性能を疑わざるを得ないものだった。

二度ゲートをくぐらせるなど滅多にない事だ。

「４とか見たことないぞ。その辺の下級民でも30くらいは出るのに…………潜在能力や気力も評価基準に含まれるから、そこまで低い数値は出ないはずだろ？」

「下級民以下なんだろ。異常と言えば異常だが、だからこそ反意がないか確認したし、真偽判定もかけた。結果はオールグリーン、あの男にコードへの反意はない。危険物の持ち込みも検出されていない。手続き上、何も問題はない」

「…………まぁ、そうか。強いじゃなくて弱い、だしなあ……」

職員が警戒すべきはハンターの潜入だ。今回潜入が想定されているハンターは最大でも三人。その貴重な枠を使ってそこまで弱い男を潜入させるなど常識的に考えたらありえない。

仮にあの男が侵入者だとして、内部に入り込んでも何もできないだろう。コードの内部では長距離砲は使えないが、機装兵は動かせるのだ。仮に動かせなかったとしても、コードの市民でも簡単に制圧できそうである。

と、その時、ゲートの一つと通信していた職員が声をあげた。

「出たぞ。総合評価、１００００越えだ」

「１００００!?　五桁なんて、ありえるのか!?」

「知らん。だが、こいつが例のハンターで間違いないだろう。手筈通り、中に通せ」

想定されていた異常事態に、部屋の中に緊張が走る。

その時には、先程の総合評価４の青年の事なんて、職員達の頭の中から消えていた。

言われた通り進んだ先にあったのは小さな部屋だった。

高度物理文明の代物だなどと言っても部屋の構造的にはそこまで変わらないらしい。椅子もカウンターも、材質や形こそ多少の差はあるものの、想像していたような文化の違いは感じられない。

対面に座っていた男性職員さんが、どこか横柄な口調で言う。

「カードを渡せ。これよりコードの住民登録を始める。コードの都市システムは外の世界とは異なる、最初は戸惑うだろうが、直に慣れるだろう。名前は？」

「クライ・アンドリヒ」

……もしかして本名で登録すべきではないのでは？

そう思い当たった時には、既に遅かった。

渡した金属カードをカウンターの上に置き、職員さんが唱える。

「ネーム登録、クライ・アンドリヒ。階級登録、クラス1」

「!?」

金属カードの表面に刻まれていた模様が不意に蠢《うごめ》き、文字を形作る。

クライ・アンドリヒに、星の印が一つ。

これが高度物理文明の誇る都市システムの一部なのだろうか？

目を見開き硬直する僕を、職員さんが鼻で笑う。

「外の世界とは異なり、コードでは都市規則に則り、全ての市民に階級――クラスが設定されている。クラスの上昇に比例してより高度な都市システムの機能にアクセスできる仕組みになっている。外部からやってきた者は能力に応じてクラス1か2が割り当てられる。異論はあるか？」

「なるほど……ありません」

能力が低いから僕はクラス1なわけか。

さすが高度物理文明の都市、他の都市とはかなり違うな。探索者協会もコードのように優れた技術

力を持っていたら僕のようなぼんくらをレベル8にする事はなかったに違いない。

ところで、アクセス出来る都市システムの機能とは一体何なのだろうか？

僕の答えに、職員は肩透かしを食ったようにぽかんとした表情をしたが、すぐに一つ咳払《せきばら》いをして言った。

「階級は活躍により上がる。階級が上の者を相手にする際は注意する事だな。仮にクラス1の市民とクラス2の市民が争った場合、都市システムはクラス2の市民の味方をする。階級はカードの星の数でわかるようになっている。あんたは星1だからクラス1、俺はこの通り、星4だからクラス4だ。出入国管理官は業務の重要性からクラス4以上の者で構成されている」

「なるほど……わかりました」

「クラスは1から9まで存在する。この都市でクラス1より下の者は、市民登録されていない下級民しか存在しない。外でカードを与えられたからといって、調子には乗らない事だな。この都市では、クラス1では魔術を使う権限すらない」

「なるほど…………ありがとう。ご親切に」

魔術を使用する権限、か。なかなか厄介そうな都市だな。権限がない者が魔術を使ったら捕まったりするのだろうか？　あいにく僕は魔術を使えないので余り関係ないけど……。

職員さんは僕の言葉に、あからさまに舌打ちをして、恫喝《どうかつ》するような口調で言う。

「…………チッ…………そうだ。色々教えてやったんだ。礼はあって当然だよな？　何かよこせ」

「うーん……じゃあこれで」

仕方ないな。せっかく持ち込んだんだが、短剣でも渡すか。

幸い都市の中にはある程度の秩序はありそうだ。ちょっと邪魔だと思っていたんだよ。

腰から短剣を外しテーブルに置くと、職員さんが表情を引きつらせた。

「…………武器を躊躇いなく渡すとは、どういうつもりだ？　武器なしでどうやって戦うつもりだ⁉」

「欲しいって言ったのはそっちなのに…………」

「…………くそっ。もういい。仮にも戦力として引き入れたのに武器を没収したと知られたらこっちに飛び火するわッ！」

確かに、冷静に考えたらそうだね……。

そして、最近コードに流入している人々が戦力目的という噂は本当だったらしい。

ぼりぼりと苛立たしげに頭を掻《か》きむしっている職員さんに尋ねる。

「ところで一つ確認したい事があるんですが…………僕はこれからどうしたらいいんでしょう？」

一応、内部で依頼人との待ち合わせはあるが、街の地図もないし、お金もない。いや、ゼブルディアの貨幣なら少しは持っているが、それはきっとコードでは使えないだろう。

できれば都市システムとやらの使い方も教えて欲しいものだ。

宝具ではないようだが、何ができるのか興味がある。

「知るかッ！　と言いたいところだが――そうだな、今回コードに人を入れるのはクラス8――王族の私兵として使うため、と聞いている。事前にどの陣営に参加するか話がついている連中もいるみたいだが――何か聞いていないか？」

王族の私兵……？　これは新しい情報だ。

だが、なるほど。王族を保護するにしてもどうやって近づくのか気になっていたが、道筋はできているらしい。依頼人がコードの運営に関わる上層部の誰かというのは真実なのだろう。

「……そう言えば、なんかそれっぽい事は聞いてますね。どこに参加するかまでは聞いてないけど」

「まぁ、あんたには同情するよ。その程度の能力でここに送り込まれるなんて――せいぜい、強い王族の陣営に雇われる事を祈るんだな。たった4なら逆に生き延びる確率もあるだろう。生かしておいても害はないからな」

「…………？？？　え？　強い王族の陣営？　たった4……？」

理解が全然追いつかない。王族は全員、捕らえられていると聞いているのだが、強い王族の陣営ってどういう事だろうか？

そもそも私兵って何するの？

高レベルハンターと比べるのならばともかく、そこらのチンピラよりは機装兵の方が強いだろう。

混乱している僕に、職員さんはふと何か思いついたように目を見開き、にやりと笑った。

「いや、まて。そうだ、俺にいい考えがある。ちょうど使えそうにない奴を見つけたら送ってくれと話がきていたんだ。あんた、それにぴったりだよ。連絡してやろう」

おお…………それはありがたいな？

使えそうにない奴を見つけたらとか、良くわからないけど、まるで僕が来る事をわかっていたかのような要望じゃないか。

上に移動した様子はなかったのだが、いつの間にか都市内部に入っていたらしい。それもまた超技術の賜物なのだろう。

迎えがくるまで待つように通された部屋。分厚い窓越しに、コード市内を確認する。

高度物理文明の宝物殿から分離したというコードの街並みはゼブルディアとはかけ離れていた。

無数に立ち並ぶ洗練された建物は縦長で、その一つ一つが《始まりの足跡《ファースト・ステップ》》のクランハウスと同じくらいの高さがある。

広々とした道路には金属の蜘蛛のようなものが高速で駆け回り、中には建物の外壁の上を走っているものもあった。もしかしたら、あれがこの街では馬車の代わりなのかもしれない。

どうやらこの都市がかなり高度物理文明の影響を色濃く残しているのは間違いないようだった。

蜘蛛型の乗り物一つとっても、帝都に持っていけば千金の価値がある代物だろう。あちこちに走っているので生産工場まで存在しているのかもしれない。

まさかこんな都市がこの世に存在していたとは――高度物理文明の宝具欲しいなとか言っている場合ではない。これならきっとスマホも手に入るだろう。時間があったら是非探しにいきたいものだ。

そういえば、カイザー達は無事、コードに入れただろうか？

まぁ、僕でも入れたんだから彼らならどうにかするだろう。評価も僕より高いだろうし、きっと強い王族に雇われるはずだ（改めて考えても意味不明）。

合流は適宜《てきぎ》行う予定だった。中に入ってからどのような状況に置かれるか不明だったからだ。自由に動けるようになったらサヤやカイザーの方からコンタクトを取ってくるだろう。遅くとも依頼人と会う際に合流できるはずだ。

ぼんやりそんな事を考えていると、不意に部屋の扉がスライドした。

「貴方の要求通りの人材です。長年出入国管理の業務についていますが、総合評価4は間違いなく最低です。へへ……コード入りを許されるのは本来、有能な人間ばかりですからね。少々とぼけた男ですが、会話が出来る程度の分別もあります」

「ふん……それならば、いいのです。多少有能でも分別がつくのならば問題ありませんが、無能であるに越した事はありませんからね。これで、ちょうど近衛《このえ》の『規定数』に届きます」

入って来たのは、クラシカルなメイド服を着た女性だった。目つきはややキツめで、蜂蜜色の髪。胸元に星の印の刺繍《ししゅう》が五つ施されている。

女性はずかずかと部屋の中に入ると、僕の全身をじろじろと無遠慮な目つきで確認し、手を二回叩いた。女性の眼の前に不意に黒い板のようなものが現れる。

浮いているけど、どうなっているんだろうか？

こちらからは見えないが、そこに何か書いてあるのだろうか？　女性はしばらくその板に目を向けていたが、やがて大きく納得したように頷いた。

「いいでしょう。見事な無能です。顔もまだマシなので使い道も多そうだ。貰います」

その言葉に、職員さんがぐっと拳を握る。

「よしっ………お気に召したようで何よりです、オリビア様。それで、報酬の方は――」

「わかっています。振り込んでおきます。また何かあったら報告しなさい」

そろそろ説明が欲しいなぁ。ぼんやりしている僕に、オリビアと呼ばれた女性が言う。

「来い。貴方には第二王女の近衛になってもらいます。拒否権はありません。わかりましたね？」

「!?　あ、はい……」

事情は良くわからないが、いきなり王女の近衛になってしまった。

………とりあえず今回の僕は運がいいのかもしれない。

僕に近衛が務まるかどうかは置いておいて、王女の近くにいれば保護する機会もあるだろう。僕には無理かもしれないが、カイザーやサヤに集めた情報を渡すくらいはできるに違いない。

もしかしたら今回の僕は少し役に立つのでは？

とりあえず諸々は置いておいて、オリビアさんに確認する。

「ちなみに、王族って何人いるんですか？」

僕の問いに、オリビアさんは目を見開き、すぐに訝《いぶか》しげな表情を作った。

「本当にぼんやりした男ですね………まぁ、いいでしょう。現在のコード王には、六人の御子《みこ》がいます。王子が四人、王女が二人、貴方が近衛を務めるのは一番末の娘――アリシャ王女殿下です」

「なるほどなるほど、六人ね………多いなぁ。コード王に兄弟とかいるの？」

「……十五人いましたが全員鬼籍です。それが何か？」

十五人!!　死んでてよかったな。六人でも多いが、十五はさすがに保護しきれない。

「コードの王族って、それだけ？」

「…………そうですが、どういう意図でその質問をしているのですか？」

「いや、何でもないけど…………」

どうやらそれだけのようだ。

王とその子ども、合計七人保護してコードから逃がせば任務成功らしい。

これが一般的に多いのか少ないのかはわからないが、三人で、この未知の都市から七人を脱出させるってかなり難しそう。依頼人のサポートがどれくらい手厚いかによるかな。

オリビアさんはしばらく考えていたが、首を横に振って言った。

「…………まぁ、何を考えているのかはわかりませんが、いいでしょう。クライ・アンドリヒ、禁止事項追加、私に不利益を与える発言と行動を禁じる」

「!?」

その言葉と同時に、僕の全身に僅かな痺れが走った。

結界指《セーフ・リング》はつけているのに、何も発動しなかった。

戸惑う僕にオリビアさんは勝ち誇ったように言う。

「コードでは階級が全て。禁止事項の付与はクラス５以上の権利です。貴方は何を目論んでいたとしても、今後、私の不利益になるような発言や行動はできません。これがコードを統括する都市システムです。わかりましたね？」

「……オリビアさんのばーか」

「!?　そういう事じゃ、ないッ！」

オリビアさんが苛立たしげに床を蹴りつける。

だが、これは…………まずいかもしれない。都市システム、か。

どうやら僕が考えていた以上にコードの都市システムは出来る事の範囲が広いらしい。

その言葉が真実ならば、僕達の依頼達成はかなり難易度が上がる事になる。

例えば、攻撃が禁止されれば攻撃できなくなるかもしれないし、王族への接近が禁止されれば保護も難しくなるだろう。どうしたものか……。

黙り込む僕にオリビアさんが言う。

「来い、貴方をおひいさまの所に案内しましょう」

まぁ、いいか。考えようによっては、相手を縛れるという事は、無駄に警戒されないという事である。どうせ僕などまともに動けたところでそんなに役には立たないのだ。

依頼の達成は遠のいているが、宝具の購入は近づいている。いくら悩んでも、どうせなるようにしかならない。ポジティブに行こう。

僕は気を取り直すと、早足で部屋を出るオリビアさんを追いかけた。


オリビアさんの後に続き、建物の前に止まっていた蜘蛛型の乗り物に乗り込む。

乗り物などと言っても、近くで見ると魔物のようにしか見えない。そこかしこには明らかにただの移動には必要とされないであろう無骨な重火器のようなものが取り付けられている。

「高度物理文明の恩恵を受けてると聞いていたけど、移動は普通にするんだね」

高度物理文明の宝物殿の中ではワープ装置のような物が設置されている事もあるらしいけど。

オリビアさんが面倒臭そうに言う。

「……これが一番、確実なのです。三次元の移動が可能な『クモ』ならば万が一、襲撃を受けても逃げ切れます」

「!? 襲撃って…………ここは街中だよね？ 誰から襲撃を受けるの？」

「下級民――厳密に言えば、『民』ではないのですが、ともかく反乱分子が複数人います。市民を無差別に襲い、手に入るわけがないコードの都市システムを掌握しようとしている愚か者です。一応言っておきますが、外を出歩く際は注意しろ。クラス1では都市システムによる保護は最低限しか受けられませんからね。下級市民と言っても武器を持っていたらお前などひとたまりもありませんよ。代わりを探すのは面倒です、死なないように注意しろ」

治安悪そうだと思ってたけど、予想以上に荒れ果ててるんだが……。

クモと呼ばれているらしい乗り物の中は快適だった。何の素材でできているのか柔らかなクッションが敷かれ、凄まじい速度で動いているはずなのに揺れが一切ない。跳躍の瞬間すらほとんど振動がないのだから、高度物理文明の技術力がわかる。

ほぼ完全に透明な窓からは、コードの全景が良く見えた。

高いビルが乱立しているだけだと思ったが、空高くから見ると違う事がわかった。

どうやらコードの街並みは山のような形になっているらしい。ビルの山――中央がより高く、外周が低い建物で構成されている。

都市と言うが、かなりの大きさだった。帝都ゼブルディアよりも大きいかもしれない。

コードの技術なのか、空には浮いている島も幾つか見える。

「オリビアさんは貴族なの？」

「…………違います」

僕の問いに、オリビアさんが良く整った眉を顰める。

腕時計をちらりと確認すると、ため息をつき、やや早口で説明を始めた。

「詳しい事はついてから後からお前の上に聞け……と言いたいところですが、最低限の事は教えておきましょう。これはこの都市での常識ですが――ここで生き延びるのに必須と言える、コードの都市システムが定める階級制度についてです」

ゼブルディアにはそこまで厳密な階級というものは存在しない。皇帝もいるし貴族もいるが、その他は職業選択の自由が認められているし、一部の国ではまだ存在しているという奴隷制もとうの昔の撤廃されている。

だが、コードでは違うようだった。職員さんも真っ先に階級の登録をしていたが、外の世界とは異なる理《ことわり》で動いているように見える。

「コードでは全ての市民に階級が設定されます。この階級により、使用できる都市機能が変わり、それはコードにおいて強さと同義になります。クラスは1から9まで存在していて、クラス1から5までが市民、6と7が貴族、8が王族で、9はコード王一人だけです。クラスは星の数で表されています」

つまり、オリビアさんは胸元に星の印が五つあるから、市民の最上位という事か。

そして僕は最低、と。なかなか複雑だな……階級が9つもあるって、覚えるのが大変そうだ。

まぁ、そんなに長居するつもりもないけど、この辺りの情報も探索者協会にはなかった。

禁止事項の付与なんて事ができるのでは、情報が表に流出しないのも当然かもしれない。

「なるほど……さっき言っていた、下級民というのは？」

「下級民はクラス0――つまり、コードの都市システム上、人ではない者達です。厳密に言うと民ではありませんが、我々は便宜上そう呼んでいます」

人ではない者達。その物騒な言葉に、思わず目を見開く。

「かつて初代コード王は都市の力を使って周辺諸国を吸収しました。その時に捕らえた者達の中で反乱の危険のある者をクラス0、それ以外の者をクラス1としました。彼らは都市システムを一切使えない、この都市での最底辺ですが、まぁクラス1と大きな差異はありません。反乱分子といいましたが、ほとんどは人畜無害です。無視していれば近づいて来ないでしょう」

大きく跳んでいたクモが重力に引っ張られ、道路に着地する。衝撃はなく、音も僅かだ。

四方は似たようなビルが密集していた。道は広く清潔だが、通る者は驚くほど少ない。

ビルとビルの隙間に、こちらを窺っている人影が数人いる。やせ細っているわけでもなく、薄汚れているわけでもない。ただ、その目つきは酷くこちらを警戒していた。

僕の見ているものに気づいたオリビアさんがしかめっ面で言う。

「都市システムが使えないと言っても、衣食住はどうとでもなります。ただ、彼らは都市システムに保護されていません。例えば、私が彼らを殺したとしても都市システムは私を何ら罪に問わないし、治安の維持で出動する機装兵も彼らを守りません。何ならクラス5の私ならばシステムに彼らの駆除を依頼する事もできますね。無意味なのでやりませんが」

蜘蛛の子を散らすように、こちらを見ていた人達が逃げていく。

そう聞くと、随分恐ろしい話である。僕も駆除されないように注意しないと……。

しかし、都市のシステムを覚えるだけでも時間がかかりそうだ。

こういう、ルールを覚えるのはシトリーやルシアが得意なんだよ。

「着きましたよ。ここがお前が近衛を務める、おひいさまの本拠地です」

クモが停止し、外に出る。

そこにあったのは、周囲に並び立つビルとほとんど差異のない無骨なビルだった。特に権威を示すようなシンボルもなく、言われなければここに王女がいるだなんて思わないだろう。

オリビアさんの後に続き、ビルに入る。音もなく開く扉、そこかしこに設置された見た事もない奇妙な装置。触れても冷たくない金属でできていて、どうやって製造したのか想像もつかない。

きょろきょろと周囲を見回していると、

「戻りましたか、オリビア。それが最後の一人ですか……」

落ち着いた男の声。現れたのは黒のタキシードに身を包んだ老齢の男性だった。

白く染まった髪によく整えられた髭《ひげ》。皺《しわ》の刻まれたその表情は如何にも温和そうで、その立ち振る舞いからはどことなく品の良さを感じた。これまで何度か貴族の屋敷を訪問した事があるが、そこに仕えていた執事をやや柔らかくしたような印象がある。胸元には五つの星があしらわれていた。

「総合評価4のこの上ない人材です。名前はクライ・アンドリヒ。弱く、やる気もなく、野心もない。普通の基準ならば誰も選ばない人材です、この男ならばどこからも文句が出ないでしょう。むしろこの男が二十八人欲しいくらいですね。一応禁止事項は付与しておきました」

それは…………褒められている？　それとも、貶《けな》されている？

最初に会った時から思っていたのだが、言葉と評価が一致していない。無能である事が求められているなんて事ある？　僕が二十八人もいたら大変な事になるぞ。

そして、4って僕の評価かい。最大いくつなのか気になるところだ。

「なるほど…………わかりました。ともかく、時間までに規定の数が揃ってよかった。後は何事もなく時間が過ぎるのを待つだけです」

僕を無視し、ほっと胸をなでおろすお爺さん。

状況が見えない。さすがの僕でもそろそろ事情を説明して欲しいよ。話している内容も違和感がすごいが、そもそも新たに入ってきた無能な新人を王女殿下の近衛にするって相当おかしな話である。

「あのー……僕、ついさっきコードに入ったばかりで、事情も何も知らないんだけど…………そもそも、オリビアさんにも自己紹介すらしてもらってないし、近衛をするのは全然問題ないんだけど、説明くらいはしてもらえないかな？」

そもそも、依頼人からの情報では王族は平和を唱えた結果、それに反抗した貴族に囚われているはずなのだ。それなのに近衛をつけるとか、私兵を集めているとか、どういう状況なのだろうか？

オリビアさん達は依頼人ではないよね、多分。

小さく手を上げた僕を見て、オリビアは眉を顰め面倒くさそうに舌打ちをした。

そこで、お爺さんが初めて僕と目を合わせてきた。

「私はアリシャ王女の執事長、ジャンです。彼女は侍従長のオリビア。長といっても、他に部下などはいませんがね。クライ、我々が貴方に求める事は――何もしない事です。ただ、余計な事は何もせず、問題を起こさず、欲を出さず、貝のように、石のように、ただじっと、そこにいればいいのです。わかりましたね？」

お……それ、得意かも。

その口調は厳しいというよりは、まるで聞き分けのない子供に言い聞かせているかのようだった。

とりあえずトラブルを起こすのは得策ではないのでやる気を見せておく。

「わかりました。自慢じゃないけど、何もしないのは得意だよ、僕は」

ジャンさんは一瞬目を大きく見開きオリビアさんの方を確認するが、オリビアさんが肩を竦めるのを見ると、どこかやるせない笑みを浮かべて言った。

「…………強いて言うならば、補充が手間なので、死なないようにだけ注意していただけるとありがたいです。早速おひいさまに近衛の登録をしてもらわなくては――ついてきてください。謁見です」

オリビアさんと別れ、ジャンさんについていき、ビルの中を歩く。

しかし、ユグドラではセレン皇女と知り合い、今度は別の王女の近衛とは、まったく……。

ビルは調度品のほとんどないごくシンプルな建物だった。部屋の数はそれなりに存在しているようだが、静まり返っていて人の気配がほとんどない。

会話はなかった。周囲をきょろきょろ確認しながらついていくと、ジャンさんが家具も何もない小部屋に入る。

首を傾げながらそれに続くと、扉が自動で閉まり、すぐに再び開く。

扉の向こうには、先程来た場所とは異なる長い廊下が続いていた。

廊下の左右に存在する窓からはまるでブロックを並べたかのようにビルの乱立するコードの街並みがよく見える。

恐らく、ここはビルの最上階なのだろう。《足跡》のクランハウスも法律の上限いっぱいに高く建てたし、最上階のクランマスター室からの景色も素晴らしいが、ここはそれよりも更に高そうだった。

コードに入った時も気づかないうちに上にあがっていたが、昇降機とも少し違う。

超技術で空間でも捻じ曲げているのだろうか？　楽だが、なんだか不思議な感覚だ。

目を見開く僕に一瞬向けられる、何かを確認するかのようなジャンさんの視線。

そのまま何も言わずに歩き始めるジャンさんに、僕は気になっていた事を聞いてみた。

「近衛って僕の他にもいるんですか？」

「都市システムの規定で王族には最低でも一人の執事長と一人の侍従長、二十八人の近衛の配属が義務付けられています。貴方が二十八人目の近衛です」

歩みを止めずにジャンさんが答える。一応質問したら反応はしてくれるようだが……なんだか随分とおざなりな対応だ。

同じ王女殿下に仕える仲間になるというのに、仲間意識のようなものが感じられない。

「つい先日までは、おひいさまには三十二人の近衛がいました。が、あろうことか、そのうちの五人が、おひいさまに不埒《ふらち》な真似をしようとして都市システムに消し炭にされてしまったのです。余裕を持って要員を配置していたのに、規定の人数から一人足りなくなってしまったのです。まったく、余計な事をしないようにあれほど言いつけておいたのに――」

「!?　不埒な……真似？　近衛が王女を襲おうとしたの!?」

もうめちゃくちゃである。ツッコミどころが多すぎて何も言えない。

絶句する僕に、ジャンさんは何でもない事のように言う。

「貴方も気をつけなさい。コードの都市システムに情状酌量はありません。といっても、私達の言いつけを守っていれば問題はありませんよ。さぁ、つきました。ここがおひいさまの部屋です」

いや、そもそも外の世界じゃ近衛が王女を襲うなんてありえないんだけど――。

それ以上、説明もなく、ジャンさんが目の前の部屋を示す。

廊下の突き当たり。たどり着いた先にあったのは、何の変哲もない一枚の扉だった。

滑らかな金属の扉で、引き戸のようだ。ジャンさんが扉に向かって話しかける。

「おひいさま、ジャンです。新たな近衛の登録をお願いします」

その時だった。その言葉に呼応するように、扉の色が抜け落ちた。

窓のように透明になった扉から、部屋の中が明らかになる。

部屋の中にいたのは――触れれば壊れてしまいそうな儚《はかな》げな雰囲気の女性だった。

年齢はわからない。だが、僕とそこまで離れてはいないだろう。装飾のない緩やかなワンピースを着ている。少しシンプル過ぎるが、深窓の令嬢という形容がしっくりくるかもしれない。

おひいさまは椅子に座って本を読んでいたようだが、僕達の姿に気づくと、すぐに扉の前まで駆け寄ってきた。窓から珍獣でも見るような目つきで僕を見下ろしてくる。

これまで何度か王女と呼ばれる存在と顔をあわせてきたが、これは初めての反応だ。

ジャンさんが、眉一つ動かさず、頭を下げる事もなく、事務的に言う。

「おひいさま、彼の――クライ・アンドリヒの近衛の登録をお願いします」

おひいさまが目を丸くして、ぱくぱくと唇を開閉する。だが、その唇からは声は出ない。

部屋は壁全面が窓になっていて柔らかな陽光が差し込んでいた。だが、家具がほとんどないせいかどこか寂れているような印象を受ける。ここを見て王女の部屋だと思う人はなかなかいないだろう。

「これ、こっちの音は伝わってるの？」

「伝わっていませんよ。完全防音ですから」

「……扉、開けたら？」

「不可能です。ロックされていますからね」

さも当然のように言うジャンさん。

なるほどなるほど………確かに、依頼人からの情報の通り、これは幽閉されているな。

おかしな感心の仕方をする僕に、ジャンさんが言う。

「おひいさまの世話は都市システムがします。一応言っておきますが、扉を破壊しようとしないように。どうせ人の力で破壊など不可能です。消し炭にされた者は宝具の斧を叩きつけましたが、傷一つないでしょう？　システムに悪質だと判断されれば、人間などひとたまりもありませんからね」

「内側からも開けられないんだよね？」

「無理です。おひいさまにはその権限がありませんから、彼女は生まれた時から、この部屋から出た事がないようですよ」

「うーん………」

僕は事前に幽閉されているという情報を知っていたからまだ平然としていられるが、初めてここに案内された人は混乱する事だろう。突然近衛にすると言われるだけでも普通ではないのに、その対象は部屋に閉じ込められていると聞かされるのだから。

しかも生まれた時から出た事がないなんて、幽閉ってレベルじゃないでしょ。

しかし、扉を開けられないとなると、どうやって彼女を保護すればいいのだろうか。

難題だ。カイザー達に相談だな。

部屋の中のおひいさまはため息をつくと、こちらに人差し指を向け、くるくると回転させる。そして、にこりと笑みを浮かべた。

その悲痛さのない純真無垢な笑みに、思わずこちらもハードボイルドに手を振ってしまう。

ジャンさんが呆れたような表情で言った。

「これで、近衛登録は完了です。一段落ですね」

「ところで、お世話もしない、部屋の中にずっといて守る必要もないのに、近衛なんて必要なの？」

「規定で決まっていなければ近衛をつけたりしないんですけどね。外部から入ってきた貴方には不思議かもしれませんが、古代文明のシステムをそのまま使っているので融通が利かないのです」

なるほど、完全に数合わせらしい。無能なのに歓迎された理由がわかったよ。

何も期待されていないってなんだかいいなぁ……いや、そんな事言っている場合じゃないけど。

おひいさまがまだこちらを見ているのに、扉がグレーに戻る。そのまま、再び透明になることはなかった。もしかしたら内側から扉を操作することは出来ないのかもしれない。

僕でも透明にすることはできるのだろうか。後で自由行動できるようになったら試してみよう。

先行きは不透明だし不謹慎だが、ちょっと宝具の検証に似ていてわくわくすらしてくる。

「次は他の近衛のところに案内しましょう。階級上は貴方の直属の上司という事になります。といっても、彼らも入ってきたばかりなので大した違いはないですけどね――」

ジャンさんは一度ため息をつくと、歩き始めた。


おひいさまの部屋の次に案内されたのは、ビルの二階にある一室だった。

あの小部屋はどういう仕組か、出入りするだけで自由に階層を移動できるらしい。

小部屋を経由し、すぐに目的地につく。

大きな両開きの扉を開いた瞬間、酒と食べ物の匂いの交じった熱気と喧騒が体を包み込んだ。

食堂のような広々とした一室は、まるで山賊のアジトのような様相だった。

そこかしこに所狭しと放置された酒の瓶に、犯罪者《レッド》ハンターでもなかなか見ない悪人面の男達。足をテーブルの上に放り出しカードゲームに興じる者、酒を飲みすぎたのか床に大の字になって寝転がる者。やりたい放題である。

この光景を見て彼らが王女の近衛だと思う者が果たして何人いるだろうか？

でも、よく考えると、この都市に入ってくる人間って裏の人間ばかりなんだよな……。

ジャンさんは好き放題宴会をしている近衛達の間を通り抜けると、一番奥のスペースに陣取っていた一際巨大な男の前で立ち止まった。

身長は二メートルを遥かに超えるだろうか、岩のように発達した体躯《たいく》をした男だ。

さすがにアンセム程ではないが、僕と同じ種族とは思えない。相当飲んでいるのか、酷く酒臭いがその目つきは鋭く、僕達の姿に気づくとあからさまに不機嫌そうに顔を歪《ゆが》めた。

ジャンさんが物怖じせずに男に言う。

「バイカー、新たな近衛を連れてきました。大人しくしろとは言いません。ただ、これ以上、数を減らさないようにだけ注意しなさい」

「…………チッ。話していた近衛の増員か」

バイカーと呼ばれた男は吐き捨てるように言うと、酒と食事の載ったテーブルに勢いよく握り拳を叩きつけた。

見た目通りの、凄まじい膂力《りょりょく》だった。金属製の、床と一体化しているテーブルが震える。

もしかしたら常識人だったりするのかなとちょっと期待したのだが――。

バイカーは獰猛な笑みを浮かべると、こちらに顔を近づけて言った。

「俺はバイカー・グリッド。外の世界じゃそこそこでかい盗賊団を率いていた。暴れられると聞いてコードに入ったんだが、ジャンに捕まりこのザマよ。旨い酒も飯もいくらでもあるが、部屋に閉じ込められた王女の近衛程、つまらねえ仕事はねえな」

バイカー・グリッド……聞いたことはないが、ローカルの賞金首だろうな。

心底うんざりしているような口調。

態度も悪ければやる気もないとか……まだ大人しい僕の方がマシな気がする。

「他の近衛は元々グリッド盗賊団の一員──俺の部下だ、てめえに期待はしねえ。好きにしていいが、俺達の足を引っ張ってくれるなよ。殺すぞ」

「あ、はい」

その目は本気だった。数を減らすなとジャンさんが言っているのに、その言葉を遵守する気はないようだ。そうそう、そうだよね。賊ってこんな感じだよね。

なんだか一周回って少し懐かしいな。テンプレートな賊って最近見てなかったから……。

ジャンさんもそれ以上、文句を言うのを諦めているようだ。確かに僕も余り話したいタイプではない。より悪くてちょっと弱いアーノルドみたいなものだろう。

「このビルの部屋は勝手に使って構いません。後は死なない程度に適当にやりなさい。後は任せましたよ、バイカー」

ジャンさんが言いたい事だけ言い終えて、さっさと部屋を出ていく。この魔境に明らかに貧弱な僕を一人残して行くとか、鬼すぎる。

死なない程度に適当にやれ、か。せめて護衛がいれば外を出歩けるんだけど、さすがの僕でもバイカーに護衛になってくれとは頼めない。

バイカーが僕に完全に興味を失ったように、酒を呷《あお》り始める。どうしたらいいんだよ、僕は。

呆然としていると、そこでバイカーの横に座っていた男が馴れ馴れしく声をかけてきた。

「おい、新入り。お前、どこの組織からきたんだ？　これまで何人殺した？」

第一声からとんでもない事を聞いてくる。ここは地獄かな？

「…………殺しはしたことないかな。僕は頭脳派だから」

「!?　まさか、殺人童貞かよお！　道理で間抜けな面してると思ったぜ！　名前は何て言うんだ？」

「クライ」

バンバン叩きながら大笑いするバイカーの仲間。

殺人童貞なんて言葉聞いたことないけど、ずっと殺人童貞でいいわ、僕は！

立ち込める熱気に頭がくらくらした。そこで、無骨なゴーグルのようなものをつけているメンバーが素っ頓狂な声をあげる。

「ボス、こいつ4点ですぜ！　次の近衛は雑魚にするって聞いてたが、こいつはたまげたなあ！　どうやってカード手に入れたんだよ、いや、マジで！」

「…………コネ」

「ぎゃははは、どうしようもねえ男だな、お前。まぁ、お前みたいなやつにとっては、ここに来たのはラッキーかもしれねえが……何しろ、食って呑んで寝てるだけでいい。どうやって用意しているのかは知らねえが、酒も食いもんもいくらでもあるんだ」

食って呑んで寝てるだけ、か…………それくらいなら僕でもできるな。

どうやらバイカー一味もいきなり僕を始末するつもりはないらしかった。

バイカーもゴミを見る目で僕を見ているが、とりあえずは手を出してきていない。

とりあえずすごく居心地が悪い。一刻も早く一人になりたい気分だ。

賊は苦手なんだよ。さんざん襲われているからね。

「食っちゃ寝するのはいいけど、説明がなくて状況がさっぱりわからないよ。なんで4点の僕をわざわざ近衛に選んだのかも教えてくれなかったし……」

もうちょっと優秀なメンバーもいたろうに。

オリビアさんもジャンさんも物腰こそ丁寧だし、ある程度の質問にも答えてくれたが、まだまだ情報は足りていなかった。余り根掘り葉掘り聞くと怪しまれそうだったから質問できなかったが、このままでは僕はただ食っちゃ寝するだけの人になってしまう。

王族の保護はサヤとカイザーに進めてもらうつもりだが、さすがにそれでは立つ瀬がない。

まぁ僕がする情報収集くらいカイザー達ならばあっという間に終わらせそうだけど。

ため息をつく僕に、バイカー一味の一人が酔っ払った赤ら顔で声をあげた。

「俺は知ってるぜ！」

訳知り顔で説明してくれる男。意外と親切なのだろうか？

「奴らがあんたを近衛にしたのはなあ、王族の近衛が規定数に満たないと、都市システムが近衛の穴埋めに勝手に機装兵を配属しちまうからさ。コードの機装兵は超つええ上に、近衛の機装兵は王と護衛される本人にしか命令できねえらしい。そんなコントロールできねえ武器を籠の中の鳥に与えるわけにはいかねえだろ？」

「…………そもそも、なんであの子、幽閉されているのか、知ってる？」

「くっくっく……あんたの疑問はわかるぜ。俺達も同じ事を思ったからなあ」

さすがの賊の集団でも疑問くらいは抱くらしい。僕の問いににやりと悪そうな顔で笑う男。

「もちろん、知ってるぜ。俺達はあんたより少しばかりコード入りが早いし、突然近衛にされて情報を集めない方が阿呆《あほ》ってもんだ」

酒を瓶のまま呷ると、焦点の合っていない目つきで説明してくれる。

「いいか？　早い話──アリシャ王女は邪魔なのさ。あの娘はコード王の血を引いていて、王位継承権がある。だが、彼女が王になる事を望むやつはいねえ」

王位継承権。なんだか面倒くさそうな話になってきたな。

「王位継承権を持つ者は他に五人もいて、コードの貴族階級は全員、その内の誰かに肩入れしてる。それならとっとと始末しちまえばいいと思うかもしれねえが、そういうわけにもいかねえ。なぜだかわかるか？」

「…………可哀想だから？」

「んなわけねえだろ。コードの王族が全員事故で死んだら、コードは終わるからだよ。この国は──

普通の都市じゃねえんだぜ？」

男の目は、愉快な事でも話すかのように爛々《らんらん》と輝いていた。

コードは終わる。普通の都市じゃない。その意味を理解する前に、男が矢継ぎ早に続ける。

「この都市はなぁ、高度物理文明の遺物なんだ。ここの連中はこの都市のシステムを完全に解明せずに使い続けているが、一部わかっている事もある。この都市の機能の一番重要な部分は、クラス9——コード王にしか動かせねえ。そして、この都市の王となれるのは、王の血を引く者だけだ。システムで、そう決まっている。変えられねえんだよ」

そう言えば、オリビアさんもジャンさんも何回か規定という単語を使っていた。ジャンさんも融通が利かないと言っていたが、人が決めたルールではなく都市に存在していたルールだったのか。

「つまり、アリシャ王女は他の王位継承者が不慮の事故で死んだ時の、スペアなんだよ。コード王の血が絶えたらこの都市がどうなるのか、誰も知らねえんだ。オリビアやジャンも貴族の連中が話し合って派遣したんだろうな」

なるほど、なるほど………ありがちといえばありがちなのかもしれないが……酷い話だった。

せっかくこんな凄い都市に生まれたのにそんな理由で幽閉されるとは——。

アリシャ王女が微笑《ほほえ》みかけてきたのも、現状に満足していたわけではなく外の世界の事を知らないからこそ、だったのかもしれない。

彼女は本当に万が一の時の備えという事なのだろう。そして、依頼人から齎されたという、王族全員を逃がせば都市が動かせなくなるという話も、信憑性が出てきた。

問題は手段がないという事だけど。貴族の肩入れがあるって事は、他の王族はアリシャのように幽閉まではされていないのかな？

てか、今回の僕、かなり仕事してない？　早くカイザー達と合流しないと……今のところうまくいっているが、僕は油断しない。調子に乗っているとすぐにろくでもない事になるのだ。

「つまり――」

そこで、男の口調が苛立たしげなものに変わる。

怒鳴るような声が部屋中に響き渡り、視線が集まる。

「俺達は、絶対に王になれねえ娘の子守って事だ。他の組織の連中は他の王族に雇われて好き放題やってるみてえなのにな。どうやら奴らは俺達と違って、戦の予定があるらしい。皆、次期コード王候補に顔を売るのに大忙しよ。せっかくコード入りの切符を手に入れて、全員でここまでやってきたってのに、こんな有様じゃ酒も飲みたくなるってもんだろう。なぁ？」

全く共感はできないが、事情はわかった。

もしかしたら、探協本部が犯罪者《レッド》ハンターを派遣しようとしていたのもこのコードの現状を薄々予想していたから、だったのかもしれない。少なくとも犯罪者《レッド》ハンターならば僕達よりももっと目立たずコードに潜入できるし、他の組織ともうまくやれただろう。

それでも、余りにも危険だとは思うが、どうにかして制御する見込みもあったんだろうしね。

「うんうん、そうだね…………ところで、素朴な疑問なんだけど……なんで君達が、アリシャ王女の近衛に選ばれたの？」

僕の問いに、ぴしりと空気が凍りついた。

何か気に食わなかったのか、充血したバイカーの双眸《そうぼう》がこちらを睨みつけてくる。

先程まで好き放題飲んでいた連中からも、次々と舌打ちが聞こえた。その内の一人が大声で叫ぶ。

「俺達は武闘派だ、戦いに関する部分じゃ大抵の組織よりもずっと上よ！　ただ、コード入りする順番が悪かった。運が悪かっただけだ！　運悪く、アリシャの近衛にされた。ジャンの奴は、人数が近衛にちょうどいいからとか、ふざけた事を抜かしやがった」

その声に、周りの仲間達も次々同意の声を上げる。どうやらジャンさんはバイカー達相手でも特に言葉に気をつけたりはしなかったらしい。

しかし、さすがは盗賊団だ、強さが全てだと考えているらしい。僕がコードの貴族だったら、彼らを手駒にしようとは思わない。

いくら強くても、近衛になって主を襲おうとするような品性じゃね……いや、もしかして、他の王族に雇われている連中も似たような連中なのだろうか？

なら、彼らが荒れているのも仕方ないかな。

僕は色々思うところはあったが、後腐れない言葉でお茶を濁す事にした。

少なくともしばらくはここにいなくてはならないんだし、ここで問題を起こすのは賢い手ではない。リィズ達がここにいたら一瞬で殴りかかっていたかもしれないが、今回は僕一人だ。

少しはスマートにいかないとね。憤った振りをして言う。

「まったく、ふざけてるね。弱い組織が取り立てられて、武闘派組織の君達がお守りだなんて。貴族も近衛に雇うなら君達の方が良かったろうに。ジャンさんも余計な事してくれたね」

「そうだろう、そうだろう」

「そもそも、コードは兵を集めていたらしいじゃん。高い戦闘能力を持つ君達を眠らせておくなんて全く理にかなっていない！　この都市にとっても損失だよ。話せばわかってもらえるかもしれない。もしよかったら、僕が他の王族の近衛にしてくれるように交渉してこようか？」

「!?」

不機嫌そうに話を聞いていたバイカーが目を見開く。他のメンバー達も目を丸くしている。

交渉してこようか？

それは、適当に出した言葉だった。だが、冷静に考えてみると悪くない手に思える。

ジャンさんも彼らが近衛に適しているとは思っていまい。うまいこと交渉すれば、彼らを別のメンバーにチェンジする事もきっと――いや、無理か。

あの二人はバイカー達に何も期待していなそうだった。近衛の規定数の問題もあるし、時間制限もあるっぽかったし、必要に駆られているわけでもないのに僕の言葉を聞いてメンバー入れ替えなんてしてくれるわけがないだろう。ここでの僕はレベル8ではないのだ。

僕の迂闊《うかつ》な言葉に変な空気になっている皆に慌てて謝罪する。

「……ごめん、失言だった。交渉なんてうまくいくわけないな。頭を冷やしてくるよ」

少し疲れた。まだ日は高いが、仕事もないようだ。さっさと使える部屋を探して寝てしまおう。

考えるべき事は色々あるが、また明日考えればいい。

部屋を出る直前に、後ろから声がかかる。バイカーの声だ。

「…………新入り、なかなか面白い意見だった。交渉、か。どうやら、俺達もコードにやってきて少し調子が狂っていたようだ。俺達には、俺達のやり方がある」

「……」

なんだかわからないが、僕の意見がお気に召したらしい。これなら明日からの生活もうまい事やっていけるかもしれない。

僕はバイカー達に軽く会釈をすると、その場をさっさと後にした。

高機動要塞都市コード。その都市は大きく七つのエリアに分けられる。

そのエリアの数は即ち、コードを支配する者の数だ。王が貴族に領土を貸し与えるように、それぞれの領土はそのエリアの権力者によって統治されていた。

コードの権力者は外の世界のそれとは異なる。階級差が都市システムへの権限という形で絶対的になっているコードでは、権力者というのは力ある者だ。都市の機能を使う力——権利がある者。

即ち、七エリアの統治者とは、最高権力者——唯一のクラス9であるコード王と、その血を引き生まれつきクラス8の階級を与えられる子の事。

そして、六人いる王の子の中でも一際変わった境遇にある末娘、アリシャ・コードのエリアは都市

ジャンとオリビアは顔を合わせ話し合っていた。
エリアの中心に存在する背の高いビル。アリシャが住むためだけに都市が作り出したビルの一室で、の中心から離れた外壁近くの一画の極狭い範囲にひっそりと存在していた。

ジャンとオリビアは顔を合わせ話し合っていた。

「どうだった？」

「うむ……事前に聞いていた通り、ぼんやりした男のようだ。追加の近衛としては最適だろう。前任者のようにおひいさまの扉を破ろうとして死ぬ事もないだろう」

「……彼らは本当にどうしようもない連中だったからね。まさか、コードの都市システムに逆らおうとするとは……余りに浅慮だ。逆にまだ時間に余裕がある段階で馬鹿が露呈してよかったのかもしれないよ」

ジャンの言葉に、オリビアがほとほとあきれ果てたように肩を竦める。

アリシャ王女の数少ない付き人。ジャンとオリビアの仕事は、アリシャ・コードの管理だ。世話ではなく、管理。万が一の時の事を考え、ストックされた王の血たるアリシャを必要な間だけ、つつがなく生かし続ける事。そのためだけに、二人は各陣営の上級貴族達の相談の末に選ばれ、市民として得られる最上の階級、クラス5を与えられ、アリシャのところにやってきた。

王の権限で作られたそのビルはいわば巨大な金庫だ。構成される金属も搭載された機能も、現時点のコードで使用できる全てが注ぎ込まれている。

ジャンやオリビアに、アリシャへの感情はほとんどない。ロックされたアリシャの部屋の扉の解錠は絶対に不可能だし、アリシャの世話は都市システムが全て行っている。教育や運動などはシステムによって行われているはずだが、二人ともアリシャの声すら聞いたことがない。

二人の仕事はほぼないようなものだ。配属されてから数年経った今では、アリシャの部屋まで行く機会も随分と減っている。

退屈だが、重要で、失敗が許されない仕事。それが、二人から見たアリシャの付き人だった。

テーブルに置かれたワインとチーズ。

都市システムを使って取り寄せたそれをつまみ、ジャンが心底ほっとしたように息をつく。

「しかし、近衛を補充できてほっとしたな。ようやく苦労して全員入れ変えたのに、入れ替えた近衛が都市システムに処刑されて肝心の時に間に合わなかったなんて事になったら、私達のクビが飛ぶ」

「楽だと思っていたけど、意外と大変だったね。こっちにも事情があるんだから、最低限の人数くらい優先して融通してくれてもいいのに」

もともとアリシャには機装兵の近衛が二十八体配属されていた。それを全て人に入れ替えろという指示がジャンとオリビアに下ったのはつい一月ほど前の事だ。

理由についても薄々察しがついていた。

もうすぐ、アリシャ王女はその役割を終えるからだ。

コード王は高齢だ。人の身でもう百年以上生きている。コードの高度な医療でもこれ以上、生き長らえさせる事はできない。

王が変わる。そうなれば、アリシャ王女は念のためのバックアップから、消えてもらった方がいい存在に変わる。

機装兵は元々強いが、近衛としての機装兵はまさに鉄壁だ。王とアリシャ王女本人の命令しか聞かず、自らの破壊を厭わずアリシャ王女を全力で守る。

そんな存在が護衛している状態では、速やかにアリシャ王女を消すことができない。

王が死んだら速やかにアリシャを消す事。

それがジャン達に下されている、最後の命令だ。

直接、手を下すのはジャン達ではなく、バイカー達だ。人殺しに忌避感がなく、戦闘能力も高く、近衛としては論外だが、後始末には必要十分な人材。

アクシデントで近衛の枠が空きそうになったが、毒にも薬にもならない男を入れる事ができた。余裕はないがとりあえずは安心である。

「おひいさまが王になる目を少しでも潰しておきたいんだろうな。心配しなくてもそんな事ありえないって言うのに」

アリシャ王女はコードの王になる能力を持っていない。階級の優位性を理解しているか怪しいし、他の王族ならば幼少期から練習している都市システムの使い方だって知らないだろう。

そもそも、彼女はスペアとしての役割しか持たず、現段階では権限を凍結され、外部から遮断されている。残っている権限で特別なものは近衛の任命の権利くらいだ。

他の王子の誰かしらが亡くなったりすれば、担ぎ上げる王族がいなくなった貴族がアリシャに目をつけ後ろ盾になったかもしれないが、結局そういうアクシデントも起こる事はなかった。

別に、無害な王女をそんなに早急に消す必要はないと思うのだが、皆必死なのだろう。

アリシャ係になってしまったジャンやオリビアは半ば蚊帳《かや》の外だが、気持ちはわかる。何しろ、これからの一、二ヶ月で運命が変わるのだから。

「王の具合はだいぶ悪いらしい。一月持つかどうかだとか……どの陣営も次の王位を取るために必死だ。絶対権力者だからな。王子達も皆、そこまで仲は良くないし」

「第二王子が王位につけたらいいんだけど……実は、かの陣営から王位を取れたら私らも重用するってお達しがあったんだよ。そんな連絡してくれたのは第二王子だけだ。前々から少しずつ人を入れていたって言うし、多分今回の募集で十分兵隊も集まっただろう。可能性はあると思うね」

「いや、わからんぞ。各陣営がどんな人材を集めているのかわからないからな。ただの噂だが――外部から直接、強い戦士を引き抜いてこようなんて動きもあるらしい」

声を潜め、ジャンが続ける。

「この間、コードに攻撃を仕掛けてきた馬鹿がいただろ？　あのクラスの戦士を仲間にできれば、王位継承戦もかなり有利だからな」

コードの階級システムにおいて、王は他とは隔絶した権限を持つ。貴族も、他の王族も――いや、王以外の全ての者が結束したとしても、本気で権力を行使する王を止める事はできない。

王はこのコードに於いて、あらゆるルールの上に立っている。王に狙われた者を都市システムは守らないし、都市システムは王を決して罰しない。本来、その使用に幾つもの制限が存在する機装兵や都市兵器を一切の制限なく使えるのは王――クラス９だけだ。

故に、王位継承権を持つ者達は今、虎視眈々《こしたんたん》とその座を狙っていた。

コードの次の王を決めるのは今代の王でも、市民でもない。

コードの王を決めるのは、証だ。コード王の玉座のある都市の中心――王塔の最上階に安置されているという王の証。

今は現コード王に所有権があるそれは、コード王の崩御と同時に誰のものでもなくなる。

そして、それをいち早く奪い取ったクラス8――王の子が、次の王となるのだ。

この都市において全く同等の権限を有する王の子による、王位の奪い合い。それは、外敵のいないコードにおいて、紛れもなく最大の戦争と呼べた。

どのような手を使おうと、王位を取り都市システムさえ掌握できればあらゆる問題は解決する。

それまで存在していた敵もただ平伏する臣民になる。敵対陣営を皆殺しにする事だって容易い。実際に、今代の王はかつて王位を手に入れた後、反逆しようとした兄弟を皆殺しにした。

近衛は王位を手に入れるための兵士だ。機装兵は強力無比だが幾つもの制限事項が存在している。都市内部では基本的に自衛にしか使えない機装兵では、王の証を取りに行く事はできない。

昨今、パスカードが大量に発行されたのも間違いなく王位継承戦が近いためだった。名目はコードという都市の戦力強化だが、その実、各陣営が、強い兵を求めている。危険な外の世界で経験を積み、コードの住民より高い戦闘能力を持つ傭兵を――互いに互いを蹴落とすために。

もちろん、傭兵達は、外の世界への侵略が始まった際に使う、戦力としても役に立つ事だろう。

「ともかく、私達の仕事はこの状況を保つ事。バイカー達がまた馬鹿げた事をしでかさないようにだけ注意しよう。さすがにしばらくは大人しくしているはずだ」

彼らがいなくなったら、おひいさまを始末する方法をまた探さなくてはならないのだから。

王族の始末は危険が大きい。バイカー達が使えなくなったら面倒なことになる。

ジャンもオリビアも、自らアリシャに手を下すのはごめんだった。


初めて触れる高度物理文明の都市システムは僕の想像以上だった。

まだ全てを把握しているわけではないが、少なくとも衣食住に困らないのは間違いないらしい。

適当に入った一室で、僕は高度物理文明の力を理解した。部屋の一つを取ってみても是非帝都に持ち帰りたいものだ。

一見家具など何もないシンプルな部屋。だが、壁際に幾つも存在するスイッチを順番に押して行くと、音もなく部屋に家具が出てくるのだ。

寝心地のいいベッドが現れ、服が詰まったクローゼットが現れ、食べ物の詰まった棚が現れ、トイレが現れ、シャワールームが現れる。理屈も、どうしてそんな構造にしたのかも分からないが、一部屋で全てをカバー出来るようになっているのだ。おまけに汚しても出し直せば綺麗になっているおまけ付き。飲食物も勝手に補充されている。

一晩泊まったのだが、快適そのものだ。これは、働く気もなくなるね。僕の部屋もこれにしたい。

壁に大きなスマホのような大きな板がはめ込まれていたので、そちらも適当に操作してみた。

色々書かれてはいるが、残念ながら文字は読めなかった。だが、使ってみれば機能はわかる。小さなアイコンを順番に押していく。

音楽を鳴らす機能、クモを呼び寄せる機能、スマホのようなマークのついた恐らく通話のための機能。押すと近くに箱が現れる機能は物を送るためのものなのか、それともただのゴミ箱だろうか。

文字を読めたらもっと色々わかるのに、残念でならない。押しても何も起こらないボタンもあるのだが、これは後でジャンさんかオリビアさんに確認すればいいだろう。

今まで見たことがない素材でできた、しかし不思議と居心地のいいベッドに寝転がり、今後の事を考える。

目下、目指すべきはカイザーやサヤとの合流だ。だが、どこにいるのかわからない。

もう今更、門に行っても無駄だろうし、合流は依頼人との待ち合わせの時まで延ばしていいだろう。

バイカーの話が本当なら、カイザー達も別の王族と近づいているはずだ。予想していなかった流れではあるが、少なくとも目的には近づいている……と、思う。

となると今僕が出来る事は――おひいさまから目を離さない事、か。

まだ僕はアリシャ王女の事を何も知らない。何しろ彼女はずっと幽閉されているわけで、仮に扉のロックを外せたとして、現状を理解していない彼女を保護するのは簡単ではないだろう。

それまでに少しでもおひいさまとの関係を作っておく。それが――最善。完全防音みたいだが、やり方によってはコミュニケーションも取れると思う。

そんな事考えた事もなかったが、もしかしたら僕は案外潜入任務に向いているのかもしれない。

自慢じゃないが、僕は姫に強い。今年に入ってからだけでも、もう会うのはこれで三人目だ。そう考えると、この世界には姫が結構いるのかもしれなかった。

そういえば、おひいさまもゼブルディアの皇女もセレンも、どこか似たような雰囲気を感じるな。

ビルの中を歩く。昨日、泊まる部屋を探すために軽く探検してみたのだが、どうやらこのビルには余り人が住んでいないようだった。

おひいさまを幽閉するためだけに存在しているからだろう。各階に存在する部屋もほとんどが空き部屋のようで、人とすれ違う事もない。もしかしたら、オリビアさんとジャンさんとバイカー一味しかいない可能性すらある。

各階層にはジャンさんに案内された時にも使用した移動用の小部屋が存在しており、軽く念じるだけで階層を移動する事ができる。うちのクランハウスにも欲しい設備だ。

おひいさまの部屋がある最上階――二十階への移動も普通に僕だけで可能だった。

僕で移動できなかったのはただ一つ、その一つ下の十九階だけだ。その階層だけは、念じても警告音が返ってくるのみだった。恐らくはオリビアさんとジャンさんの部屋があるのだろう。

最上階に移動する。おひいさまの部屋までの廊下には誰もいなかった。

機装兵もいなければ、ジャンさんやオリビアさんもいない。

最上階に存在するのはアリシャの部屋だけだ。最上階だけは他の階層とは構造が変わっていて、廊下の左右はガラス張りで、遠方までよく見えるようになっている。このビルはこの周辺ではもっとも高いようだが、遠方を見るとこのビルよりも高そうなビルが乱立する場所もある。

僕は、窓から遥か遠く——中心部に存在する、明らかに巨大な塔をちらりと見た。

ゼブルディアでは、法律で建てられる建物の高さが決まっている。《足跡》のクランハウスはその上限ギリギリなのだが、ゼブルディアでは皇城よりも高い建物は基本的に建てる事ができない。

あれが恐らく、このコードの中心部。最高権力者たるコード王がいる居城——というか、塔だ。

その塔の周辺には何か機械の鳥のようなものが飛び交っている。恐らく、塔の警備だろう。王族の保護にはコード王本人も含まれている。実際に動くのはカイザー達だが、だいぶ厄介そうだ。

部屋に変形機能まであるのだから、一見何もない場所も警戒しなくてはならない。まぁ、そのあたりは僕に言われるまでもなくカイザー達の方がプロだ。

宝物殿には変なギミックがつきものだからな。

おひいさまの部屋の前まで来ると、僕は廊下に胡座《あぐら》をかいて座り込んだ。

後は扉を透明にするだけだが——。

試しに念じてみると、あっさり扉の色が抜け落ちる。この扉、プライバシーなくない？

どうやらおひいさまはお昼寝の最中だったようだ。ゆったりとした安楽椅子に座り船を漕いでいたおひいさまが飛び起き、こちらに駆け寄ってくる。

扉に張り付くようにして僕を見下ろすと、目を瞬かせた。不思議そうな表情だ。

とりあえず手を振ってみると、手を振り返してくる。だが、目を丸くして首を傾げている。何をしにきたのはわからないのだろう。

手を伸ばし完全に透明になった扉に静かに触れて確認してみる。

なんだか、不思議な物質だ。ガラスよりもずっと透明で、そして硬い。ジャンさんの説明の通り、扉は滑らかで傷一つついていなかった。力で開けるのは無理そうだ。アンセムくらい力があればまだわからないが……カイザーやサヤがアンセムより力があるとは思えないので、まあ無理だろう。

扉の解錠はリィズの領分である。鍵穴とかないけど、リィズならば開けられただろうか？

部屋の中を覗《のぞ》こうとすると、おひいさまが不思議そうな顔のまま少し後ろに下がってくれた。

改めて観察するおひいさまの部屋は至ってシンプルだった。広さ自体は他の部屋よりはやや広めだろうか。だが、壁がガラス張りで外を見られるようになっている点以外、他の部屋と余り変わらない。トイレやバスルームなどもないが、恐らく他の部屋と同様に必要な時にだけ現れるようになっているのだろう。僕も大概インドア派だが、外に出る自由すらないとは究極の引きこもりかもしれない。

扉が開かないのならば侵入経路は外からしかない。ガラスは壁よりは柔いと相場が決まっている。

皆クッキー割るみたいにぱりぱり割ってるから。

ここは地上から百メートルはありそうだが、カイザーならばきっと侵入できるだろう。

うんうん頷いていると、おひいさまが何かに気づいたように手を打って、僕が見ていたガラス張りの壁に近づき、軽く触れた。

ガラスの向こうの光景が切り替わる。

コードの街並みから――そよ風が吹き抜ける青々とした草原に。

凄いリアリティだ。本物にしか見えない。

瞠目《どうもく》する僕に満足したのか、おひいさまが次から次へと向こうの光景を切り替えて見せる。雪原から森の中の泉、空の上に、灼熱の大砂漠。思わず見入ってしまった。

まぁ、僕は全部実際に行ったことあるけどね…………しかし、あの機能、もしかして他の部屋でも使えたりするのだろうか？　使えるなら暇しないなあ。

ぱちぱち拍手していると、おひいさまは次から次へと色々な物を見せてくれた。

どうやらおひいさまは部屋から出られないなりに生活を満喫しているらしい。

部屋の機能はどうやら僕が試した以上に色々あるらしかった。

壁や床が音もなく滑らかに動き、新たな道具を作っていく様はもはや魔法のようにすら見える。

体を動かすための運動器具から絵を描くためのアトリエまで、大抵の物は網羅しているようだ。そう言えば、おひいさまも全く外に出られないはずなのに、スタイルがいい。

不自由はないのだろう。おひいさまが描いたらしい前衛的な絵を突きつけられ強制的に見せられていると、その時、天井がオレンジ色に光った。

目を輝かせるおひいさま。アトリエが崩れ、部屋の中心に机と椅子がせり上がってくる。良く見えないが、その上には、ティーカップとポットが置かれていた。

お茶の時間まであるのか……。

おひいさまは椅子に座ると、僕の方に指をさして口をぱくぱくさせる。椅子と机が僕とおひいさまが対面するように動く。どうやら僕の姿を眺めながらおやつタイムをする事にしたらしい。

バイカー達が食べている物は外の世界とは変わらなかった。おやつはどうなのだろうか？

おひいさまが銀色の皿の上から取り上げた物は——クリーム色をした四角い物体だった。

おひいさまが手でそれを摘まみ、口に入れる。一瞬クッキーかなと思ったのだが、どうやら粘土のように柔らかいようだ。

高度物理文明の見たこともないおやつ……おいしいのかな。

おひいさまは全身から幸せの感情を振りまきながら粘土を齧っている。

僕は仕方ないので、バッグからチョコレートバーを取り出した。

高度物理文明のおやつがどれだけ美味《おい》しいのかはわからないが、チョコバーも負けてはいないはずだ。ゼブルディアは豊かだ。長年愛され続けているチョコバーには愛され続ける理由がある。

おまけにこれは地味に栄養価も高いので、遭難した時にもおすすめなのだ。実際に、今年に入ってからも【白狼の巣《はくろう》】で活躍した。まぁ、お腹《なか》はそんなに膨れないのでこれを大量に持ち歩くなら普通に食べ物を用意したほうがいいんですけどね。

銀色の包み紙を開け、チョコバーをかじる。食べ慣れた味だ。アーモンドが入っていて、香ばしさと甘さが心地よい。僕もお茶が欲しいなあ……。

お茶を欲しいなとダメ元で念じてみるが、何も起こらない。ここが部屋なら出てくると思うのだが、さすがに廊下では出てこないらしい。

仕方なく我慢しながらチョコバーを食《は》んでいると、その時おひいさまがじっと僕の食べているチョコバーを見ている事に気づいた。

食べかけのバーを動かしてみると、視線が左右にふらふら動く。

もしかして……気になるのかな？　何でも手に入る高度物理文明でもゼブルディアのチョコバーは

手に入らないらしい。

バーを齧りながら新しいものをバッグから取り出す。おひいさまに差し出すと、一瞬おひいさまの目が輝くが、すぐに悲しそうに瞳を伏せた。

いくら幽閉されていても物を受け渡す方法くらいありそうなものだが……。

チョコバーを動かし、おひいさまの視線がふらふらするのを眺めていると、その時、後ろから悲鳴に近い甲高い叫び声が聞こえた。

「はぁ、はぁ……クライ・アンドリヒッ！　こんなところで、何を、しているの、ですか!!」

何かあったのか、青ざめた表情で駆け寄ってくるオリビアさん。何をやっているって……一応近衛なんだから、おひいさまのいるところにいてもおかしくはないだろう。

余程慌てていたのか、息をつくオリビアさんに言う。

「おひいさまとお茶会していたんだよ。そういえば一つ教えて欲しいんだけど……おひいさまの部屋にチョコバーを届ける方法ってある？　食べたがってるみたいなんだけど」

「チョコバ――ぅっ…………」

オリビアさんは今にも死にそうな表情だった。腕を伸ばすと、床から水の入ったグラスが現れる。

僕だと念じても何も出てこなかったのに――。

オリビアさんは、一息に水を飲み干すと、コップを投げ捨て、押し殺すような声で言った。

「はぁ、はぁ…………そんな事より、バ、バイカー達が……全滅しましたッ」

「……え？　はぁ？　ぜ……全滅？　全滅って、どういう事？」

「貴方以外の、近衛が、いなくなったって、事ですよ。全員、処分されました。クソッ、あの無能共がッ！」

吐き捨てるように怒鳴るオリビアさん。

今まで見たことのない表情なのか、おひいさまも戸惑っている。

全員処分されたって、一体何が――。

「……どうやら、バイカー達は、他の王子の近衛を殺して、その近衛の座を乗っ取ろうとしたみたいですね。先日チェックした時はそんな馬鹿げた計画はもっていなかったはずなんですが、子分が焼かれたその直後にそんな計画を実行するなんて、油断しました。多分、再度チェックが来ると思ってすぐに動いたんでしょうが――まさか、お前のようなゴミだけが残るなんて……ぅぅッ………」

「それは………大変だね。元気出しなよ。チョコバー食べる？」

跪き、頭を抱えるオリビアさんを慰める。

さすが元盗賊団、血の気が多いな。この高度物理文明の技術を見てまだ殴り込みをするなんて、僕では絶対に思いつかない。

差し出したチョコバーを振り払い、オリビアさんが顔を上げる。

汗で張り付いた髪。怒りと焦り。青ざめたその表情には鬼気迫るものがあった。

「うるさいっ…………一人や二人ならばともかく、近衛を二十七人も補充しないといけないなんて……本当に、まずい。もう時間もないのに、なりふりかまっていられません」

「どうするの？」

「……こうなったら、トドメはジャンが刺します。コードの市民なら、誰でも構いません。お前が、残りの近衛を見つけて来い」

!? えぇ……なんて無茶振りを。僕、昨日来たばかりなのに……そして、トドメって何?

呆然としている僕に、オリビアさんが大きく深呼吸をして気分を落ち着けながら言う。

「馬鹿より、無能の方がマシです。お前が今日からおひいさまの近衛のリーダーです。権限変更、クライ・アンドリヒをクラス３に」

ポケットに入れていたカードが熱を持つ。取り出すと、刻まれていた星の印が一つから三つに増えていた。

最初の説明では活躍すると階級が上がるという話だったのだが、まだ何もしていないのに二つも階級が上がってしまった。

「クラス1じゃ他の近衛を御せませんからね。喜べ」

「クラス5でも御せてなかったじゃん」

つい本音がポロッと出る。オリビアさんが目を見開き、じろりとこちらを睨みつけた。

「…………お前、まさか、この私に喧嘩を売っているんですか?」

「いや、そういうわけじゃないけど……禁止事項なんてつけられるのに失敗しているからさ……」

普通、あんな力あったら、失敗しないでしょ。バイカー達がやばいことくらい僕にでも一発でわかったよ。僕だったら真っ先に彼らの行動を縛る。

腕を伸ばし試しに念じてみると、床からお茶の入ったグラスがせり上がってくる。どうやら階級が上がった事により、出来る事が増えたらしい。クラス３は廊下でも部屋の機能が使えるのだ。

オリビアさんは頬を引きつらせながら言った。

「禁止事項の付与も、完全ではありません。高度物理文明時代の人間と比べて今の人間が頑丈すぎるからだという説もありますが——仮に完全に行動を強制できても、意思に反する命令では性能が落ちます。従わないのならば結局は処分するしかない。お前も気をつけなさい。…………まぁ、クラス３では禁止事項の付与は使えませんが」

どうやら僕はろくに武器もなく近衛を探さないといけないらしい。

まぁ、やれと言うのならばやろう。バイカーみたいな近衛は嫌だし。

誰でも良いなら、もうちょっと大人しい近衛にしたいね、僕は。

「…………新しい近衛を見つけて来いって、都市の入り口に行ってスカウトしてくればいいの？」

「それは……恐らく不可能です。カードの発行数から考えても、今からコード入りする者は多くないはずです」

では、どこから人を集めればいいのだろうか？　帝都から連れてきてもいいなら当てはいくらでもあるんだけどね。

眉を顰める僕に、オリビアさんはため息をつくと、諦め半分の表情で言った。

「どこでも構いませんが、罪人から補充するのが一番簡単でしょう。コードの監獄は過酷ですからね。死にかけている連中から少しでもマシなのを連れてこい。規定数まで集められなかったらお前も同じ目に遭わせますからね」

……本当にこの都市はめちゃくちゃだな。

もう僕のキャパシティはとっくにオーバーしている。

サヤ、カイザー、早く僕を助けに来てくれ。


やれやれ、この私とした事が――失敗したな。

意識が覚醒し、真っ先にカイザーの脳裏を過《よぎ》ったのはそんな思考だった。

椅子に座らされていた。両手両足は固定され、僅かに力を入れてみるがぴくりとも動かない。

油断をしていたわけではない。覚悟も既に済ませていた。

ただ、コードの技術力と手口はカイザーが想像していた以上だった。

まさか――ソロでレベル8になったハンターの耐性を貫通するような薬物が存在するなんて。

カードを使い、ゲートをくぐり、その先に通された。面接中に意識が遠くなり――それに気づき立ち上がろうとした瞬間、壁際に立っていた機装兵が襲いかかってきた。

万全だったらどうとでもなった。意識が遠くなったのも敗因だが――あれは、そうだ。

魔術が発動しなかったのだ。発動したはずの術が、霧散した。

テンペスト・ダンシングは魔術と組み合わせてこそ、その真価を発揮する。

力が入らないなりに何体か倒したところで、意識が途絶えている。

どこでミスをしたのか。そんな事、考えるまでもなかった。

初めからだ。あれは、高レベルハンターを捕らえるための仕組みだった。

状態異常系トラップは宝物殿でもよくある類のものであり、ソロハンターにとって致命的な存在だ。

カイザーはそんな罠を踏むような間抜けな真似はしないが、高レベルハンターの嗜《たしな》みとして人間の使う大抵の毒物が効かない程度の耐性は持ち合わせている。それが、完全に凌駕《りょうが》された。

状態異常耐性は強化しづらいものだ。カイザーで抗えないのならば、サヤやクライでも無理だろう。

当然の話だが、依頼自体が罠である可能性についても、カイザーは事前に考えていた。

本来、そういう依頼は持ち込まれた自体で探索者協会に弾かれるが、今回は事情が事情だ。カードについては探索者協会が調べただろうが、高度物理文明により生み出されたものの安全性を完全に確認できるとは思えない。

クライもサヤもそのリスクについては考えていただろう。特に神算鬼謀の《千変万化》がその可能性を見落とすなどありえない。

だが、誰も口には出さなかった。カイザーもその事実に納得した。

可能性が、低かったからだ。

そもそも、理由がない。高レベルハンターを、わざわざ難攻不落のコードに侵入させる理由が。

だからこそ、警戒しながらも潜入任務を進める事にした。

ハンターは自己責任だ。《千変万化》は何も言わなかったが、カイザーは最善を尽くした。

一網打尽を避けるために別れてコードに入ったし、パスカード自体が罠の可能性も考え、馬車に乗っていた他の連中が持っていたものとすり替えた。偽名も使った。それでもこのザマなのだから、もっと根本的なところで潜入を警戒されていたのだろう。

不幸中の幸いか、怪我《けが》は負っていないようだった。自由さえ取り戻せれば戦えるだろう。

近くで人の気配がする。意識が戻っていない振りをするのは簡単だが、どうせすぐにバレるし、それならば誇り高くあるべきだろう。

カイザーは小さく咳《せ》き込んでみせた後、顔をあげた。

「いきなり捕らえるなんて、いい趣味しているな。これが正式に招待した相手への対応なのかい？」

「くく…………それは悪かったな。だが、総合評価１０００オーバーの怪物に正面から相対する蛮勇は持ち合わせてなくてな」

小さく押し殺された笑い声。

椅子の上に拘束されたカイザーの前にいたのは、如何にも仕立てのいい服を着た壮年の男だった。

髪や髭、整えられた身だしなみ。顔立ちは精悍《せいかん》だが、どこかこちらを自然と見下ろしているような眼差しは、カイザーの経験では、生まれつき権力を持つ者がよくするものだった。

雰囲気からしてコードの貴族階級だろうか？　その服装も見た目こそ外の世界のものと変わらないが、材質が異なっている。

男は、見《ケン》に徹するカイザーを鼻で笑って続ける。

「まさか、コードの人間ならば一秒かからず昏倒するあのガスを吸った上で機装兵に抵抗までするとは、高レベルハンターとは本当に頑丈だな。機装兵を多めに配備しておいて正解だった」

「高レベルハンター？　何を言っているんだい？　何か根本的に勘違いをしているんじゃないか？」

「君の名前は……カイ、だったか。偽名かもしれないが、まあいい。カイ、とぼけても無駄だ。こちらには人の能力を測る技術がある。総合評価１２２３０。君の能力は、いつもうちが取引しているような連中では用意できないレベルで、突出しているのだよ」

危険な時程、冷静に。男から取り入れた情報を精査する。

総合評価１２２３０。その値がどれほどのものなのか知らないが、どうやらその男はカイザーの情報を事前に知っていてピンポイントで狙ってきたわけではないらしい。

「お褒めに与《あずか》り光栄だよ。だが、だからといって私を高レベルハンターだと判断するなんて、とんだとばっちりだ」

「自分はハンターではないと？」

「ただ、とても強いだけだよ。鍛え上げただけだ。この世界にはハンター以外にも強い連中はいくらでもいるんだぜ？」

嘘ではない。実際に、カイザーが倒した者の中には高レベルハンターに匹敵する力の持ち主もいた。

カイザーの言葉に、男は一瞬面白いものでも見るような目をしたが、すぐに肩を竦めて言った。

「まぁ、確かに、君の言う事ももっともだな。だが、どうでもいいんだ。我々は探索者協会に三枚のカードを送り付け、二人の優秀な能力の持ち主が引っかかった。ベストは目下最大の敵である探協の戦力が減り我々の戦力が増える事だが、単純に戦力が増えるだけでもまあ、何も問題はない」

あの依頼それ自体が罠だった、か。三人のハンターが来るはずだったから、それを捕らえるための準備をして待ち構えていた、と。

カイザーにとって悪い情報と最高に良い情報がある。

依頼自体が罠だったこと。三人中二人が捕らえられた事が悪い情報。

そして、一人取り逃している事が、最高に良い情報だ。

コードは、失敗した。わざわざ懐にハンターを誘い入れ、一人取り逃した。

それも、一騎当千の、レベル8ハンターを。

依頼が罠だったという事は、王族が貴族に監禁されているというのも恐らくは虚偽の情報だろう。

だが、そんな事、あらゆる状況を想定し行動するレベル8ハンターならばすぐに把握できる。

「もう一人は女だったが……………君よりも、少し弱そうだな、機装兵を一つも傷つけられずに倒れたよ。評価自体も君の半分しかないが――どちらが強いのか、一度戦わせたいな」

どうやら、この男は腹芸というのが苦手らしい。いや、素人なのか。

都市の力が強すぎて駆け引きの必要がないのだろう。

漏れたのは《千変万化》か。あっさりと捕らえられたカイザーと違って、クライはすり抜けた。

これは、ある意味では最高に悪い情報かもしれない。力量差を見せつけられたのだから。

いや、あるいはここまであの青年の想定通りの可能性もある。

あの青年は指揮下に入ったカイザーとサヤに具体的な作戦を何も話さなかった。不自然なくらいに。

あの時はまだ信頼されていないのかと思っていたが、もしかしたら、捕まる可能性が高いからだった、というのは考えられないだろうか？

極論だが、カイザー達を、敵の目を引くための囮《おとり》として使った可能性すらある。

一度たりとも依頼に失敗していない、異質なトレジャーハンター。戦闘力は低いと自ら言っていたが、力なくして勝利するにはそれを上回る何か他の要素が必要だ。

余りにも非情だが、トレジャーハンターたるもの、時にはそういう判断も必要になる。ましてや、今回はコードが相手なのだ。最終的な勝利のためにどんな選択をとってもおかしくはない。

「こんな目に遭わされて、素直に命令を聞くと思うのかい？」

「聞くさ。素直に従ってくれるのが一番だが、あいにく君の事は信頼できない。君は、強すぎるからね。そこで、このコードでも貴重品ではあるが、こんなものを用意してみた」

男がうやうやしく箱から取り出したのは、仮面だった。

肉のような質感の白い仮面。常に奇妙に蠢いていて、如何にも禍々《まがまが》しい。

「奴隷を作るための仮面だ。かつては罪人を強制労働させるために使われていたようでね。都市システムの禁止事項と違って、強制力がかなり強い。個数は少ないが、君に使うならば惜しくないな。何しろ、こちらも勝つために必死でね。負けたら王になれないどころか、王子ですらなくなるんだよ。立場が王の子ではなく王の兄弟になるからね。君には理解できないかもしれないが、これはコードでは大きな意味がある。ぞっとする話さ。だから皆、全力なんだが――」

何の話をしているのだろうか。だが、今考えるべきはそこではなかった。

奴隷を作る仮面。高度物理文明の産物。この世界にも痛みをもって相手を強制的に動かす首輪などは存在するが、あの仮面はそんなくだらないものとはレベルが違うだろう。

果たして自分の耐性であの仮面の力に抗えるだろうか？　判断材料が………なさすぎるな。

ならば――最善を尽くす。

拘束された手足に力を入れる。

体の奥底から、ごきりという音が鳴った。生じる凄まじい痛みに眉を顰める。

対面していた男の表情が、初めて強張《こわば》った。

「な、なんだ、今の音は!?」

「なに……少しばかり、骨を折ったのさ。悪いが、私の体は他の連中に使わせる程安くないのでね」

捕まるのはよしとしよう。それは自分の責任だ。だが、自分が任務の障害になるのは我慢ならない。

依頼はなくなったが、コードは敵だ。《千変万化》も、そのように動くだろう。

過剰に力を入れた事による身体の悲鳴と痛みに、カイザーは笑みを浮かべた。

壊させてもらう。テンペスト・ダンシングの基本は肉体の操作。自らの肉体をしばらく使い物にならないくらい壊すなど、容易いのだ。

「馬鹿なッ……カイ、自傷を禁じるッ！」

「ッ!?」

その男の言葉に、力を入れていた全身が強張る。

まるで、肉体が自分の脳以外から命令を受けたかのような違和感。

これもまたコードの技術なのか。だが、こっちはどうやら強制力はそこまで強くないらしい。未知の技術による命令を力ずくで押し切り、肉を、骨を破壊する。

全身から脂汗が流れていた。力を入れても動く身体の部位はもうない。カイザーの生命力では舌を噛《か》み切っても死ねないが、ここまで壊せばしばらくはまともに動けない。

少なくとも、《千変万化》が今回の任務に目処をつける時間くらいは稼げるだろう。

笑みを浮かべるカイザーを、男が蹴りつけてくる。

「くっ……馬鹿げた、真似だッ！　コードの医療技術を、甘く見るなッ！　この程度の傷、すぐに再生してくれる」

「…………ふっ」

乱暴に顔に被せられる、白い肉の仮面。

ひんやりとしたその表面から何かがカイザーに染み込んでくる。

それは、奇妙な心地よさを伴っていて、それが無性に恐ろしい。

意識が消えるその前に、自らの奥底に意識を深く沈める。精神操作系の能力に対する心の防衛手法だ。うまくいけば、操られた後にも影響を残せるだろう。

悪いが、後の事を任せたよ、《千変万化》。

そして、カイザーの意識は暗闇に深く沈んでいった。


椅子の上。手、脚、体幹に拘束具をつけられ、意識を失ったカイを確認し、コード王の第一子、第一王子アンガス・コードは興奮に乱れた呼吸を整えた。

総合評価12230。コードが保持する生物の計測装置は未だ仕組みが解明されていないが、その精度は確かだ。コードでもほとんど記録のない総合評価10000越えの男は、アンガスの想像を遥かに越えた怪物だった。

「馬鹿な、男だッ！　素直に従えば、この都市でも成り上がれたものを！」

拘束されてなお、終始変わらぬ堂々たる態度。無力化ガスを受けた状態で機装兵数体を半壊させる戦闘能力を持つ上に、洗脳を免れないと気づいた瞬間に自らの肉体を壊すなど、常軌を逸している。

だが、結局はアンガスの手駒となった。使用した『懲罰の白面《ホワイト・クローズ》』はコードでも滅多に生成できないものであり、王族でもトップクラスの支持層を持つアンガスでも二つしか持っていない。

しかし、その威力は絶大だ。クラス格差を利用した禁則事項の付与は思考までは縛れないが、仮面は思考や精神まで完全に縛る。能力も多少は低下するだろうが、12000オーバーの評価を持つ男ならば問題ないだろう。コードが日頃取引相手としている組織の兵隊など相手にもならない。

王位継承に携わるのはアンガスも初めてだ。だが、前回は探索者協会の干渉もあり、激しい戦いが繰り広げられていたと聞いている。

百年前の王位交代はコードが起動してから初めてだった。今回は二度目だ。

皆、前回の戦いを知っており、対策をしている。特殊な立ち位置にある一人を除いた王の子、全員が虎視眈々と王の座を狙っている。

現在の地位など関係ない。負けたら何もかも失う。数日前までは最有力者だったなど、関係ない。

アンガスの後ろ盾となっていた貴族ごと、全てが潰されるだろう。

コードの王権とはそういうものだった。

勝つ。勝って、全てを手にする。そのために、リスクを冒して探索者協会から一流の戦士を入れる策を実行に移したのだ。

後ろでアンガスとカイのやり取りを静観していた男が、そこでようやく口を開いた。

「驚きましたね。強い戦士を引き出せるとは思っていましたが、まさかここまで強固な意思と能力を持つ男が現れるとは……コードの医療システムならば骨や内臓の損傷もすぐに治療できます。王位の継承には間に合うでしょう」

カイに勝るとも劣らない長身の男だ。

怜悧《れいり》な眼差しに、日に焼けた肌。コードの総合評価では3000を超える数値を叩き出した俊英。

兵隊の募集を本格的に開始する前から、アンガスの派閥はごく少数の優秀な人間を選んでコードに招き入れていた。その際に選ばれた一人だ。

どこぞの外の国では軍師のような役どころについていたという、アンガスの片腕。

ジーン・ゴードン。前回の王位継承で起こった戦いの記録を見て、今回の探索者協会から兵士を調達するという誰も考えもしなかった策を立てた張本人だった。

コードの変わった都市システムもすぐに理解してみせたこの男がそういうのならば、カイの治療も間に合うに違いない。

「もう一つの仮面は誰に使いましょう？　もしかしたら、抵抗もできずに意識を失ったサーヤに使うのならば、突然コードに襲撃をかけてきたあの男の方が良いかもしれません。消耗しきった状態で9760の評価でしたからね。他にも他組織が送り付けてきた封印指定にも、何人か候補はいますが」

サーヤと言うのは、カイと同時期に入ったもう一人の総合評価が高い女だ。評価は5500を少し越えた程度。カイの半分ではあるが、ジーンの倍近くだと考えるとその力は尋常ではない。

コードに突然襲撃をかけてきた男もまた、尋常ではなかった。探索者協会に罠をしかける前だったのでハンターではないかもしれないが、コードの防衛能力をごく一瞬だが正面から打ち破り、一部の建造物に傷をつけたのだ。問題が一つあるとするのならば、その男が魔導師《マギ》だということだろう。コード内部では都市システムにより、大規模な魔術の行使は制限されてしまうから、仲間にしても王位継承では力を発揮しきれない可能性が高い。

封印指定は、外部組織が送ってきた危険人物の総称だ。処分するには勿体ないが、コントロールの術《すべ》がなく処分しないと危険過ぎる、そういう戦士を取引で手に入れ、何人か監禁してあった。

能力はトップクラスだが、機装兵を数体護衛においても近くで使うには安心できない者達だ。恐らく、他の王族の中には封印指定を従え先陣を切らせようと考えている者もいるだろう。

「……悩ましい話だな。私が持つ仮面は後一つだけだ。交渉で味方についてもらうわけにもいくまい」

「信用なりませんからね。都市システムによる守りも、それを超える攻撃には対応しきれませんから。もちろん、裏切り者は即座に処理されるでしょうが、自分が死んだ後では何の意味もない」

「高度物理文明の科学者も、人がここまで強くなるとは思ってもみなかったのだろうな」

コードの都市機能が生成するアイテムは強力で利便性の高い物も多いが、余り役に立たないもののある。

その代表的なものが、軽量の防具だ。

軽く扱いやすいが、少し柔すぎる。多少訓練した程度の人の攻撃や多少の偶発的な事故などには耐えられるが、マナ・マテリアルを吸収したハンターの攻撃はほとんど防げない。

過去文明の人間は現代の人間よりも貧弱だった。少しでも学がある者であれば、そんな説を聞いたことがあるだろう。マナ・マテリアルの影響が大きいとされているが、コードに残された兵器達はその説を少しだけ後押ししていた。

全てを焼き払うコードの焼却砲にも数秒は耐える人間が存在するこの時代では、全ての問題には余裕を持って対処しなくてはならない。

アンガスが近衛に引き入れない者は、恐らく他の王族の近衛になるだろう。支持層の大きさは違っても、コードの都市システムの中ではそれぞれの王族の間に権力の差は存在しない。少なくとも都市システムの上では、他の王子王女が賊から近衛を選出するのを止める事はできない。

まだ、今ならば、アンガスが一番早い。誰を近衛にするか、選ぶ権利がある。

「サーヤの能力の確認を急がせています。戦闘能力ではなく、知能面での高さが評価に影響しているのかもしれません」

「ふん……軍師も学者もいらんな。お前がいる」

「光栄です」

ジーンがうやうやしく頭を下げる。

サーヤは、なしか。５５００越えは確かに高い、欲しいが、カイを見た後だと見劣りする。カイは間違いなくハンターだとは思うが、まだこれから探索者協会から同格の存在が送り込まれてくる可能性もあるのだ。それを考えると今仮面を使ってしまうのは尚早だ。

そんな事を考えたその時、ジーンが目を見開いた。

立ち上がり、早口でアンガスに報告してくる。

「…………殿下、部下から連絡が入りました。サーヤの能力を確認させていた部隊が――全滅したとの事です」

「!?」

思わず目を見開いた。ありえない話だった。

見かけは確かにただの娘だったが、実験を行う部隊には総合評価を伝えてある。警戒を怠ってはいないだろう。能力確認も、万全を尽くさせた。部屋に閉じ込め、意識が戻ったら中にコードで生成された戦闘用の獣を放ち確かめる予定だったはずだ。

「続けろ」

「はい。実験では、創生獣《そうせいじゅう》を順番に解き放ちましたが、その全てを突破。準備していた獣が全て殺されたため、その後、鎮圧用の機装兵を放ち――それも全て破壊されました」

創生獣はコードの技術で育成された新種の獣である。機装兵程使い勝手はよくないが、戦闘能力の面では頼りになる兵器だ。

テストのために用意していた創生獣を全て殺された時点で想定の能力を上回っている。

何しろ、相手はたった一人、まだ二十にもなっていないであろう華奢な女なのだ。

「機装兵は何体出した？」

「五十です」

機装兵はコードで製造出来る主戦力の一つだ。だが、主に材料の問題でそこまで大量生産はできない貴重品でもある。アンガス陣営はそれなりに数を揃えているが、無駄に消費していいものではない。

「五十……その全てが破壊されたのか？　向こうのダメージは？」

「無傷です」

信じられない。それが真実ならば、サーヤはカイよりも強いという事になる。

捕らえた状態ではなかったとはいえ、機装兵を五十も無傷で倒すなど――普通ではない。しかもここはコード、大規模な魔術の類は使えないはずなのだ。

ジーンが淡々と報告を続ける。

「その後――サーヤは五層の隔壁を破り部屋の外に移動。機装兵をそれ以上送り付けても無駄だと判断し、やむなく無力化ガスを使い切り、建物一棟に充満させて、鎮圧に成功しました。以上です」

その報告にほっと息をつく。

ガスが弱点、か。それにしても人一人に対するものとしては余りにも大きな被害だ。

資源は無限ではない。特に、都市のプラントが生み出すアイテムには限りがある。

性能を確認しようと考えたのが誤りだったか。だが、資源を温存しようとしてサーヤを逃してしまうよりはずっといい。

端末を呼び出し、サーヤの能力の確認をさせていた実験棟の映像を呼び出す。

充満する白いガス。廊下の真ん中で倒れ伏す黒髪の少女からは、機装兵を五十も倒したなど信じられない。そして、続いて実験が行われた隔離室の映像を確認し、その異様な光景に、アンガスはぞくりと身体を震わせた。

全面特殊な金属で構築された隔離室。壁に開けられた大きな穴。

白い壁や天井には、一面、血で出来た無数の手の跡が残されていた。

「一体、何が起こった？」

「何をされたのかは不明です。攻撃の瞬間は何かにカメラが塞がれていたとか………」

評価システムの正当性を再確認する必要があるかもしれない。だが、これで決まった。

最後の仮面を使う相手は――サーヤだ。

「ガスが切れる前に処置をしましょう」

「そうだな。くく……勝てる。これならば、勝てるぞ。他の連中がどれほどの戦力を集めても、な」

現コード王の、父の時代は、間もなく終わる。

父は臆病だった。コードという世界最強の都市国家を支配しながら、戦力の強化ばかりで打って出る事をしなかった。機動能力の修復が済んでいなかったとはいえ、いくらでも方法は存在していただろうに――だが、アンガスは違う。

コードの王とは世界の王と同義。その事実を、コードの偉大さを、皆が忘れかけているコードに対する恐怖を全世界に知らしめる。

新たなコードを支配するのは、この、アンガス・コードだ。

「そうだ。例の、ターゲットが審査をすり抜けた時のために設定した待ち合わせ、一応、人を送っておけ。網にかからないようなハンターなら、のこのこやってくる可能性もあるからな」

「心得ております。カイやサーヤクラスが万が一にも野放しになっていたら面倒な事になりますので……まぁ、保護されたがる王族などいないでしょうが」

近衛を集めろ、かぁ。どうしたものか……。

オリビアさんからの命令をぶつぶつ呟きながら、ビルから出てそのあたりをぶらぶらする。

空からは強い陽光が降り注いでいるが、不思議とコードの街は涼しく過ごしやすかった。街を歩く人々が多くないのは、基本的にクモを使っているからだろうか？

どうやらコードではクラス1から自由にクモを呼び出し使用できるらしい。

きっと、監獄に連れて行って欲しいと言えば連れて行ってくれるのだろう。

オリビアさんは監獄から人を補充しろと言っていたが、正直、余りにも気が進まない話だった。

監獄。コードには、監獄が一つだけ存在するらしい。

収監されているのは基本的に都市の法律を犯した者達だが、一部都市の外から連れ込まれた者もいる。そして、コードの都市規則では、コードの市民はその犯罪者達を一定の条件下で解放し、労働力にする権利があるらしかった。

詳細は聞いていないが、もしかしたら罪人の量刑の一種のような扱いなのかもしれない。

バイカーのようなごりごりの賊が胸を張って外を出歩けるこのコードの犯罪者とは一体――。

オリビアさんも最後の手段と言っていたが、罪人を近衛にするなんて、僕の感覚から言えばとんでもない話だ。

だが、僕はコードに知り合いなどいないのだが、一つだけ当てがあった。

依頼人だ。探索者協会にこの依頼を送ってきた人物と合流した後に、人を紹介してもらうのだ。依頼人はかなり階級が上の人らしいので、きっと作戦のためならば適切な近衛を用意してくれるはずだ。

どう転がるかはわからないが、最後の手段に出るのは、依頼人に合流してそのお願いをした後でもいいだろう。合流予定の時間まではもう少しだし――。

と、そこまで考えたところで、僕はある事に気づき、思わず立ち止まった。


合流場所…………覚えてない。


言い訳させて頂けると、指定されていた住所が複雑だったんだよ。門の前で待ち合わせとかにしてくれていたらすぐにわかるのに、住所が番地指定でしかもやたら長かったから――。

持ち物検査を受けた際に怪しまれないようにメモも取っていなかった。サヤやカイザーが一瞬で記憶していたので安心してしまったというのもある。人を頼るのに慣れすぎであった。

記憶を掘り起こそうと試みるが、全く思い出せない。思い出せないばかりか、思い出せる気すらしなかった。そもそも、僕は一瞬でも住所を記憶したのだろうか？

「…………困ったな」

どうやら、合流は諦める事になりそうだった。

ここまで思い出せそうもないものを思い出そうとしても絶対に無理だ。

…………ま、まぁ、カイザーとサヤには適宜行動するように言ってある。

僕がいなくてもきっとなんとかなるだろう。問題は近衛だよ。

きょろきょろと周囲を確認し、ビルの隙間からこちらを窺っている人影を見つける。

二人共誰かに雇われているはずだし、今、焦らなくてもいずれ合流出来るだろう。

それまでは僕もできる事をやろう。

バイカー達のいなくなったビルの中では部屋が余りに余っている。あの彼らが宴会をしていたスペースもいつの間にか綺麗になっていた。

ジャンさん達が片付けるとも思えないので、恐らく、都市システムが掃除したのだろう。

コードでは衣食住の全てが都市システムによって提供されているようだ。飲食物についても、特に値段が書かれているような事もない。もしかしたら公共のインフラ扱いなのか。

高度物理文明の道具は利便性が高いと言われているが、都市そのものが顕現できるとここまで変わるのか。きっと全ての国家がコードの都市システムを再現する事ができたなら、全ての争いは消えてなくなるに違いない。

まぁ、そんな高度な技術力を持っていた文明もとっくの昔に滅んだんですけど。

ビルの中を歩き回り部屋の数を確認していると、ジャンさんが声をかけてきた。

「近衛は見つけられましたか？」

「……よく僕がここにいるってわかったね」

人がいないと言っても、ビルの中は広いし部屋数もかなり多い。

僕の言葉に、ジャンさんが呆れたように言う。

「……まだ外界の常識が抜けていないようですね。人の場所など端末で簡単にわかります。クラス3では仮想端末は使えないので、携帯端末を使うといいでしょう」

ジャンさんの目の前の床が動き、手に持てるくらいの大きさの黒い板が現れる。スマホとは少しデザインが異なるそれの表面に触れると、不思議な文字が、記号が、浮き上がってきた。

仕組みはわからないが、凄いなあ。読めないけど……。

「読めないんだけど……」

「感覚的に使いなさい。音声で命令するといいでしょう。高度物理文明の文字は難解で、我々もまだほとんど理解できていません」

妹狐から貰ったスマホの時はちゃんとこちらの文字に変換されていたのに……いや、そもそもカードに刻み込まれた文字はこちらの文字なのに、どういう理屈なのだろうか？

「それで、近衛は見つけられましたか？　時間は余りありませんよ」

「あぁ。一応、監獄には行っていないけど、その辺にいる人に声はかけてみたよ。かなり戸惑っていたけど、仲間内で話し合って考えてみるって言ってた。人数はいるみたいだから、規定数くらい簡単に集まるんじゃないかな」

大通りには人はほとんどいなかったが、ビルとビルの間などの細い道にいた下級民？　の人に声をかけてみた。近づくとかなり戸惑っていた……というか、怯えていたが、運が良ければ近衛の人数分くらいは揃える事ができるだろう。

能力はわからないが、どうせ仕事などないのだ。監獄から人を集めるよりも彼らの方が余程近衛に適しているに違いない。

良い報告をしたつもりなのに、ジャンさんの表情は渋かった。

度し難いものでも見たかのように深々とため息をついて言う。

「その辺にいる人とは、まさか……下級民ですか？　それなら、残念ながら、彼らは……システム上、市民ではありません。市民権を持たない者は、近衛にはできません」

!?　誰でもいいって言っていたのに――いや、そう言えば『市民なら』誰でもいい、だったね。

「……いっそ、市民にしたらいいんじゃないの？」

食い下がる僕にジャンさんが苛立たしげに言う。

「カードがないでしょう、カードがッ。カードは発行できる枚数が決まっていますし、発行できるのはコード王にのみ任命権のある上級貴族、クラス７以上だけなのです。カードがなければ市民にはなれません」

カードが市民の証だったのか。そして、探索者協会に依頼を出した相手は上級貴族以上らしい。王族が依頼したという事はないだろうから、依頼を出した人はかなり絞られる事になる。

上級貴族が何人いるのかわからないけど。

「というか、投獄されている人は市民なの？」

「監獄も都市システムの一つですからね……市民じゃなければ使えません。ともかく、監獄に連絡しておきましょう。罪人も有限ですからね。なるべく聞き分けが良さそうな者を、連れてきてください。選ぶ際は監督責任が貴方にくるのを忘れずに」

「あ、はい…………」

どうやら他に選択肢はないらしい。おまけに監督責任まであるのか…………。

いや、そりゃ責任はあるんだろうけど、仮にも近衛を選ぶというのに、なんだか全体的に雑すぎる気がする。忠誠心の高い正統派貴族のフランツさんが見たら激高しそうな光景だ。

「責任があるなら罪人を近衛にするとか嫌なんだけど、僕」

「クモを呼んでおきます。いいですか？　今回求めるのは、しっかり命令を遵守する事だけです。強さは求めません。もっとも、罪人にもランクがあります。クラス3では能力のある人材は取れないでしょうが――」

そこまでしてくれるなら、ジャンさんはクラス5なんだから自分で探してくれればいいのに……。

げんなりしている僕を完全に無視し、ジャンさんは僕を見て真剣な表情で言った。

「私とオリビアはバイカーの失態のせいで忙しいのです。彼らの失態の責任の一端は貴方にも存在しています。全てうまくいったら、貴方の階級も上げるように上を説得しましょう。しっかりしてください ね」

「あ、はい…………。」

ジャンさんが足まで準備してくれたので、仕方なく監獄に向かう。

クモに乗り猛スピードで移動する事三十分。明らかに周囲のビルとは異なる趣の建物が見えてくる。

監獄は巨大な黒色の建物だった。周囲は高い壁で囲まれ、地獄の入り口のような巨大な物々しい門が備え付けられていて、空には警備なのか、銀色の鳥のようなものが無数に飛び交っていた。

クモは門の前でぴたりと止まった。

壁の周りには機装兵が立ち並んでいた。疲労知らずの機装兵は警備に最適だろう。

今回はしっかりアポもあるので、堂々と正門から入る。

正門を抜けると、建物までは真っ直ぐ一本道だ。左右は中庭のような広いスペースが存在していて機装兵より巨大な、アカシャゴーレム並の大きさの人型機械が何体も並んでいた。

ぴくりとも動かないが、威圧感が凄まじい。

長い舗装された道を歩く。コードの外の国の監獄とは異なり、案内などが現れる様子はなかった。

監視の目もないが、恐らくは都市システムによる監視がついているのだろう。何しろ、人の居場所すらわかるのだから、常時見られていると思った方がいい。

建物の中に入ると、敷地に入って初めて人間が僕を出迎えた。白を基調としたぱりっとした制服を着た女性職員だ。胸元のカードには星の印が四つついている。

女性職員は持っていた端末をちらりと確認すると、眉一つ動かさず、無表情のまま言った。

「お待ちしておりました。ジャン様からは、都市規定に則り、収監された者の中から何人か人を見繕いたい、と連絡が来ています」

「そうそう。やっぱり無茶かな？」

「それは、都市システム次第です。案内します。こちらへ」

女性職員の先導で、建物内を歩く。建物内部にも、人の職員よりも機装兵の方が多いようだった。

やはりここの業務もほとんど都市システムが担当しているのだろう。

一応確認しておく。

「身体検査とかいらないの？」

「門をくぐった際に既に済んでおりますので」

早口で、職員さんが続ける。

「一応説明しておきますが、このコード監獄内部は外とは異なる都市規定で動いております。例えばその一つとして——この監獄内に配置された兵装は独自の判断で違反者やそれに類するものを処刑する場合があります。何か行動を起こす際はその事をお忘れなく」

「!?　しょ……処刑!?　また、物騒だね」

「都市システムが決める事です。我々監獄職員はその機能について関知しておりません。監獄はコード王直属、全ての決定権を持つのは、コード王だけです。そして、システムのルールに干渉するにはクラス8以上の権限が必要です。それ以下の権限では――仮に上級貴族の方でも、この監獄のルールには逆らえません」

クラス8は確か……王族だったかな。王族ならば監獄自体のルールを変えられるのか……普通、そう簡単にはできないよなあ。この都市では階級が全てという説明は嘘ではなかったらしい。

建物の中は迷路のように入り組んでいたが、職員さんの歩みは淀みなかった。分厚い扉が滑らかに動き、地下への階段が現れる。鍵を開けている様子も、そもそも錠前自体も存在していないのだが、全て都市システムに依存しているのだろう。

「収監されている罪人は都市独自の評価システムで収監場所が分けられています。力量と罪状が主な基準ですが、これから貴方を案内するのは監獄の上層部、比較的罪の軽い者が収監されているエリアです。クラス3で解放申請を上げられるのは、上層エリアの者だけです」

その言葉にちょっとほっとする。罪の軽い者が収監されているエリアなら大人しい人材を見つけるのも難しくはないかもしれない。

「ありがとう。とりあえずは上層だけで大丈夫だよ」

「それは重畳です。最近は人手が足りていないらしくて、中層以下の罪人に面会に来られる方が多いのですが、上層は正直人材としても力不足なのでそれなりの数残っていますよ。上層のメンバーならば爆破の首輪もまず有効でしょうし」

「…………爆破の首輪ってなに？」

「罪人が命令違反した際に遠隔起爆できる首輪です。都市規則では特殊解放の罪人に使用が許可されています。そこまで高威力ではありませんが、上層のメンバーならば少なくとも半殺しくらいにはできます」

しれっと教えてくれる職員さん。物騒すぎる。

できればそんな首輪を使わずにやっていきたいものだ。

そう言えば、シトリーもバカンスの時に似たような首輪をシロさん達につけていたな。

階段を一階分下り、分厚い金属の扉を抜ける。機装兵が五体待機している広い部屋を抜け、鉄格子のついた扉を開け、その先にあったのは長い廊下だった。左右には無数の部屋が並んでいる。

一瞬、扉がないのかと思ったが、そうではなかった。透明な扉だ。

おひいさまの部屋に取り付けられているもののように、部屋の内部が隅々まで見られる、極めて透明度の高い扉が、取り付けられているのだ。

「監獄です。コードには懲役刑はありませんので、罪人はずっと閉じ込められたままです。基本的に内部は観察できるようになっています。まぁ、質がわかりやすいように、ですね」

「プライバシーは？」

「プライバシー？　この国では、罪人に、人権はありませんよ。特に、上層の罪人は我も弱く力も弱い。だから、都市システムも彼らを重要視していません。彼らが助かるには……幸運を願うしかないわけです」

部屋の中は酷い有様だった。

部屋自体は綺麗だ。掃除もされているし、食事も食べてはいるらしい。

衣類も簡素なものだが、与えられているようだ。だが、収監されている者の表情がひどかった。生きているのか死んでいるのかわからない、静かな苦悶がそこにはあった。それぞれの部屋の扉の横には、まるで品名でも書くかのように名前が書かれている。これはひどい。

「一応運動能力は落とさぬように運動器具は与えたりします。貴重な資源ですからね。彼らには都市システムの使用権限がないので、我々次第ではありますが……」

僕の姿を見ると、収監されている者の目が一瞬きらりと光る。中にはブツブツ何かを話している者もいたが、音は聞こえなかった。遮断されているのだろう。

「有り余っているエネルギーについては抽出し、都市の起動に役立てています。エコですね。食料の生成分を考慮しても、どうやら差し引きでプラスになるようです」

そんなエコ聞いた事ないわ。

ドン引きだったが、こちらも遊びに来たわけではない。仕方なく各部屋を怖々《こわごわ》、覗いていく。

収監されている者は年齢も性別も様々だったが、共通点として皆、生気がない。

外に出したら暴れたりするのだろうか？

「各個人の情報は端末で確認できます。解放申請を出したい者がいたら言ってください。このあたりの罪人だったら、ジャン様の紹介ならば十分申請も通るでしょう」

「……通らない事もあるの？」

「さぁ？　解放を決めるのは私ではありません。都市システムですから」

適当だねえ。さて、誰にしたものか。二十七人必要なんだったかな……いきなり二十七人増やしても絶対管理できないし、先に管理用の人材を解放するべきだろう。

できれば凶悪犯罪に手を染めていない者がいいな。

そんな事を考えながら歩いていく。と、そこで僕は、一つの部屋の前で足を止めた。

隣に付き添ってくれていた職員さんが眉を顰める。

「なるほど、その罪人に目をつけましたか。能力は申し分ありませんし、見た目もかなり上ですが、やめておいた方がいいでしょう。訳ありです」

「いや……ちょっと、友人に似ていてね」

部屋の中で膝を抱え座っていたのは――《嘆きの亡霊《ストレンジ・グリーフ》》のメンバーの一人、エリザ・ベックだった。

いや、正確に言えば、間違いなくエリザではない。エリザと違い、髪は黒だし、目は緑だ。背も少し低いし、何よりエリザは精霊人《ノウブル》だが、この人は精霊人《ノウブル》ではない。

だが、それでもエリザにそっくりだった。髪を白、目を赤にして肌を褐色にして背を高くして精霊人《ノウブル》にすればエリザになる。もしも彼女が精霊人《ノウブル》だったらエリザの姉妹だと思っていただろう。

エリザのそっくりさんは僕の事を感情の見えない眼差しで見返してきた。そういうところも割とエリザそっくりかもしれない。エリザの場合は感情の見えない、というか、眠そう、だけど。

僕は名前のプレートを確認して、目を見開いた。

「エリーゼ・ペック…………!?」

名前までそっくり……だと？

…………世の中には三人のそっくりさんがいると言うが、他人だとは思えないな。

衝撃的な出会いに固まる僕に、職員さんが説明してくれる。

「彼女は先日、愚かにも百年ぶりにコード攻めを決行してきたハンターのパーティメンバーです。それだけで危険性がわかるでしょう。リーダーは最下層送りだったのですが、メンバーは弱く戦闘でもほとんど役に立っていなかったため、都市システムにより上層収監の判決が出ました。しかしそれでも、何をするかわからない連中ですよ」

なるほど……それじゃあ、コードでは賊だが厳密に言えば何か罪を犯したわけではないわけだ。

僕も鬼ではない。仲間であるエリザのそっくりさんを見つけて、解放できるのに解放しないなんてとても考えられない……名前までそっくりだし。

「どうやら気になっているようですね。それの仲間も収監されています。確認しますか？」

「一応、確認してみようかな」

エリーゼ・ペックの仲間。どんな人物なのか興味がある。


——そして、職員さんに案内された先にいた罪人の姿を確認して、僕は今度こそ言葉を失った。


ぐしゃぐしゃの髪。ずっと泣いていたのか、目を真っ赤にして洟《はな》をすする魔導師《マギ》。

不貞腐《ふてくさ》れたような表情で横たわる錬金術師《アルケミスト》に、お腹を出して仰向けに転がりわかりやすい死んだふりをしている盗賊《シーフ》。

そして、眼鏡を掛けた赤髪の青年が僕の姿を見た瞬間にガラスに飛びつき、何かに弾かれたように壁に吹き飛ばされる。

自称妹の魔導師《マギ》、ルシャ・アンドリッヒ。

錬金術師《アルケミスト》《最低山脈《さいていさんみゃく》》のクトリーと、盗賊《シーフ》《絶景《ぜっけい》》のエリザベス（愛称ズリィ）のスミャート姉妹。

そして、剣士《ソードマン》なのか剣士《ソードマン》じゃないのかいまいちわからないがとりあえず頭脳派っぽい、クールで最高な《千見《せんけん》》のクール・サイコー。

そこにいたのは――かつて武帝祭で知り合った僕の本物――《千天万花《せんてんばんか》》のクラヒ・アンドリッヒのパーティメンバー、《嘆きの悪霊《ストレンジ・フリーク》》の面々だった。

ルシアのそっくりさん、ルシャが僕の姿に一瞬、目を見開き、すぐに恥も外聞もない様子で盛大に泣き始める。クトリーがぎょっとしたようにこちらを凝視し、ズリィはまだ死んだままこちらに気づいていない。そして、クール・サイコーは死にかけのイモムシのようにびくびく身体を痙攣《けいれん》させながらこちらを見ていた。

………うんうん、そうだね。久しぶりだね。

という事は最下層に収監されているリーダーはクラヒか。どういう経緯なのかは見当もつかないが、確かに彼にはコードに攻撃をしかけてもおかしくない迫力がある。彼にレベル9をあげたいよ。

想定外の状況にうんうん頷く僕に、職員さんが苛ついたように確認してきた。

「それで、どうしますか？　彼らは総合評価50から70程度の毒にも薬にもならない集団ですが、リーダーがとにかくやばい男です。弱いという事はあえて使う理由もありません。解放申請を出すにしても他の罪人をおすすめしますが」

「その前に、ちょっと気になる事があって……念のため、一つだけ確認したいんだけど――」

「？？　なんでしょう」

いや、大した事ではないんだけど。

こちらに様々な感情を向けているクラヒの仲間たちを指差し、僕は職員さんに確認した。

「仲間はこれで全部？　リーダー以外に、もう一人いたりしない？」

アンセムの偽物はどこだ？


解放して欲しい旨を伝えると、職員さんは迅速に手続きを進めてくれた。

僕の姿を見るなり反応を変えたクール達の姿にも違和感はあっただろうに、特に質問や確認などもなかった。あれほど警告していたのに……。

僕の表情に何か感じるものがあったのか、端末を操作しながら職員さんが話してくれる。

「罪人の解放申請は都市規則で認められた権利です。我々にはそれを止める権利はありません。仮に止めたとしたら、それは職員が都市規則を破ったという事になり、罰せられるでしょう。もっとも、私と貴方の間にもう少し階級差があったら、行動を強制する事も、できたでしょうが」

「ドライだねえ」

「外部から入ってきた人には、コードのシステムは変わっているとは、よく言われます。この都市で生まれた私達にはわからない感覚です。もっとも、私にも規則に関係ない部分においては自由が認められています。先程の警告もその範囲です。警告なしで恨まれてもつまらないですからね……あぁ、都市システムによる査定の結果、たった今、問題なく、解放申請が認められました」

クール達が閉じ込められていた部屋のガラスの色が変わり、中が見えなくなる。部屋を出る準備をしているのかもしれない。

なるほど……システムに支配されているように見えてある程度の自由はある、と。

しかしそれでわざわざ警告してくれるとは、けっこう人がいいな……いや、もしかしたら暇なのかもしれない。仕事もシステムが全部やっているんだろうし……。

僕はダメ元で確認してみる事にした。

「ここの最下層に閉じ込められているリーダーを解放するにはどうしたらいいの？」

僕の質問に、職員さんが即答する。

「クラス6以上の権限で解放申請を出す事ができます。仮にクラスの条件を満たせても申請はおすすめしませんが――」

ジャンさんオリビアさんがクラス5だったはずだ。そしてそれより上は貴族扱いだったはず……クラヒを助けるのは容易ではないらしい。

まぁ、都市を外部から攻撃して、しかも難攻不落のコードに多少なりとも被害を与えてくるような奴をそう簡単に解放できたりはしないよね。

「彼は雷に特化した魔導師《マギ》のようです。このコード内部では魔術はほとんど使えませんが、あそこまで強力な雷の魔導師《マギ》を内部に入れたことはありません。彼の魔術はコードのシステムに損傷を与える可能性があります。彼を収監するためにこの監獄では特殊な部屋が作られました。そして、恐らく彼にはコードの生み出した行動制限のための道具が効果を齎さない可能性があります」

「それは危険だね」

「危険過ぎて、あれほどの戦力を持ちながら誰も解放申請が通らないレベルです。ひと目見て絶対近衛に欲しいと言っていたノーラ王女殿下も未だ解放できていません。幾度となくここを訪れ、本人を説得しようとしていますが、成功していませんね。あ、ちなみに、これが申請をおすすめしない二つ目の理由ですよ。万が一解放に成功したらノーラ王女の恨みを買いますからね」

………他の王女って、貴族に閉じ込められているって話では？　王女の手の者って事かな？

しかしクラヒを欲しがる気持ちもわかる。彼はとにかく強いし、イケメンだし、レベル8の器である。なんでも《千天万花》という（自称）二つ名の他にも《雷帝《らいてい》》などと呼ばれていたらしいし、彼と僕の役どころを入れ替えたらいい感じになっていただろう。弱点があるとすれば………危機感がないところかな。

「一応確認するんだけど、その警告はルール？　それとも、好意？」

職員さんが手を止め、こちらを凝視してくる。

「…………ルールなわけないでしょう。なんでその二択なんですか。王女はまぁ割と、職員に厳しいタイプですからね。虎の尾を踏まないように忠告したまでです」

「君、近衛に興味ない？」

「…………泥舟に乗るつもりはありません。次の王が誰になろうが、私の地位は安泰です」

きつい言い方で断ってくる職員さん。都市規則に抵触しない限り何を言おうが自由のようだ。

口ぶりからして、僕がアリシャ王女の近衛であるところまで把握しているのだろう。

それにしても泥船って……。

「解放の準備ができました。順番に解放できます。罪人への説明は既に中で行いましたが、この解放は決してその罪を赦《ゆる》されたわけではありません。罪人が外で都市規則に反する行動を取った場合、システムは警告なく対象を攻撃する事があります。また、既に知っているかと思いますが、解放した罪人が再び罪を犯した場合、その責任は解放申請を行った貴方が負います」

「おーけーおーけー、出して」

多分責任が解放申請を行った者にいくという事が、ジャンさんやオリビアさんがこれまで罪人から近衛を選んでいなかった理由なんだろうなあ。

まあ、外から入ってきた連中も危険度は相当だと思うけど。

扉が音もなくスライドする。

最初に出てきたのは、クトリーだった。

服装は簡素なものから錬金術師《アルケミスト》がよく着ているようなローブに変わり、ぼろぼろの革袋を背負っている。ぼりぼり頭を掻きながら出てくると、僕を見てぶっきらぼうに言った。

「おう、お迎え、お疲れさん。遅かったじゃねえか」

「へー、なんだか慣れてるね」

「捕まるのに慣れてんだよ…………オレは、最低だからなぁ？」

これが《最低山脈》……会話するのは初めてだが、取ってつけたような最低はキャラ付けなのか素なのか気になる。

続いて、その妹（本当に妹なのかは知らない）、ズリィの部屋の扉が開く。

盗賊装束に着替えたズリィは僕を見て頻《しき》りに目を瞬かせていた。

「……死んだふりお疲れ様」

「健康状態は常時チェックされているので死んだふりなんて通じません」

「ッ…………」

職員さんの指摘に、ズリィは顔を真っ赤すると、何も言わずそそくさとクトリーの後ろに隠れた。

だが、その態度から混乱がにじみ出ている。状況が全く理解できていないのだろう。

三番目に開いたのはクール・サイコーの部屋だ。

部屋から出てきたクールは全身あちこちに包帯が巻かれていた。先程ガラスに飛びつこうとして弾き飛ばされた傷だろう。

眼鏡をくいと動かし、クール・サイコーがクールでサイコーに言う。

「こほん……先程は、失礼。初めまして、仲間達を解放してくれた事を感謝します。今後は貴方の下で働きましょう」

なるほど、初対面の振りか。確かに怪しいよね、僕と君達が知り合いだったら。ルークより考えているなあ……伊達《だて》に眼鏡をつけていない。

よし、今回の作戦、カイザー達と合流するまで彼の頭脳を借りよう。

「うんうん、そうだね。ところで……アンセムは？」

「!?　………募集は打ち切りました。我々は、その、改心したんですよ」

近寄ると、ひそひそ小声で答えてくるクール。エリーゼ増えとるやん！

おまけにコードに殴り込みまで掛けているし、どうやら別れたあの後彼らも色々あったようだな。

続いて、ルシャの部屋の扉が音もなく下にスライドする。

一瞬、姿が見えないと思ったら、ルシャは床にぺたんと座り込んでいた。

ぐしゃぐしゃに乱れていた髪は以前見た時のようなツインテールに変わり、充血し、隈《くま》の張り付いた双眸が僕を確認する。そして、その瞳にジワリと涙がたまり、火がついたように泣き始めた。

「うわあああああああああん、お兄ぢゃんを、だずげにぎでぐれだんでずが？　よがっだ、本当によがっだでずぅ！　ぐすっ、ぐすっ……」

「!?　こ、こら、ルシャ！　泣きわめくんじゃねえ、状況がわかってねえのか、おめえ！」

クトリーが慌ててルシャに近づき、その腕を掴《つか》み、立ち上がらせる。クールは知らない振りまでしていたのを考えると、やはり彼女は未熟なのだろう。

職員さんはそんな余りにも怪しげなルシャの言葉を聞いてもつんとした表情のままだった。

職務に徹している。

これで残るはエリーゼだけだな。

扉が開く。エリーゼはゆっくりと、どこか鈍重な動きで表に出てきた。

着替えたエリーゼは白い鎧を着ていた。しかも、両手両足体幹関節全てを守るフルアーマーだ。大きな盾と剣を背負っている。甲《かぶと》は被っていないが、本物ならばまず見られない格好だ。エリザは身軽さ重視だからな。

エリーゼは僕をじっと確認し、続いてクールの方を見て小さく頷いた。

わー、なんか本物そっくり……。

何も言わずに近くに待機するエリーゼを見て、クールに言う。

「クール、紹介してほしいんだけど？」

「……彼女は、その…………最近パーティに入った、エリーゼ・ペックです。本名です。いや、僕もこれ以上メンバーを入れるつもりはなかったんですよ。武帝祭でこりましたから……でも、こんなメンバーが見つかったら、入れるしかないでしょう。名前だけですけどね」

非常に言いづらそうに紹介してくるクール。

本名？　マジで？　しかも名前だけとか言っているけど、名前以外もけっこう似てるよ？

僕は若干わくわくしながらさらなる情報を求めた。

「二つ名は？」

「…………二つ名はありませんが、そういう意味で言うなら、《投降》です。《投降《ラスト》》のエリーゼ……

…………その、これで最後にするから、ごめんなさいって意味です」

謝ってるし…………君達、やっぱり最高だ。

絶望的な状況での唐突な救いの手に、クール・サイコーは平静を保つのに精一杯だった。

いや、全然冷静ではないかもしれない。こうして解放されたというのに、喜びもなければ実感もわかなかった。おそらく仲間達もそうだろう。

これまで滅多に獄房を訪れる事がなかった職員の先導で、収監された時とは別のルートで建物の外に出る。青い空に、聳《そび》えるビル群。門の前に待機している金属の蜘蛛のような物体。

捕縛され運ばれる時には外を覗く自由すらなかった。

ここがあのとてつもなく巨大な空中都市の内部なのか。変な夢でも見ているかのようだ。

助けなど、来るわけがなかった。《嘆きの悪霊》《ストレンジ・フリーク》が――クラヒ・アンドリッヒが挑んだ相手は余りに巨大で、如何なる国家も組織も挑むのを諦めた高度物理文明の都市なのだ。

探索者協会と敵対しているらしいこの都市にレベル8ハンターが存在しているなど、そして、その相手が一度関わり合いになった相手だなんて――どれだけの確率だろうか？

金属製の蜘蛛の前で、クライが職員にお礼を言っている。

相変わらず、その顔に、一切威圧感のない、カリスマ性の感じられない緩い笑みを浮かべて。

「色々ありがとう。また来るよ」

「業務の一環です。そんな事、到底無理だと思いますが、《雷帝》を解放したいのならば、最低でも権限を手に入れてからくるといいでしょう。クラス6以上、それがスタートラインです。…………そう言えば、貴方の名前は《雷帝》に似ていますね」

「そうそう、そっくりでしょ？　実はサインを貰った事もある」

「…………《雷帝》の評価が貴方くらい低ければ、解放申請も簡単に通ったのでしょうけどね」

評価。クールもこの都市に捕まった後にシステムにかけられ点数を出されたが、まさか《千変万化》は点数が低かったのか？

一体どうやって未知の評価システムを誤魔化したのだろうか？　この犯罪者《レッド》ハンターが生み出した空中要塞都市で大手を振って歩いている事といい、やはりこの男――底がしれない。

確認したい事が沢山あった。だが、クール達はあくまで助けられた立場である。どこまで踏み込んでいいものか……だが、最低でも、なんとかリーダーを助け出す協力を引き出さねばならない。

問題はそのための交渉材料が何もないことだ。

《千変万化》の神算鬼謀を前にすればクールの《千見》など存在しないようなものだ。

クライに続き、金属の蜘蛛に乗り込む。これまで見たことのない乗り物だが、これ一つを取って見ても、この都市の技術力は卓越しているのがわかる。

どう切り出したものか。クール達の実力で《千変万化》に何を提供できるだろうか？

その時、必死に頭を働かせるクールを無視して、ようやく泣くのをやめたルシャが上目遣いでクライに言った。

「それで……その……助けてくれて、ありがとうございます。…………それでえ……お兄ちゃんも、助けて、くれるんですよね？」

トレジャーハンターの活動は自己責任だ。ルシャも必死なのはわかるが、その助けて貰って当然のような要求は厚かましすぎる。

だが、クライは黒い板のような装置を操作しながらあっさりと答えた。

「いいよ。まぁ、僕に助けることが出来たら、だけど…………」

「!!　本当ですかぁ!?　ありがとうございますぅ！」

一切の気負いのない返答に、ルシャが喜びの声を上げる。厚かましいまでの要求に対して何もなかったかのように振る舞うその寛容さには確かに、クラヒとはまた違った、王者の風格があった。

高レベルハンターの言葉には、行動には、責任が伴う。どうやって譲歩を引き出すか考えていた自分の事を恥じ入るばかりだ。

「あんなんでも、うちのリーダーだからな。くく……助かるぜ、旦那。このクトリー、最低だが義理は通すぜ」

「義理は通すなんて言っても、あたし達にできる事なんて何もないでしょ……」

クールの対面の部屋でずっと死んだふりをしていたズリィが小声でツッコミを入れた。

乗り物は揺れもなく、凄まじい速度だった。特に壁を足場に縦横無尽に駆け回るその様は乗り物と呼ぶよりは魔物か何かのようだ。

《千変万化》が装置に視線を落としながら言う。

「その代わり、君達にも働いて貰うからね。ちょうど人が減っていて困っていたんだよ」

「…………君は……何をしに、ここに来たの？」

そこで、それまで黙り込んでいたエリーゼが初めて声をあげた。

エリーゼ・ペックは、武帝祭の後に訪れた光霊教会の総本山が存在している教国でスカウトした新メンバーだ。

守護騎士《パラディン》でレベルは4と、《嘆きの悪霊《ストレンジ・フリーク》》ではクラヒに次ぐ実力者だ。

スカウトした理由は名前が《嘆きの亡霊《ストレンジ・グリーフ》》のエリザに似ていたからつい、だったが、短期間でパーティに溶け込み今ではなくてはならない存在になっている。

ちなみに、守護騎士《パラディン》になった理由は余り動かなくてもいいからで、教国では問題児扱いされていた。

さすがの無口でインドアな彼女もあの見世物のような空間に監禁されるのは堪《こた》えていたようだったが――少しは調子が戻ったようでよかった。

エリーゼの問いに、《千変万化》が、何が楽しいのかにこにこしながら答える。

「あぁ。ここだけの話なんだけど……王族を保護しに来たんだよ。合計七人いるらしいんだけど……」

「!?」

クールは未だこの都市について詳細を知らない。

だが、それが相当困難な仕事である事は理解できた。

しかし王族を保護するとは、レベル8ともなると仕事のスケールも大きいらしい。賊を追いかけコードという都市を知り、無謀な戦いに身を投じたクール達とは偉い違いだ。

「今、色々あってその内の一人のところで厄介になっているんだ。まぁ、依頼自体はどうにかなるんだけど、仲間と合流するまで、人手が必要でね」

依頼自体はどうにかなる、か。相変わらず、見た目と実力が全然見合っていない。

だが、そもそも、そういう機密をこのような外で話すという事自体が強い自信の表れだ。

ここは高度物理文明の都市、盗聴の手段なんていくらでもあるだろうに、盗聴されていないという確信があるのか、それとも聞かれていても問題ない自信があるのか。

クール達は正直、ハンターとしての能力は全く高くない。武帝祭での出来事で皆、意識は変わり鍛錬にも身が入るようになったが、訓練の成果はそこまで早く出ないものだ。実際にコードに攻撃をしかけた時にもクール達は全く役に立っていなかった。もっとも、活躍出来なかった事がこうして解放された今に繋がっているのであながち悪い点ばかりではないのだが……。

ともかく、情報が足りていなかった。

今は《千変万化》の指示に全面的に従おう。それがたとえどれだけ危険な命令だったとしても――それが今取り得る最善の策だという事は、皆で相談するまでもなく疑いの余地はないだろう。

拳を握り固く決意をするクールに、クライが軽い調子で言った。

「そうだ、クラヒの救出計画についてはクールに練ってもらおうかな」

……そう言えば、《千変万化》は人に試練を課す事で有名でしたね。

突然の無茶振りに青ざめるクールに対して、クライは相変わらず何を考えているかわからない笑みを浮かべていた。

どうやら、監獄に収監される者にはクラス1が与えられるらしく、都市に攻撃を仕掛けて捕まったクール達も、全員がカードを持っていた。これならば問題なく彼らを近衛に任命できる。

正直、《嘆きの悪霊《ストレンジ・フリーク》》の力量はクラヒを除けば全く信頼できない。

だが、顔見知りだし面白いし、悪人ではないというだけでも、僕の求める近衛の条件を満たしている。それに、力量は信頼できないといっても、あの職員さんの言葉が本当ならば彼らの評価は最低でも50はあるのだ。僕の十倍以上である。きっと僕の十倍以上の活躍をしてくれる事だろう。

クモに乗り、新たなる仲間達をアリシャ王女の――おひいさまのビルに案内する。コードの街並みを眺めたのは初めてだったのか、車中の彼らからは緊張感が伝わってきた。

大丈夫、すぐに慣れるよ。街は凄くても住んでる人は普通だからね……。

すぐにビルにたどり着き、中に入る。

どうやらジャンさんやオリビアさんはいないようだった。何の仕事をしているのかはわからないが無用心過ぎる…………いや、おひいさまの部屋は本人にすら開けられないんですけどね。

「アリシャ王女に近衛登録して貰うよ」

「!?　王女、ですか……!?」

「はわ…………会うの、初めてですぅ」

なんとか多少は立ち直ったらしいルシャが甘ったるい声をあげる。

「なんだい、君達、まさか王女初心者か…………………それは幸運だな。僕なんてここ半年で三人も会ってるよ、依頼関係で」

「……それは、普通じゃねえんじゃねえか、旦那」

ちなみに、最近皇帝とは会ったが、王子とはしばらく会った記憶がない。大抵、王子は王女よりもガードが固いからな……今回の依頼でカウント四つ増えそうだけど。

おいおい、僕の王族コレクションが増えてしまうよ（意味不明）。

「この都市はね、変わった都市システムで動いているんだよ。僕も全てを把握しているわけじゃないけど、この出入りするだけで一瞬で目的階層につく部屋一つ取っても凄いよね。後でしっかり把握しておくんだよ？　僕の方でも色々試すつもりだけど、気づいた事があったら教えて欲しい」

「…………レベル8で気づかない事を、レベル3のあたしが気づくわけないでしょ……」

ズリィがぼそりとつっこみを入れてくる。

そうとは限らない。カイザー達と合流できておらず、いつも僕を助けてくれる《嘆きの亡霊《ストレンジ・グリーフ》》がいない今、君達は僕の切り札と言っても過言ではないのだ。

「そんな事はないよ。僕はクラヒとは違う。いつも以上に気合を入れて働いて貰うよ。まぁ、君達もクラヒにはいつも世話になっているんだろうし、たまには助ける側に回るのもいいだろう」

「で、できると、思いますか？」

青ざめたクールが確認してくる。それは君達次第だ。少し発破をかけておこう。

「できなければ死ぬだけだよ」

「ッ…………」

クールが僕の言葉にゴクリと唾を飲み込む。

まぁ彼らが助けられなくても、カイザーとサヤが王族を全員助け出したらクラヒも救出できそうだけど、その事は黙っておこう。僕もカイザー達をバックアップする準備くらいはしておかないとな。

きょろきょろ落ち着かなそうな新米達を引き連れ、おひいさまの部屋の前に来て、ぱちんと指を鳴らして扉を透明にする。

おひいさまはすかさず扉の前に張り付いてきた。何回か扉を透明にしてみたのだが、彼女はすぐにやってきてくれる。どうやら暇を持て余しているらしい。いつも上機嫌なのも、誰かとコミュニケーションを取るのが彼女にとって数少ない娯楽だからなのかもしれない。

手を振るとおひいさまもにこにこ手を振り返してくる。きっとおひいさまは快適な休暇《パーフェクト・バケーション》を装備しても何も変わらないんだろうな。

その仕草から伝わってくる純粋さとそこはかとない高貴さに、ルシャが頬を引きつらせて言った。

「ま……負けましたぁ」

「勝負になるわけないでしょ、あんたが！　まじもんの姫よ？」

「こ、こら、余計な事言わないで！　これは、謁見ですよ？」

君達、本当に色物だな。

ツッコミを入れるズリィに、慌てて皆をまとめようとするクール。クトリーはふてぶてしい表情でそれを見守り、エリーゼは何を考えているかわからないが、おひいさまをじっと見ている。

僕は一歩前に出て、新米近衛候補達を示して言った。

「彼らを近衛にしてほしいんだけど、大丈夫かな？」

おひいさまはじっと僕の口の動きを見ていたが、こくこく頷き、すぐに僕にしたような、くるくると指を回転する仕草をしてくれた。

どうやら、ジャンさんでなくても近衛任命はしてくれるらしい。

もしかしたら一緒におやつを食べたのがよかったのかもしれないが……

とりあえず、増員はうまく行った。近衛は五人追加したから残りは二十二人、か。

そこで、僕は一息ついて、思った。


……………ちょっと時間稼ごうかな。


保身を考えなければすぐに監獄で人を集められる事もわかったたし、クール達がクラヒを助けるナイスアイディアを思いつくかもしれない。カイザー達が作戦の目処を立てる可能性だってあるのだ。

いつまでに集めればいいのか、オリビアさんもジャンさんも言っていなかった。急いでとは言っていたが、もっと近衛に相応しい人材が見つかるかもしれないし、少し時間を置いても問題あるまい。

賑やかになって嬉しいのか、おひいさまの目が輝いている。

そうだろう、そうだろう、彼らはバイカー達と違って賊じゃないからね。

扉の前に座り込み、こちらを興味深そうに見るおひいさま。僕はなんとなくその手に窓越しに手を当てると、皆を見回して言った。

「ビルには空き部屋が沢山あるから、適当に使っていいよ。後でおひいさまのお付きの人が戻ってきたら紹介するから……僕は基本的にここにいるから、何かあったらここに来ること。それじゃ、解散だ」

ひと仕事したし、ちょっと休憩しよう。


クール・サイコーは《嘆きの悪霊《ストレンジ・フリーク》》の作戦立案担当だ。だが、リーダーではない。

パーティはこれまで、基本的にはリーダーであるクラヒ・アンドリッヒに引っ張られる形で活動してきた。クラヒがいなくなった今、その存在がどれだけパーティの柱だったのかがよく分かる。

《千変万化》に似せた二つ名めいたなにかを与えたのもパーティを作ろうと誘ったのも、クールからだ。だが、クラヒ・アンドリッヒは間違いなく、英雄だったのだ。

クライからかけられた言葉はどこまでも厳しいものだったが、正しい。

リーダーを助けるのは、いつも助けられてきたクール達であるべきなのだ。

クライはクール達以上に厳しい任務のためにこの都市にやってきているのだ。何かあった時にサポートして貰えるだけ、幸運だと思うべきだろう。

リーダーを助け出すにはまずこの都市について知らねばならない。階級などの基本的な部分は確認したが、まだクール達はこの都市――コードについてほとんど知らない。

高度物理文明時代のシステムが生きている都市。戦闘能力の低いクール達では監獄を破りクラヒを助け出すのは無理だ。何かシステムの隙をつくような奇策が必要だった。

一旦解散し、ビルの一室に再度集まる。

軽く部屋の機能を確認してきたらしいクトリーが、感心したように言った。

「まじですげーな、この都市。このビル一つとっても――、外の世界に持っていったら億万長者になれるぜ。監獄の時点で普通じゃなかったけどな……ふん。一筋縄ではいかなそうだ」

「そうですね。あの獄房の時点で、都市技術の高さはわかっていましたが――」

監獄は地獄だった。あそこでは、身体的な痛みなどはなかったが、クール達は一切、人間としての扱いがされていなかった。その事が、はっきり理解できるようになっていた。

プライバシーがないのは当然として、生きる楽しみというものが全て奪われていた。味のない食事に常に明るく眠れない部屋。外部の音が一切入ってこない環境。強制的に浴びさせられるシャワーに、トイレの時間まで厳密に決まっていたのだ。

だが、それでも――クール達は健全なままだった。

対面の獄房に収監されていたルシャは毎日毎日、泣き叫んでいたが、倒れる事もなかった。

おそらく、あれもまた、何らかの都市システムによるものだったのだろう。罪人を――生かさず殺さずの状態で保持しておくための、そういう機能だ。

このビルにもあの監獄にあった装置に似たものが搭載されている。自由になった今、それらこの都市の機能は便利そのものだった。

だが、敵にするには厄介極まりない。

自室を定め、シャワーを浴び身だしなみを整えてきたらしいルシャが、焦ったように言う。

「試したんですけど、この都市、魔法が——使えないみたいです。術が発動した瞬間に散ってしまって——お兄ちゃんを助けたいけど……私、役に立てないかも……」

「あたしも、ちょっときついわね。扉に鍵穴ないし、未知の監視システムをごまかす方法とか思いつかないわ。お手上げ」

ルシャもズリィも、武帝祭の頃と比べれば随分腕があがった。だが、それでも、やはりこの都市を相手にするには力不足らしい。

パーティの中では最も腕利きのエリーゼの方を見るが、肩を竦められる。光霊教会の祈りの魔法も使えないのか。信じられないが、これも都市システムによるものなのだろうか？

《嘆きの悪霊《ストレンジ・フリーク》》に肉弾戦に特化しているメンバーはいない。機装兵が一体でも出てくればクール達は全滅する。やはり戦わずしてリーダーを救い出す方法を考えねばならないだろう。

「まずは情報収集に徹しましょう。監獄破りは不可能です。クラヒさんがどういう状況にあるのかも知りたいし……《千変万化》が目的を達成しようとすれば、都市にも大きな混乱が生じるはずです。その隙を突けばどうにかなるかもしれない。一番手っ取り早いのは……《千変万化》が助け出した王族に解放してもらう事なんですけどね……」

「そりゃ……おめえ、いくらなんでも都合が良すぎるだろ。旦那の目的は王族の保護だぜ？　そんな表立って目立つような事させるわけがねえだろ」

「はい。ですから、最低でもそういう事が提案できる程度の活躍は、しなくてはならないと思っていますね」

情報収集を行い、クラヒを助け出す方法を探す。それと同時に《千変万化》の動向にも注視が必要だ。一瞬の好機も逃してはならない。

何かクラヒを助け出すための希望を提示できれば、彼もきっとクール達に協力してくれるはずだ。

第四章　神算鬼謀の選択

クール達を助け出し、おひいさまの観察を再開し、瞬く間に五日が経過した。

僕を取り巻く状況は何一つ変わっていなかった。

クール達は色々動いてようだし、僕はクラス3になった事でおひいさまの観察がより快適になっていたが、それ以外にはカイザー達からのコンタクトがあるわけでもなく——何もしていないと言えばしていないのだが、問題が起こっていないという点で僕にしては上出来だろう。

その間、僕は日がな一日、部屋の前に居座って観察していたが、おひいさまは規則正しい一日を過ごしているようだった。

朝六時ぴったりに起床、体操をして軽く身体《からだ》を解すと、都市システムの用意する食事を取る。

夜は不透明になっていた壁が再び透明になり、陽光をたっぷり浴びる。外が雨の日でも彼女の部屋には陽の光が注ぎ込んでくる。

午前中は何を学んでいるのかはわからないが、端末を使い勉強のような事をしているようだ。昼食を取ったら三十分のお昼寝。三時のおやつ。そこから夕方までは割と自由が利くようで、身体を動かしたり本を呼んだり、壁に外の景色を映し出したりしている。日が暮れたらシステムの用意する食事を取り、時間をかけて入浴して、ストレッチをして身体を解し、満天の星の下、二十二時には眠りにつく。

勉強、運動も満遍なくしているあたり、いつもだらだら過ごしてしまう僕よりも余程健全だろう。外に出られない事、完全にプライバシーがない事を除けば理想的な生活である。まぁ、その二点が問題なんだけど。

最初は寝転がりながらだらだらとおひいさまの眺めていたが、見るというのは、見られるという事でもある。二日目からは自分の自堕落な生活がなんだかちょっと恥ずかしくなったので、基本的な部分でおひいさまの生活習慣に合わせてみる事にした。

同じ時間に起き（結構寝坊する）、真似をして体操をして（筋肉痛になった）、一緒にご飯とおやつを食べ、一緒に勉強をし（僕は端末で遊んだ）、一緒に寝る（多分、僕の方が寝付きがいい）のだ。基本的には部屋の前から離れるのはおひいさまの入浴の時のみであり、扉もおひいさまの方から要望がない限り透明にしっぱなしである。

おひいさまはそんな僕の姿に戸惑っていたようだが、すぐに受け入れたようだ。それどころか、食事の際のテーブルの配置が扉の前になり、勉強も運動も扉の前でやるようになった。

おひいさまは自分の生活に文句はなさそうだったが、本人も気づかないところで新鮮さというものに飢えていたのだろう。僕のような人間でもおひいさまの退屈しのぎにはなるらしい。

にこにこしているおひいさまを見ているのは結構楽しかった。僕がこれまで会ってきた姫の中では一番笑っている。

クール達は独自の作戦で動いているようだった。

さしあたっては、クラヒを救うために情報収集から始める事にしたらしい。ハンターのハントの成否は事前の段階で決まるとも言われている。彼らも一端のハンターだという事だろう。なかなか頼りになりそうだ。

結果報告は毎日一回、夜にあげてくれた。まだクラヒを助け出せる目処は立っていないようだが、おひいさまが見守る前で話を聞くのが最近の日課である。

六日目のおやつタイム。初日から変わらない、おひいさまの食い入るような視線を浴びながらチョコバーを食べていると、珍しい事にルシャがやってきた。

いつも昼間はビルの外に出ているみたいだったのに、どうしたのだろう？

目を丸くする僕の前で、本物とはかなり違うルシャが、意を決したように口を開く。

「本物さん……本物さんはぁ、毎日そこでぇ、一体何をしてるんですかぁ？」

「……え？」

思わず目を瞬かせる。

何をって言われても…………良く考えてみたら何もしてないな。

数日はおひいさまの観察をしていたのだが、結局毎日やっている事が同じなので、既にちゃんと見ていない。近くにいるだけになっている。

何も言えない僕に、ルシャはもじもじしながら言う。

「そのお……助けられた立場でこう言うのもなんなんですがあ、ルシャ、早くお兄ちゃんの事助けて欲しいかなってぇ……助けてくれたら、本物さんの事はぁ、兄さんって呼んであげますよお？」

「……それは間に合ってるなあ」

君、面白いね。だが、言っとくけど、僕が動いてもなんにも出来ないからね？

新しいチョコバーを取り出し、大きく持ち上げる。おひいさまが目をキラキラさせながら、扉に張りつくようにしてチョコバーを見始める。

おひいさまはいつも、この都市にはないらしいチョコバーに興味津々だ。

チョコバーを扉の前にお供えして、ルシャに言う。

「強いて言うなら、機を窺っているんだよ」

「機を……窺っている!?　で、でも、ノーラ王女は毎日のように監獄に行って、お兄ちゃんを近衛にしようとしているんですよお!?　近衛になったら、ノーラ王女から何をされてしまうか……うう……私のお兄ちゃんなのにい」

涙ぐむルシャ。いや……本当の妹じゃないでしょ、君。

クール達もここ数日でだいぶ情報を集めたようだ。他のエリアまで手を広げて聞き込みを行っているらしい。

ノーラ王女。それは、監獄の職員さんも軽く触れていた名前だ。

どうやらその情報は割と市民の間では周知の情報らしい。

王の二番目の子にして、第一王女、ノーラ・コード。

コードを襲撃した際のクラヒの姿に一目惚れして、クラヒが監獄に囚われてからはなんとか解放申請を通すべく足繁く通っているという良くわからない立ち位置の王女。

まず、王族は貴族たちに行動を制限されているはずなのに足繁く監獄に通えるというのが意味不明なのだが、噂は所詮噂なのでどこまで真実なのか判断に困るところだ。

ちなみに、解放申請が通らない理由は不明らしい。クラヒを解放するのは危険過ぎるから都市システムが止めているのだとか、第一王子や他の派閥が妨害しているのだとか――唯一明らかなのは、都市システムが未だノーラ王女に解放許可を出す気配がないという事だけだ。

ともかく、今、僕達ができる事はなにもなかった。

そもそも、僕には解放申請を出す権利すらないのだ。

「焦ってもどうにもならない事もあるさ。僕達では解放申請は出せないし、君達が貴族に渡りをつけられるなら試すのもありなんだけど」

「そんなぁ……無理ですよう。ノーラ王女と敵対したがる貴族なんているわけありませんしぃ」

おひいさまなら王族だから解放申請も出せるし頼めばやってくれそうだけど、おひいさまは外に出られないしな……解放申請は申請者が直接監獄に赴かねばならないようなのだ。

そもそも、幽閉されているおひいさまは外部と遮断されていた。

都市システムにはスマホのように通話機能やメールを送る機能も存在しているのだが、おひいさまには送れないのだ（ちなみに、カイザーやサヤにも送れなかった。原因は不明だが、もしかしたら都市内で顔を会わせたことのある相手にしか送れないのかもしれない）。

そこで、ルシャがチョコバーを凝視しているおひいさまを見て、不思議そうに言った。

「そういえばあ、私、思ったんですがあ……おひいさまって、誰に閉じ込められているんでしょぉ？」

「ん？」

「だってえ、王族ってことは、おひいさまって王様の次に偉いんですよねえ？　この都市って、階級が絶対ですよねえ？　王族が貴族に閉じ込められるなんて、ありえなくないですかあ？」

……………確かに、冷静に考えてみるとそうだね。僕は依頼人からの情報があったのでおひいさまを幽閉しているのは貴族階級の者達だと思いこんでいたが、ここは普通の都市ではないのだ。

オリビアさんの説明が真実ならばこの都市のシステムは階級が上のものを優先しているわけで、仮に貴族が鍵をかけたとしてもおひいさまの権限ならば簡単に開けられるはず。

おひいさまを閉じ込めておけるのはおひいさまよりも階級が上の者に決まっている。いや、同じ階級の相手が鍵を掛けた場合どうなるのかは知らないけど。

となると……おひいさまを幽閉したのは現コード王という事になる。僕達に持ち込まれた、貴族連中に監禁されている王族の保護という依頼の前提が崩れてしまう。

いや、話が違うなとは薄々は思っていたんだけどね。もしかしたら依頼人と合流出来ていたらそのあたりの説明があったのかもしれないが、もうどうしようもない。

カイザー達がうまくやってくれる事を祈る他ないな。

僕は、未だにチョコバーを羨ましそうに眺めるおひいさまを見てため息をついた。

「おひいさまは何も知らないんだろうなあ……」

「そうですねぇ……生まれた時から閉じ込められたままじゃあどうしようもないですよねえ……」

「なんとかチョコバーくらいは届けてあげたいんだけどね」

「チョコバー……………」

なんとも言えない表情を作るルシャの前で、都市システムの一部――物質の送付システムを起動する。床に開いた穴にチョコバーを放り込みルシャに届けるように念じると、ルシャの眼の前にチョコバーの入ったケースが載った台座が現れた。

目を丸くするルシャ。街の外ならば信じられない光景だろう。

「一応、物を届けるシステムもあるんだよ。おひいさまには使えないんだけど……」

おひいさまが目を限界まで見開き、それを見ている。

僕はおひいさまを見て、残念そうに首を横に振った。

幽閉だから、物の差し入れも遮断しているんだろうな。まぁ、当たり前と言えば当たり前だが……………誰だかわからないが、酷い事をするものだ。

ルシャが、包装紙を破り捨てチョコバーを一口齧《かじ》って言った。

「なんだかあ、私が想像していたより、今回の相手は強大なのかもしれませんねえ……」

「そうだねえ……もっと平和にやればいいのにねえ」

おひいさまが、チョコバーを食べるルシャを見て、ショックを受けたように震えている。

そう言えば、オリビアさんとジャンさんも何やらいそがしいようで、ルシャ達を連れてきてから一度も姿を見ていない。完全に放置されている。お付きとは一体……。

チョコバーがなくなった事で、おひいさまがようやく自分のおやつをもそもそと食べ始める。都市システムが配給してくれるブロック状の何かだ。

「基本的にああいう食べ物ってえ、美味《おい》しくないんですよねえ。栄養価はあるんでしょうけどお……監獄でも毎日出ましたねえ。しばらく見たくないですぅ」

「あー、美味しくないんだ……気になっていたんだけどね」

そういえば、おひいさまは食事も三食、ブロック食料である。色が異なるものが数種類、バランスよく配膳されているようだ。

おひいさまはそれをフォークとナイフで切り分けたり、水に溶かしたりして召し上がっている。ある程度のバリエーションはあるようだが、栄養価重視なんだろうなあ。

僕の食事もシステムが用意してくれるものなのだが、こちらでメニューを指定できるので食事面での悩みはない。強いて言うなら、おひいさまがこちらの食事に興味津々（チョコバー程ではないみたいだが）なのが悩みだろうか。

いや、食事以外にも興味津々みたいだけど——無事作戦がうまくいって保護できたら、外の世界を案内してあげよう。きっと大喜びするはずだ。

「チョコバー、おかわりいる？」

「……頂きますう。これ、いつも食べてますよねえ。幾つ持ってるんですかあ？」

「沢山。実はこれ、時空鞄《マジック・バッグ》なんだよね。チョコレートしか入らないんだけど」

「!?　そ、それに何の意味があるんですかぁ？」

正確に言えばチョコレートに関連するものならば一緒に入る。包装紙も入るし、中にナッツが入っても問題ない。子どもの夢の詰まった宝具かもしれない。

チョコバーを五本取り出し、ルシャに手渡す。

おひいさまが扉にぺったり頬をつけてこちらを見ている。

今日のおやつタイムは三人でだなあ。

椅子とテーブルを扉にピッタリくっつける形で呼び出し、僕はおやつタイムを再開する事にした。

そうだ、チョコレートドリンクも入れているのだ。こちらはそこまで量はないが、奮発しよう。


「――というわけでえ、チョコバー、美味しかったですぅ。本物さんは、まだ動く時じゃないと言っていましたぁ」

「掴《つか》みどころがねえ人物ってのは本当みたいだなあ、クール。相手を油断させるのも実力の内ってことなんだろうが、実績と評判を聞いていなかったら無能だと勘違いしていたところだぜ」

ルシャの報告とクトリーの言葉に、クールは眼鏡をくいくい持ち上げ、頭を必死に回転させていた。

助け出されて数日、《嘆きの悪霊《ストレンジ・フリーク》》は未だクラヒを助ける目処がたっていないものの、着々とこの都市の情報を集めつつあった。

クール達の階級はクラス1、市民と認められる最低限だ。使える都市システムの機能は制限されているが、それでも調べられる事はある。

この都市はシステムの方に目が行きがちだが、住んでいるのは《千変万化》が言う通り、クール達と変わらない人間だ。クラス1以上を付与された市民に、それ以下の、下級民。

クラヒは強く頭も回るが一人しかいないので、《嘆きの悪霊》《ストレンジ・フリーク》でも、情報の収集は主にクール達が担当していた。足で情報を探すのは、得意な方だ。

このビルの近く――アリシャ王女の管轄するエリアには下級民ばかりで、ほとんど市民は住んでいないが、他の王族が支配するエリアには市民も沢山いた。

長くこの都市に住んでいる住民に、最近外から流入してきた犯罪者まがいの新参者達。

この都市では、衣食住全てをシステムが管理している。ビルも都市システムが建てているし、食料の供給もシステムが行っている。労働力というものは基本的にほとんど必要にならない。

そのためか、大抵の市民は暇を持て余しており、話は割と簡単に聞く事ができた。

このコードが七つのエリアに分けられ、王族をトップにおいた派閥がそれぞれ管理している事。

最近、それぞれの王が戦力を求め人のスカウトが活発に行われている事。外部からの人の流入がいきなり増えたのもその一環である事。

アリシャ王女の幽閉は大っぴらにはなっていないが市民の大部分が認識しており、そのためにアリシャ王女に与えられたごく狭い一帯にはほとんど市民が住んでおらず、代わりに下級民が大勢住み着いていることもわかった。まともな管理がされていないエリアは下級民にとってもってこいらしい。

監獄についても情報を集めたが、こちらはほとんど有用な情報は手に入らなかった。

わかったのは、監獄が有史以来一度も破られた事がないという事だけだ。ただでさえコードの治安は都市システムによって保たれているが、それに加えて監獄には都市内部ではまず使用されない多くの兵器が配備されている。

だが、中でもクール達にとって一番厄介なのは、センサーの類だろう。危険な持ち込み物を察知するセンサーに、精神状態や思考を読み取り危険人物それ自体を事前に排除するセンサーは欺く術《すべ》がなく、反応した瞬間に問答無用で治安維持のための部隊が差し向けられる事になる。

加えて言うのならば、クラヒは今、王侯貴族からかなり注目されているらしい。

周辺一帯を平らげ、強力なハンターを何人も擁する探索者協会を二度も退けた難攻不落のコードに挑んできた勇敢で無謀な馬鹿にして、これまで誰にも破られなかったコード外壁のバリアを一瞬でも貫通した最強の魔導師《マギ》。

このコードでは魔法はほとんど使えない。現コード王が、そう定めたからだ。クラヒもこの街では能力を発揮できないはずなのだが、そんな事王侯貴族から見ればどうでもいいらしかった。

王侯貴族の中で最もクラヒに執心しているのがノーラ王女。眉目秀麗の青年を何人も侍らせ、王族の中では二番目に大きな勢力を誇っているという人物だ。

性格は活発で奔放、頭はいいが好き嫌いが激しく、気に食わない人物を都市システムに違反しない方法で監獄にぶちこんできたという。クラヒを狙うものには容赦しないと公言しており、クラヒを助け出そうとしているクール達にとっては最大の敵となるだろう。

監獄を破れないのならば、正規の解放を目指すだけだ。解放だけならばノーラ王女の解放申請が受け入れられるのを待って接触してもいいのだが、そういうわけにはいかない理由があった。

ノーラ王女がおそらく、クラヒを思い通りにするための方法を用意しているからだ。

解放申請が受理されていない理由については様々な推測が立っていたが、正確な情報はなかった。

だが、ノーラ王女は度重なるクラヒ入手失敗にかなり苛立っている。

王族たる彼女には、監獄のルールそのものを変える権限がある。今は周囲が権利行使を抑えているらしいが、抑えきれなくなるのも時間の問題だろうと噂されている。

そこが、クール達に与えられたタイムリミットだ。ズリィがノーラ王女のエリアで情報収集に努めてくれている。状況が変わったらすぐに教えてくれるだろう。

だが、有効な手が見つからないままでは、クラヒがノーラ王女の手に落ちるのは時間の問題だ。

《千変万化》が窺っているという『機』が何なのかについても、思い当たる節はない。

クラヒの解放を監獄に申請できるのは貴族階級たるクラス6以上のみ。だが、クラス6以上のメンバーは全員他の王族の派閥に入っている。

精神を読み取るセンサーすら存在するこの都市で裏切りや内通はかなり難しい。

この都市では階級が高くなればなんだってできる。街中の光景を自由に見ることも、音声を聞くことも、他の市民のメールを確認する事だって――。

クール達の行動だって、いつ露呈してもおかしくはないのだ。

芳しくない状況に顔を顰《しか》め、胸を押さえるクールに、クトリーが怪しげな笑い声をあげた。

「くくく……朗報があるぜ。下級民とコンタクトが取れた。市民を警戒していたが、このクトリーならば、子どもを手玉に取るなんて簡単だ。何しろ、最低だからなあ」

このコードにおける下級民とは、ある種、罪人よりも更に下の連中だ。

罪人は都市規則の下であらゆる権限が奪われていたが、下級民はそもそも権限を持っていない。

都市システムは下級民を人として扱わない。

罪人は命を奪われない。何故《なぜ》ならば、この都市の規則には死刑は存在しないからだ。

機装兵は人命に配慮して動く。専守防衛を基本とし、やむなく制圧行動に出る際もできるだけ殺さないように配慮する。焼却砲を始めとする強力な殺傷兵器は都市内部では基本的には人に向けて起動する事ができないし、他にも市民を守るための様々な規則が存在している。

だが、それらの規則は、市民ではない者達に適用されない。

故に、都市システムに守られない下級民は市民から隠れるように住んでいる。市民の目に、つかないように。捕まり奴隷のように扱われたとしても——誰も守ってくれないから。

市民を恨んでいる下級民とのコンタクトは情報収集の中でも危険な部類だ。だから、この中では最も修羅場をくぐっているクトリーの仕事になった。

都市システムの生成する葉巻を一吸いし、クトリーがため息をついて言う。

「オレ達が外部からやってきたと知ったら、口が軽くなったぜ。もっとも、旦那も先にコンタクトを取っていたらしいがな。くく……何考えているのか知らねえが、旦那は近衛にならねえかとスカウトしたらしい」

「…………それはそれは…………さすがと言うかなんと言うか——」

市民を忌み嫌っている下級民を近衛にしようとは、クールでは考えられない余りにも大胆な策だ。

そもそも、市民ではない下級民を近衛に任命する事はできないはず。この都市で下級民をクラス1にするのはかなり難しい。カード発行に、クラス7——上級貴族以上の権限が必要だからだ。

それとも、クール達が知らないところで何か計画が進んでいるのだろうか？

「旦那の奴、かなり嫌われていたぜ。どうやら下級民にとって王侯貴族は積年の恨みの対象らしいな。っと、話がズレたな…………奴らから面白い話が聞けた」

「面白い話……？」

眼鏡の位置を直すクールに、クトリーは不敵な笑みを浮かべて言った。

「あぁ。もうすぐ、ここの王が死ぬらしい。王族の連中が外部から戦力を集めているのは皆、次の王位を狙ってるからだそうだ。旦那から聞かされた話とは全然違うな？」

王の死。王位を狙う。

普通に生活していたらまず聞かないであろう物騒な言葉に、思わずクールは息を呑んだ。

「王位が空位になった瞬間、都市システムの基本的な部分が大きく制限されるらしい。はっきり言っていたわけじゃあないが、オレが話を聞いてきた下級民の奴らも何か計画しているみたいだった。奴ら、武器を用意してやがるし、人数もかなりいるみたいだ。けけけ……面白くなってきたな」

間もなく訪れる王の死。王位を狙い虎視眈々と戦力を集める王族に、武装した下級民達。

その情報が真実ならば、《千変万化》の言っていた目的——『王族の保護』の意味もまた違って聞こえてくる。

言うまでもない話だが、この都市に君臨し、王位を狙い戦力を集める王族達を『強制的』に保護するのは、監禁されている彼らを助け出すよりもずっと難しい。都市システムの援護を考えれば、彼らの戦力は一国の騎士団など大きく凌駕《りょうが》するだろう。

武帝祭の頃から腕を上げたクラヒだって負けた。コードの、機装兵を始めとする兵隊を何十体も戦闘不能にしたが、無尽蔵に襲いかかってくるその数に敗北した。クール達が足手まといだったというのもあるだろうが、仮にクール達がいなかったとしても敗北は時間の問題だっただろう。

今回の《千変万化》には仲間が二人いるらしいが、たった三人でどうにかなるような依頼ではない。だが、クールに理解できるような事を《千変万化》が理解していないわけがない。

とても自分達では手に負えない任務だ。おそらく、リーダーであるクラヒがいたとしてもどうにもならないレベルの、そんな任務。

それに比べたらクラヒを救い出す事くらい容易《たやす》い事のように思える。

《千変万化》は一体どのような恐ろしい策をもってこの難局を乗り越えるのか？

もしかしたら、僕達はとんでもない相手に借りを作ってしまったのかもしれませんね……。

身体の芯から湧き上がってくる怖気に、クールは思考を打ち切った。

冷や汗を拭い、眼鏡を持ち上げる。

これ以上深くは考えてはならない。今は自分達にできる事を——クラヒを救う事だけを考えるのだ。

アリシャ・コードの一日は輝きに満ちている。

都市システムにより完璧に管理された部屋はアリシャにとって揺り籠であり、城であり、世界そのものである。そこには悩みも恐怖も柵《しがらみ》も存在しない。それら負の感情はアリシャにとって、学習の時間に都市システムが提示してくる資料の中にのみ存在するものだった。

物心ついた頃から、アリシャはこの狭くて広い部屋の中にいた。この部屋と極稀《まれ》に部屋にやってくる数少ない客だけがアリシャの全てであり、それに満足していた。

外への興味は尽きなかったが、外に出たいと思ったことはなかった。

この部屋には全てが揃っている。自然を見たいと思えば都市システムに命令すればいいし、必要な物は全て用意してくれる。都市システムによって用意されるスケジュールも、決して強制されているものではなかった。そうするのがアリシャ自身のためになるからこそ、アリシャは従っているのだ。

アリシャの仕事は、極稀に連れてこられる人を自分の側仕《そばづか》えとして任命する事だけだった。

というより、アリシャの持っている権限はこの部屋の操作権限と、配下の任命権だけだ。都市システムからの学習でそれ以外の権限も持っているはずという事は知っていたが、それらは全て凍結されていた。

任命を拒否してもいいが、それは無駄だし、意味のない行いだ。アリシャが任命しなければ、アリシャより上の権限を持つ者——アリシャをこの部屋に置くと決めた王が代わりに任命するだけだ。

偉大なるコードの王の手を煩わせるわけにはいかない。

外の音は聞こえないが何をすればいいかはシステムが教えてくれる。任命はとても簡単な仕事だ。

その上、数少ない仕事の機会もほとんどない。執事と侍従はたまに変わるが、近衛は機装兵が担当していたからだ。最近になって機装兵から人間の近衛に変わったが、それも部屋の中のアリシャにとっては余り意味のある変化ではなかった。

珍しいのか、扉の外から観察される時間が増えたが、それも気にならなかった。唯一、部屋の中で扉だけがアリシャでは操作できないから、扉が透明になる時間は貴重だ。

状況が変わったのはそれまで滅多に存在しなかった扉が透明になる時間が増え、一月《ひとつき》ほど経った頃だった。扉を攻撃していた近衛が五人程消えた。

そして、侍従長が一人の青年を新たな近衛にするために連れてきた。

クライ・アンドリヒ。

初対面の時から、変わった雰囲気の青年だった。

最初に連れてこられた近衛よりもずっと威圧感がなく、アリシャに何の興味も持っていないオリビアやジャンと違って、その目はアリシャをしっかり見ていた。そればかりか、手を振ったら振り返してきた。初めての反応に、アリシャは思わず目を丸くしてしまったくらいだ。

そして、翌日からその青年はアリシャの部屋の前に居座るようになった。

アリシャを見に来る近衛は何人もいた。だが、その近衛達と違って、その青年はなかなかいなくならなかった。扉はずっと透明のままだった。

どうやら、青年は特にアリシャに用事があって来たわけではないらしい。

初めは戸惑ったが、すぐにアリシャは適応した。

こんな機会はなかなかないだろう。アリシャにはほとんど権限というものがないし、近衛にやってもらう事もない。この青年だっていついなくなっても不思議ではない。

この部屋で見せられる事を見せた。アリシャのお気に入りの風景を、この部屋の有する素晴らしい機能を、アリシャが描いた絵を——その全てを、青年はにこにこしながら眺めていた。

数少ない見せられるものを全て見せきったその時、アリシャは強い満足感を抱いた。初めて近衛がいてよかったと思った。もう少しいてもいいと思った。そして、部屋の前に来てくれたらいいなとも。

そしてやってきたおやつの時間。テーブルと椅子を扉の前に移動し、初めての二人でのティータイムを楽しもうとしたその時、アリシャは見たのだ。


青年が取り出した、真っ黒な不思議なおやつを。


——それは、これまでアリシャが見たことのないおやつだった。

そんな物質がこの世に存在しているという事すら、アリシャは知らなかった。

味の想像がまったくつかない。

思わず釘付けになるアリシャの前で、青年はそれを食べ美味しそうに目を細めて見せた。

これまでアリシャは自分の境遇に不満を抱いた事はない。

システムの用意してくれる物は完璧だ。いつも提供されているおやつもこれはこれで美味しいし、アリシャの体調を元に栄養価まで考慮に入れて選ばれている事を知っている。

それでも、青年の食べている未知のおやつと比べて自分に提供されているおやつは少々ユーモアに欠けるように思わざるを得なかった。アリシャはここまで青年のおやつに釘付けになっているのに、青年がアリシャのおやつを大して見ていないのがその証拠だ。

味はこちらの方が上かもしれない。いや、上に決まっているが……まさか外にあんな物が存在していたなんて。

打ちのめされた気分でおやつを食べ終える。だが、すぐに少し落ち込んだ気分は回復した。

冷静に考えれば、落ち込む必要なんてない。あのおやつを知ったことで、アリシャの知識は少しだけ増えているのだ。それを考えればむしろ今回の件はアリシャにとってプラスですらある。

もしかしたらシステムもいつかあのおやつを出してくれるかもしれないしと、前向きに考える事さえできた。

——だが、それは、アリシャをやきもきさせる日々の始まりでしかなかった。

二日目以降も、青年はいつもいつもアリシャの部屋の前でそのおやつをそれはそれは美味しそうに食べ続けた。どうやらあの青年が持つ鞄には真っ黒のおやつが大量に入っているらしい。

時には自慢でもするかのように、アリシャの反応でも楽しむかのように、アリシャの眼の前でそのおやつを振ってみせた。扉の前に置いてみせた。

いや、わかっている。その行動に嫌がらせの意図がない事は。

青年はアリシャにそのおやつをあげてもいいと思っているのだ。ただその手段がないだけで……………でも、それは嫌がらせと何も変わらない。

食事の時間に食べているものもアリシャが食べている物と違ったが、それはまだ我慢できる。システムが用意したものだからだ。システムで用意できるのならば、いつかアリシャの口に入ることもあるだろう。

だが、その真っ黒いおやつは違う。きっと今後青年がいなくなったら、二度とアリシャの眼の前に現れる事はないだろう。そのおやつには、そういう凄みがあった。

正直に言おう、とても気になった。アリシャに手に入らないという事は手に入れる必要がないという事だ。それはわかっているが、もしかしたらだが、この部屋のシステムがその存在を知らないだけの可能性だってある。

だが、アリシャの部屋はほぼ完全に外部の世界と遮断されている。

いくら青年がそれを渡そうとしたとしても手に入れる術はないのだ。

諦めきれずにじっとおやつを見るアリシャの前で、青年の近くに、もう一人新しい近衛の娘がやってくる。しばらく会話していたが、その青年は何でもない事であるかのように、その真っ黒のおやつを渡し始めた。

それを美味しそうに食べる娘を、アリシャは呆然《ぼうぜん》と見る事しかできなかった。

アリシャとそのおやつの間には数十センチしかないのに、たった一枚扉があるばかりに手が届かないとは。

だが、仕方ないのだ。方法がないのだ。外との遮断だってアリシャを守るために存在しているのだ。せめて、青年がそのおやつを食べなければいいのだ。自前のものなど食べないでシステムが用意してくれるものを食べればいいのだ。

扉に身体を、頬を張り付け、一生懸命不平を表現するアリシャの前で、青年は何かを思いついたように鞄に手を入れ、紙の箱を取り出す。

どうやらあの小さな鞄には真っ黒のおやつ以外にも色々入っているようだ。

一体今度はなんだろうか？　箱への興味から少し落ち着きを取り戻したアリシャの前で、青年がティーカップを取り寄せ、そこに向かって紙箱を傾ける。

注ぎ込まれる真っ黒のどろりとした液体に、アリシャは今度こそ、我を忘れた。

アリシャに与えられた権限は少ない。扉は開けられないし、部屋の外には声もメールも物も届けられない。部屋の機能だって一定の決められたものしか使えない。

だが、そんなアリシャが外部の物を欲した時に取れる手段が、たった一つだけあった。

可能性だけだが、たった一つだけ。

今まで使った事はなかった。余りにも不相応な権利だからだ。

部屋は遮断されている。だが、たった一つだけ外部との接続が残っている事を、アリシャ・コードは知っていた。

王だ。アリシャは、唯一、都市の支配者、偉大なるコード王とだけは、連絡を取ることができる。

それは、アリシャがコード王の遺伝子を継いでいる証だった。

こんな事を頼むのは少し恥ずかしいが、このままでは青年は明日も明後日も同じようにアリシャの眼の前で真っ黒のおやつを食べるだろう。今日の様子を見る感じでは、もしかしたらこれから先、バリエーションが増える可能性すらある。

王に誠心誠意頼み込めばなんとかなるかもしれない。

もしも却下されてもそれはそれで納得できるのだ。

アリシャは覚悟を決めると、連絡を取るために仮想端末を呼び出した。


高機動要塞都市コード。その都市は最初、たった一本の塔だったという。

初代コード王の手により起動した都市システムはその塔を中心に無数のビルを、道路を、大地を生み出し、高度物理文明を模倣した都市を作り出した。

今では複雑怪奇に広がり無数の人間が暮らすコードだが、中枢は今もその塔——王塔にある。

クラス９。コードの支配者たる王が唯一直接管理するその塔は都市に存在するどのビルよりも遥かに高く、その敷地内に無断で立ち入る事は王の子でも許されていない。

コード王はこの都市内部でできない事は何もない。

都市システムとは王の身体の一部である。都市が生み出した兵の全ては王の下僕であり、兵器は王の剣である。住民たちはその力を借りているに過ぎないのだ。

コードの住民達にとってそこはいわば、神のおわす地だった。静かに、だが確かな力を持って、コードを指揮する神が君臨する神殿。

かつてはその塔で働いていた者もいたが、それも年月が経つ毎に一人また一人と減っていき、今では訪れる者はいない。

誰もいなくなった王塔。その最上階に存在する玉座の間で、現コード王──クロス・コードはシステムを通して都市の様子を確認し、目を細め、呟いた。

「………………研鑽《けんさん》しているな。存分に殺し合うが良い。我が子らよ」

そこは、ほとんど何もない、ただ広い空間だった。

設置されているのは装飾のないシンプルな肘掛け椅子──玉座のみ。高い天井には虹色に輝く無数の板が連なり、神秘的な光を放っている。

周囲には何もない。だが、玉座に腰を下ろす王の脳裏には都市の光景の全てが鮮明に過《よぎ》っていた。

各エリアを支配する五人の子ども達の姿。

何を考え、何を計画し、王となって何をするつもりなのか。


探索者協会に罠を仕掛け、強力な兵を引き入れ、コード王となって初代王がついぞ達成できなかった世界の征服を目指す第一子、アンガス・コード。

アンガスのような世界征服の野心はなくとも才気に溢れ、私欲のため、そしてアンガスに王位を渡さないために兵を集める王女、第二子、ノーラ・コード。

お調子者で派閥の貴族に乗せられるままに王位を目指す、だがしかし、貴族達からはもっとも好かれている第三子、トニー・コード。

気弱で既に敗北した後、如何《いか》に生き延びるかを考えているが、心の奥底であわよくば王位を取れないかという思いも持っている第四子、モリス・コード。

第五子という、王位を取るには不利な身の上に生まれたことで強烈な劣等感と焦燥感に苛まれ、ただ感情の行き着く先として王位の奪取を目指す第五子、ザカリー・コード。

有利不利はあれど、その全員が次の王位を狙っていた。

いや、クロスが意図して、そのようになるように全てを操作したのだ。


――誰よりも強い王を、このコードの頂点におくために。


初代王、クロスの父は幸運にも宝物殿で王の証たる王杖を見つけ、高度物理文明の都市システムの起動に成功した。仲間達と共に都市を作り、周辺諸国を平らげ誰もが恐れる都市の王となり――そこで、それ以上何も動くことなく停滞した。

初代王の功績は偉大なものだ。迎合した諸国の民達を市民として組み込み、コードに都市としての体裁を与えた。世界から敵対されながらも、目の前に絶え間なく現れる問題を王の力で解決した。

それは、ただの犯罪者《レッド》ハンターだった男にとっては重荷だったに違いない。

父が崩御した後、クロス・コードが王位についたのは、ただの偶然だ。

クロスには自分よりも優秀な兄弟が何人もいた。ただ、状況がクロスの味方をした。

初めての王位交代。父が老衰により亡くなったその瞬間まで、誰も次の王がどのように決まるのかを知らなかった。

内部からの手引により、探索者協会が攻めてきた。混迷を極める中、最初に王塔の頂上に立っていたのが、当時のクラス8の中で最も劣っていた、自分だった。ただそれだけの話。

潜入してきたハンター達はクロスの命を狙っていた。市民の中にもクロスの王位継承に反論する者が出た。もっと優秀な王をと叫ぶ者もいたし、兄弟達の中にも王位を譲るべきだと考える者もいた。

クロスはそれら愚かなる反乱分子を、玉座の間から一歩も動くことなく、粛清した。

初代王とクロスで共通している点は、実力ではなく、運で王位についているという事だ。

宝物殿に忍び込み王の証を手に入れた父はその仲間達の中で最も優秀だったというわけではなかった。クロスは言わずもがな。

だが、それでは駄目なのだ。コードの王権は強力だが、それを行使するのは所詮人。コードを率いて世界の王となるには、運だけではない、王の器を持った王が必要なのだ。

そして、それから百年が経ち、ようやくコードに真の王を迎え入れる準備が整った。

クロス・コードの肉体はもう限界だ。コードの誇る医療技術でも、長くは持たないだろう。

いや、手段を選ばなければ延命出来るかもしれないが――もういい。

十分長く働いた。クロスの計画に賛成した数少ない奇特な友人達も既に全員旅立った。

王の崩御をもって、クロスの計画は成就する。誰が次の王になるのか、クロスが目にする事はないが、誰が王になったとしてもこの都市は大きく変わるはずだ。

クロスの崩御と同時に、クロスが己の権限で縛っていた全ては解放される。

王子王女達に課していた兄弟での殺し合いに関する制限もなくなる。

きっと、王子王女の大半は死ぬ事になるだろう。コードの王権が絶対にして唯一のものである以上は、それは避けられない事だ。だが、故に、最後まで生き延びた者は真の王となる。

死を前にしているにも拘《かか》わらず、クロスの身体はまだ十分動く。都市が死の瞬間まで動けるようにクロスをサポートしているのだ。

他に何かやり残した事はないだろうか？

そんな事を考えたその時、不意にクロスに連絡が届いた。

連絡が届くなど、本当に久しぶりだった。

クロスは王だ。王に直接コンタクトを取れる者は限られている。基本的な都市の運営は都市システムが行ってくれるし、クラス８も都市システムの使用については必要十分な権利を持っている。

不要な連絡はするなと厳命していた。クロスの計画する王位継承戦に王の干渉は無要だからだ。

何の連絡だろうか。王に連絡が取れるのは王族と上級貴族の極一部だけだ。

くだらない内容だったら王の権威を今一度知らしめる必要があるだろう。

眉を顰《ひそ》め、連絡を確認したクロスは、そこに記載された差出人の名前に目を見開いた。

アリシャ・コード。

六番目の王位継承権保持者。

「スペアか……忘れていたな」

アリシャは特別な立ち位置にある王女だ。

上級貴族達に嘆願され、王位継承者が亡くなった時のスペアとして生み出された娘。

本来ならばそんな面倒な嘆願は却下するはずだったが、都市システムの力を試すために生み出した。

間違いなくクロスの遺伝子を継いだ、クロスの娘だ。

だが、母親はいない。強いて言うのならば、アリシャの母は、コードそのものといえるだろうか。

アリシャは都市がクロスの遺伝情報を元に生み出した娘だ。

人間の遺伝子を元に新たに人間を生み出す技術は確かに目を見張るものがあったし、王位継承権も確かに引き継いでいたが、それだけだった。

都市の規約でその技術は制限されていた。一度使うだけでも、クロス直々の命令を幾つも必要とした。何度も使うものではないし、理由もない。

生み出したアリシャは最低限の権限以外を凍結し、適当なビルに閉じ込めていたはずだ。

それ以降は特に関知していなかった。

これまでアリシャから連絡が来たことなどなかった。

送られてきた内容を確認し、困惑する。

「………真っ黒なおやつが食べたいです？　何だ、これは？」

意味が…………わからない。何かの暗号だろうか？　真っ黒なおやつとは一体…………。

くだらない内容だったら無視なり制裁なりするのだが、アリシャからの初めてのお願いは余りにも意味不明過ぎた。

仕方なく、都市システムにアクセスし王の権限で映像を呼び出す。

コードの都市内部の情報は過去の情報含め、全て漏れなく保存されている。

そして、一度も覗《のぞ》いた事がないアリシャの部屋の映像が、王の脳裏に流れ始めた。


クラス３の権限があれば、ただの廊下も部屋のように使える。

コードのベッドは最高だ。表面はすべすべしているのだが横たわると不思議と心地よく、すっと深い眠りが訪れる。

目覚めも帝都ではなかなかないくらいに快適だ。監獄でクール達の健康が保たれていたように、高度物理文明の技術で快適な睡眠が保たれているのだろう。必要な時に作られる可変の家具も最初は変な気分だったが、なかなか便利なものだ。

ベッドの上で大きく伸びをすると、おひいさまの扉の前に行って、扉を透明に変える。

おひいさまは、扉の前に立っていた。太陽のような暖かな笑顔。三日目くらいから扉の前で待機しているようになったのだが、今日のおひいさまはいつもより心なしかご機嫌に見えた。

何が楽しいのかはわからないが、悲しげな顔をされるよりもずっといい。

大きく欠伸《あくび》をしながら、挨拶する。

「おはよう、おひいさま。今日もご機嫌だねえ」

「…………!!」

「？　どうしたの？」

おひいさまが目を見開く。いつもはにこにこ笑っているだけなのに、おかしな反応だ。

じっと見ていると、おひいさまがぷるぷる震え始めた。

どうしたのか、頬がほのかに赤く染まり、目元に涙が滲《にじ》んでいる。

僕、何もしていないよな……目を瞬かせると、おひいさまは首をブンブン横に振って、扉から離れていく。体操の時間だ。

おひいさまの体操は全身を大きく使ったもので、地味にハードである。リィズ達の準備運動程激しくはないが、おそらくおひいさまの運動能力は普通に外を出歩ける僕よりも高いだろう。

しなやかに伸ばされ、跳ねる肢体。だがその眼差しはこちらに向けられている。今日は体操はやらないよ……ちょっと筋肉痛だからね。

端末を開き、連絡が来ていないか確認する。カイザーあたりから連絡が来ないものか毎日確認しているのだが、今日もオリビアさんとジャンさんからの近衛追加催促以外は何も来ていなかった。

当初の予定では、単独行動に入ってもできるだけ週に一度は情報共有を行うはずだった。合流場所を覚えていなかった僕に言えた事ではないが、カイザー達は本当に何をやっているのだろうか？

邪魔をしたいわけではないが、どこにいるかくらいは知っておきたいところだ。クール達にもついでに探して欲しいと頼んでいるのだが、良い報告はまだない。

カイザーもサヤもけっこう目立つと思うんだけどね。

大きく欠伸を噛《か》み殺しながらおひぃさまの生活を見守る。今日のおひぃさまは本当に機嫌がいい。いや、いつもいいんだけど、なんだかエネルギーが有り余っている感じだ。

今日はおひぃさまと同じものを食べてみることにした。

朝食、システムを使いブロック食を取り寄せ、食べてみる。

ハンターもこの手のブロック状の携帯食料は食べることがあるが、最後の手段だ。

栄養はある程度あるし保存も利く。持ち運びもできるが、美味しくないし腹にも余りたまらないこの手の食料を使うのは大抵の場合、どうしても他の食料が手に入らない時だけだった。

コードのシステムが提供してくれるブロック食もその例に漏れないようだった。何で作られているのかはわからないが、少なくとも美味しくはない。

毎日三食ブロックを食べているおひぃさまは凄いな。好きで食べているのか、あるいは彼女に食料選択の自由がないのかはわからないが——。

おひぃさまはブロック食を食べ始めた僕を見て、ぽかんとしていた。

たまに食べるならこれも悪くないよ。たまに食べるなら、ね。

そろそろおひぃさまともっとコミュニケーションを取る方法を考えるべきかもしれない。

部屋の内外は遮断されているが、冷静に考えたら筆談くらいはできるだろう。

それで幽閉されている現状が解決できるとは思わないが、暇つぶしくらいにはなりそうだ。

おひいさまの生活は穏やかだ。毎日が同じように動いていて、刺激というものが余りない。

僕ものんびりするのは嫌いではないが、ずっとその生活を見ているのは少し退屈だ。元近衛達の蛮行を擁護するわけではないが、ジャンさんから要望された何もしないのもなかなか大変なようだった。

クラス3は快適な生活は出来るが、それ以上の事はできない。

クール達の集めてきた情報によると、クラス3とはこの都市に元々住んでいる極一般的な市民の階級らしかった。

クラス1や2は外部から新規で入ってきた者達のクラスで、長くこの都市で生活したり、必要になったりするとクラス3まで簡単に上がる。だが、それより上になるのはかなり難しいらしい。

クラス4は基本的には、監獄の職員や入国管理官など国の運営に必須の上級職にしか与えられず、その上のクラス5は一般市民の到達点と言われ、クラス7の上級貴族以上に階級変更してもらわないとなれないそうだ。そのくらいになると仮想端末（オリビアさんが呼び出していたものだろう）を呼び出したり、クモではなく飛行できるタイプの乗り物を使えたり、生存に必要な都市システムだけでなく、もっと他の機能も使えるらしいが、余りこの都市に長居するつもりもないし、そこまでクラスを上げるのはまず無理だろう。気になるけど。

だらだら考え事をしている間に、時間が過ぎていく。

時間が過ぎるに連れて、おひいさまのテンションは上がるばかりだった。

なんだか今日はいつも以上に見られている気がする。おかしなところでもあるだろうか？

お昼ご飯を終え、お昼寝。おやつの時間に移る。

おひいさまは時間がくると同時に、扉の前に張り付いた。

「………今日はおひいさまと同じおやつを食べようかな」

昨日は悪い事をした。あんなに羨ましそうな顔をされると、さすがの僕もちょっと心が痛む。

悪気はなかったんだ、ただ、チョコレートを布教したかっただけで……いや、少しおもしろかったけどね。

今日からは反省しておひいさまと同じおやつを食べる事にしよう。

システムを使い、ブロック状のおやつを取り寄せる。食事で食べているブロックと比べると柔らかい不思議なおやつだ。

目を輝かせていたおひいさまの表情が愕然《がくぜん》としたものに変わる。

どうしたのかはわからないが、落差がすごい。

粘土状のおやつを口に入れる。仄《ほの》かな甘みが口の中に広がる。

んー、思っていたよりは悪くないけど、好んで食べる程ではないかな。

高度物理文明のおやつを堪能していると、おひいさまが口を動かす。幻聴が聞こえた。

『な、ん……で？』

「いや…………どうせ送れないのに期待させたら悪いかなって。おやつ食べないの？」

おひいさまの表情が更に変わった。愕然とした表情から、何故か少し照れたような笑顔に。

不意に、僕の眼の前に黒い画面が浮き上がってくる。オリビアさんが使っていた仮想端末だ。

メニューが勝手に動き、メールの画面が開く。その一番上に、アリシャ・コードからのメールが輝いていた。そのまま、差出人の文字が光を放ち輝いている。オリビアさんともメールのやりとりはしているが初めて見る反応だ。

そもそも僕の階級では仮想端末を呼び出せないのだが……。

思わず、全身で喜びを示すおひいさまの方を見る。おひいさまは頻《しき》りに頷いている。

もしかして、おひいさまがやったのか？

「君、遮断されていたんじゃなかったの？」

思わず話しかける僕に、おひいさまが頬を染め、唇をわかりやすく動かす。

「しゃだん、かいじょ、して、もらった」

耳を擦《こす》る。おかしいな…………この扉、音は伝わらないはずなのに、おひいさまの声が聞こえるぞ。

小さいが、確かに聞こえる。幻聴だろうけど。

しかし、どうやらおひいさまに何かがあった事は間違いないようだ。昨日までのおひいさまは多分メールを送る権限はなかった。権限があったならとっくに送ってきていただろうし。

メールを開く。送られてきた文章は一言だった。『真っ黒のおやつ』の一言だけ。

…………そんなにチョコバーが気になっていたのかい。あれ、ただの市販品なんだけど、そんなに期待されるとちょっと申し訳ない。チョコレートパフェでも入れてくるべきだった。

まぁ色々細かい事は置いておいて、遮断が解かれたという事はチョコバーも送れるようになったたって事だろうか？

時空鞄《マジック・バッグ》からチョコバーを取り出したちょうどその瞬間、オリビアさんがやってきた。

久しぶりに現れたオリビアさんは、足音高く僕の近くまでくると、こちらを睨《にら》みつけて言った。

「クライ、貴方《あなた》はクビです。近衛を集めろと、命令していたでしょう！」

「!?　…………五人集めたじゃん。それに僕はもうちょっと時間が欲しいって――」

「二十七人、集めろと、私はそう、言ったのです。そもそも、私は知っていますよ！　毎日催促しているのに、お前が二日目から近衛を集めるための行動を何も起こさなかった事を！」

苛立たしげなオリビアさんの言葉。僕にも動かなかった理由があるのだが、言っている事はごもっとも過ぎてぐうの音も出ない。

オリビアさんはため息をついて続ける。

「お前には難しかったかもしれませんが、それは私への反逆です。無能過ぎるのも考えものですね、禁止事項もまともに働かないなんて――いや、百歩譲って無能なのはいいですが、怠け者なのは困る」

その罵声に、思わず言葉に詰まる。

酷い言いようだ。いや、レベル８の虚飾が剥がされた僕の正当な評価だろうか。

「それに……お前は、ノーラ王女が目につけた罪人について、新しい近衛を使って情報を集めているようですね。ノーラ王女から横取りするなんて事、不可能とは言え――まったくッ」

そこで、オリビアさんは大きく深呼吸をして言う。

「幸運にも、お前の代わりについては、ぎりぎりでコード入りした者の中から良さそうな者を見つける事ができました。残りの近衛の補充はその者達にさせます。権限変更、クライ・アンドリヒ、階級を1へ」

懐のカードが熱を持ち、生み出していたテーブルと椅子が床に引っ込む。

権限がなくなったからか。カードを取り出すと、三つついていた星が一つに減っていた。

オリビアさんは言葉も出せない僕から視線を外すと、目を丸くしているおひいさまを見て言った。

「おひいさま、この男の近衛の登録解除をお願いします。この男は近衛に相応《ふさわ》しくなかった。本来ならば監獄にぶち込むところです。慈悲に感謝しなさい」

まさか無能を理由になった近衛を、無能過ぎるのを理由にクビにされるなんて……………まぁ、特に困りはしないのだが、これからどうしよう。

近衛じゃなくてもここにいていい？　やっぱり駄目？

眉を顰めていると、扉の向こうで思案するような表情をしていたおひいさまが、オリビアさんを見ていつもの笑顔で言った。


「い、や」


オリビアさんの目が一瞬丸くなり、すぐに状況を理解したのか、表情が変わる。

純粋な笑みを浮かべるおひいさまから一歩後退り、戦慄《わなな》くような声で言う。

「!?　!?？？　い、や？　いや、これは、どうして、おひいさまの、声が――」

混乱するオリビアさんの前で、おひいさまは笑みを浮かべたまま僕を見て言った。

「けんげん、変更、クライ・アンドリヒ、階級を6に」

「お」

「!?」

カードが再び熱を持ち、色が変わった。黒から銀に——星の数は変わらないが、一つの大きな金の星になる。なるほど、これがクラス6の印のようだ。

クラス6から貴族なんだっけ？

オリビアさんの顔からは完全に血の気が引いていた。

クラス6になった僕と、遮断が解かれたおひいさまを交互に見て、動揺の交じった声で叫ぶ。

「く、クライ・アンドリヒ…………お前、何をッ…………い、いや、おひいさま。これは、問題ですッ、おひいさまにはそのような権利はありませんッ！　王に報告させて頂きます」

いや、僕は何もしてないよ……多分。

オリビアさんの厳しい声を受けても、おひいさまの表情には怯えは生じなかった。

ただ、心底、不思議そうに首を傾げる。

「？？」

「ッ!?」

オリビアさんの表情が、激しく歪《ゆが》む。

弾かれたように、その胸元につけていたカードを引きちぎるように外す。

先程まで五つ記されていた星が、一つに変わっていた。僕のカードとは違う、小さな星一つに。

オリビアさんが全身を震わせながら、顔を上げ、おひいさまを睨みつける。

「ここ、これ、は…………一体、どういう――」

「？？　まだ、わからないの？」

「…………くっ」

オリビアさんが逃げるように足早に去っていく。おひいさまはきょとんとした表情でそれを見送っていたが、すぐに僕に期待の入り混じった視線を向けてきた。

あ、はい。チョコバーですね……。

再び物質転送の機能を発動する。これまではおひいさまを相手に念じても何も起こらなかったのだが、今回は何事もなく投入口が開いた。

本当にチョコバー送ってもらうためだけに色々したのだろうか……僕は呆れながらも、その中にチョコバーを放り込んだ。


都市の中心付近から広い範囲に存在しているコード第一エリア。都市で最も栄えるエリアに存在する居城で、アンガス・コードはジーンからの報告に鼻を鳴らした。

「やはり、《雷帝》はノーラの手に落ちるか」

「間違いないでしょう。何しろ、他に対抗馬がいません。ノーラ王女の敵対者への苛烈な制裁は知られていますから」

ノーラ・コード。それは、王位継承戦でアンガスにとって最大の敵になりえる妹の名前だ。

傍若無人で王族の権限を振りかざす事に慣れきった乱暴者。人の下につくことを良しとせず、アンガスと敵対している事を公言している、度し難い人物だ。

アンガスは王位継承に備えて、前々から、各方面から精強な兵隊を集めてきた。ノーラも王位継承戦に備えていたのは同じだが、方針は真逆だ。

あの女は、兵隊を外から集めず、鍛える事にした。コードに存在していた無数のトレーニング関連の機能を紐解き分析し実験を繰り返した結果完成した彼女達の兵隊は、元コードの市民でありながらも機装兵と同等以上の能力を誇る。

コードの外の各組織にカードを送り兵隊を補充する策を主導したのはアンガスだ。だからこそ、サーヤとカイを取るのはアンガスの方が早かった。だが、監獄に関する権力においては、ノーラとアンガスはほぼ互角だ。いや、僅かだがノーラ・コードの権力の方が深く浸透しているかもしれない。

だが、仮にそうでなくとも——アンガスには、あの危険な《雷帝》を御する術が思いつかなかった。

仮面はカイとサーヤに使ってしまい、既にない。仮面なしで《雷帝》を傘下に置くのはかなり危険だ。コードには魔術の構築を散らすための機能が設定されているが、コードのバリアを貫通するほどの雷魔術の使い手を完全に封殺できるかは未知数だった。実際に、前回探索者協会と戦った際は敵方でもっとも強い魔導師《マギ》の魔術は完全には封じきれなかったという記録が残っている。

先に取らない限り、相手に取られるのは防げない。

近衛は早いもの勝ち。それはアンガスにもどうしようもない近衛周りのルールの一つだ。

「解放申請が通っていないと聞いたが？」

「次は通ります。ノーラ王女は、説得の方針を諦めたらしいですからね」

コードには相手の行動を強制する多種多様な道具が存在するが、総じて言える事は、強制して戦わせた戦士は自らの意思で戦う戦士よりも弱いという事だ。

ノーラ王女が説得を試みていたのは、それが理由だろう。そして、それ故に申請は通らなかった。

解放申請は、解放した場合に予想される危険度が一定のラインを下回らないと通らない。《雷帝》は捕縛された状態でもノーラ王女の誘いに全く乗る気がなかったという事だ。

だが、説得を諦めた。ならば次は道具による意思の封殺がくる。

ノーラ王女も、アンガスがカイとサーヤに使った白面を持っているはずだ。それを使えば、コードのシステムは《雷帝》を解放できる段階にあると判断するだろう。

「ふん……焦ったか。意思なき《雷帝》ではサーヤとカイには勝てん。奴の作った騎士団など言わずもがなだ」

サーヤとカイは強い。サーヤの能力は既に確認済みだが、カイについても――その肉体は、高度物理文明が想定していた人の限界を突破している。

まず間違いなく、高度物理文明時代のトレーニングでも、カイレベルの戦士の育成は想定していない。個体としての類まれな才覚が不可欠だし、物理的なトレーニングには限界がある。

そもそも高度物理文明では人の代わりに兵器が戦っていたのだから、機装兵に匹敵するレベルの戦士をトレーニングで生み出せた時点で称賛するべきだろう。

カイはまだ完治していないが、それでも既にアンガスが揃えた配下の中ではトップクラスの能力を誇っている。サーヤとカイがいれば《雷帝》も敵ではない。

しかし、面白くない話なのは事実だった。

「だが…………奴に《雷帝》を与えるのはなるべくならば避けたいな。何か方法はないのか？」

今のところ、ノーラとアンガスの間にはそれなりの差が存在するが、圧倒的な格差というわけではない。もしもノーラが他の王子と同盟を結んだり、監獄の最下層に収監されている他の連中を手なずけたりすれば、勝負はわからなくなる。《雷帝》はあのノーラにとって起死回生の一手になり得る。

少しでも可能性があるのならば、潰しておかねばならない
「王族に対抗し得るのは王族しかありません。クラス８の権限ならば他の貴族が解放した罪人の所有権を移す事も簡単ですので」

「近衛にせねばならぬな。王族の、近衛に。私の権限では、嫌がらせしかできん」

王族の近衛は特別な立ち位置だ。近衛という立場は都市規則で守られており、他の権限の影響を受けない。王族の権限は市民を一方的に罪人認定したり、他の機関に所属している者を引き抜いたりする事もできるが、そういう権利は王族の近衛にだけは通じないのだ。

《雷帝》を絶対にノーラの手に落ちないようにするには、なんとかして《雷帝》を他の王族の近衛にする必要があった。

「だが、容易ではないな。《雷帝》は危険過ぎるし、ノーラへの敵対を厭わぬ気骨のある王族など思

い当たらん」

コントロールできない《雷帝》を近衛に入れるなど自殺行為。巨大なコードの威容を見てまだ弓引く事を選ぶあの男ならば、都市システムの防御を貫通し、主を殺しかねないのだから。

あの男を引き入れられるような王族には心当たりがなかった。そもそも、顔が好みという理由で執心するノーラが少しおかしいのだ。

難しい表情をしているアンガスに、そこで、ジーンが声を潜めて言った。

「一つだけ……心当たりがあります。ノーラ王女以外にも、《雷帝》の情報を集めている陣営があるようです」

「…………ほう、どこの陣営だ？」

初めて聞く情報に難しい表情をするアンガスに、ジーンが答えた。

「アリシャ王女の陣営です。その近衛達が最近他のエリアまで足を運び、ここそこ《雷帝》を解放するための情報を集めている、と。ノーラ王女が警告を送った、という情報も」

「!?　なんと……スペアの陣営か。それは…………面白いな」

アリシャ王女は王位継承権を持つ者の中で唯一、警戒に値しない存在だ。

上級貴族達が王に話をしてコードの王族に何かあった時のために作って貰ったスペアであり、コードの片隅に幽閉されていると聞いていた。

クラス８は王の子に設定されるクラスだ。王が変われば、現在の王族はクラス８ではなくなる。そうなれば、アリシャも存在価値がなくなる。

スペアの存在には、アンガスの陣営の上級貴族も一枚噛んでいる。コード王により権限を凍結されているアリシャの近衛が何故今更《雷帝》の情報を集めているのかはわからないが――。

「ノーラに取られるくらいならばスペアにくれてやった方がいいな？」

「解放申請が通りますかね？」

「緩くしてやればいいだろう。スペアの役割は既に終わりつつある、今事故が起こったところで問題あるまい？」

「……仰るとおりです、殿下」

ジーンがにやりと笑みを浮かべる。

王族の権限ならば監獄の解放基準を少しばかり緩める事もできる。

ノーラがそれをしなかったのは、危険過ぎるからだ。

現在の監獄の罪人解放基準は都市システムが安全性に配慮して設定しているものだ。意図的に緩められた基準に意味などない。それを忘れる程ノーラの目は曇っていなかった。

だが、アリシャ王女の近衛にするのならば、その基準はどうでもいい。むしろ危険な状態の《雷帝》を解放するメリットすらある。

他の派閥の近衛を攻撃する事はコード王が禁止しているが、制御が利かず暴れる《雷帝》をやむを得ず処理する事は今でも可能だ。カイとサーヤを使ってもいいし、そういう状態ならば機装兵も攻撃に使える。

《雷帝》は強力な札だ。アンガスが王になった後、覇道を目指す際にも使えるだろう。処分するのは少々もったいないが、まだアンガスは王ではないのだ。

ノーラの手に落ち、王位争奪戦の大きな障害となるくらいならば、戦いが始まる前に消えてもらった方がいい。

判断は一瞬だった。ノーラも焦っている。交渉による解放を諦めると決めたのならば、すぐに《雷帝》を手駒にするために動き出すだろう。ノーラ・コードはそういう女だ。

システムを使い、これまで目を向けていなかったアリシャ陣営のデータにアクセスする。

「喜べ、近衛。貴様に貴族位をくれてやる。権限変更、クライ・アンドリヒをクラス６へ」

己がクラス６になったと知れば、疑問を抱きつつもスペアの陣営はすぐに《雷帝》を助けるべく、動き出すだろう。それがアンガスによって仕組まれた罠だとも知らずに。

アンガスは口元に笑みを浮かべ、ジーンに命令を出した。

「ジーン、スペアの補佐をする。ノーラを足止めするぞ。奴らが申請を行うその僅かな時間だけ、監獄周りの規則を変える。準備をしろ」

「御意に」


狭い部屋の中。自分が幸せであると全身で表現しながら、おひいさまがチョコバーを貪っている。

どうやらゼブルディア謹製のチョコレートバーはおおいにコードの姫のお気に召したらしい。五本送ったチョコバーは瞬く間におひいさまのお腹《なか》の中に収まった。

チョコ友ができてしまった。ティノ以外では初めてである。

おひいさまがオリビアさんに反抗した時には驚いたが、もう気にしない事にした。そもそもオリビアさんが不敬だったのだ。

口元をチョコで汚しながらおやつを貪るおひいさまは、普段よりも更に幼く見える。

「…………美味しかった？」

唇の周りをぺろりと舐めると、おひいさまはこちらを見て言う。

「もっと」

これは……相当気に入ったな。間違いなく僕を上回るチョコ好きだ。

「……もうおやつタイムは終わってるでしょ、食べ過ぎは健康に良くないよ。また明日ね」

「…………」

おひいさまがしょんぼりしながらも引き下がる。素直だ。

しかしまさか、マーチスさんの店で屑品として扱われていたこの時空鞄《マジック・バッグ》と常備しているチョコバーがこんなに喜ばれる日が来るとはね。この時空鞄《マジック・バッグ》、余りに意味不明すぎて名前すらついていなかったのだが（屑宝具にはよくある事だ）、そろそろ名前を考えてもいいかもしれない。

一人で食べるチョコバーもおいしいが、複数人で食べるチョコバーは更に美味しい。扉ごしだが、声も通じるようになったし、これからの生活がさらに楽しくなりそうだ。

膝を抱えてちらちらとこちらを覗く、感情豊かなおひいさまを微笑《ほほえ》ましく眺めていると、今度はクール達の一団が大慌てでやってきた。

やれやれ、皆騒がしいな。オリビアさんに何か言われたのだろうか？

目を瞬かせる僕に、クールが息を切らして叫んだ。

「はぁ、はぁ。大変、です。クライさん！　ノーラ王女が、クラヒさん獲得に向けて、本格的に動き出しました」

「……君達の情報収集、王女にバレていたみたいだよ」

指摘してあげると、ズリィが素っ頓狂な声をあげる。

「!?　あんた――い、いや、あなた、知ってたの!?　それ先に言ってくれていたら変に刺激せずに済んでたのにッ！」

「おいおい、今更なんて事を言うんだよ、旦那。報連相はしっかりするぜ、最低でもなぁ？」

なんでって……僕もたった今、オリビアさんに聞いたんだよ。ルシャが涙を滲ませて言った。

「ど、どうしましょお、本物さん！　まだ全然目処が立っていないのにぃ、ノーラ王女はお兄ちゃんを洗脳するつもりですぅ！」

「…………ピンチ」

そうだねえ、ピンチだねえ。

エリーゼの表情はいつもと変わらないけど……マイペースさも本物並だ。

だが、僕にも策などない。こんなに落ち着いているのは、クラヒがいいように洗脳されるとは思えないからだ。なにせ、クラヒは妹狐と正面からやりあえる実力者なわけで、圧倒的弱者の僕が心配など烏滸《おこ》がましい話なのだ。

そもそも、クラヒを解放するには階級がね……貴族以上じゃないとまず解放申請すらできないわけで——。

と、僕はそこまで考えたところで、自分のカードを取り出し、確認した。

…………あれ？　星幾つあったら申請できるんだっけ？　この大きな星が小さな星六つ分だから……もしやこれ…………足りてる？

僕は目を瞬かせると、おひいさまの方を見て確認した。

「おひいさま、監獄に友達が収監されているんだけど、助けてもいいかな？　いいヤツなんだけど」

クール達が困惑している。膝を抱えていたおひいさまが僕を見て、こくこくと頷いた。

ふむ……おひいさまからも許可が出てしまった。

僕は立ち上がると、ざわつく《嘆きの悪霊《ストレンジ・フリーク》》の面々に、大きな星のついたカードを見せて言った。

「それじゃ、おひいさまの許可も貰ったし、クラヒを助けに行こうか」

リーダーを助け出すために最善を尽くした。情報を集め、都市システムの定める規則の裏をかく方法を探し続けた。クラヒを解放する権限を持つ貴族の名前を洗い出し協力してもらえそうな人物を探したし、監獄を破るなんていう、絶対にクール達には不可能な策も模索した。

その間、《千変万化》は日がな一日アリシャ王女の部屋の前にいて、だらだらしているだけだった。

まさか、それが――策だったなんて。

《千変万化》の策はまさしく、クールの考えていたものとは一線を画した代物だった。

自らがクラス6になる。単純明快な手だ。

だが、それはクール達が可能性の模索すら諦めた手だった。

クラス6を与えられるのは、王族以上の階級のみだからだ。

このコードではクラス6とクラス5――貴族と市民の間には隔絶した差が存在する。

初代コード王の時代から都市に住み続けている一族でもクラス6に至っていない者がほとんどだし、外部から入ってきたばかりの者に与えられるはずがない。

そもそも、クラス3程度では王族にコンタクトは取れない。アリシャ王女に階級を上げてもらうなど、論外だ。幽閉されているのにそのような権限が残っているわけがない。

急いでクラヒを助け出さなくてはいけないというのに、《千変万化》の足取りはのんびりしたものだった。ビルから外に出て、クモの出動を要請する。

未だ夢でも見ているような気分だったが、なんとかクライに話しかける。

「おひいさまに……階級を上げる権限が残っていたんですね。幽閉されているのに――」

「いや、今日権限が戻ったんだよ。いいタイミングだった」

「!?」

やはり、クールの想像は正しかった。アリシャ王女には権限はなかった。あそこで説得を試みても、クール達にレベル６が与えられる事はなかった。だが——今日権限が戻った？

一体何をしたんだ？　機を窺うとは、この機が来るのを待っていたのか？

そもそも、おひいさまに権限が戻らなかったら、どうするつもりだったのだろうか？

様々な疑問が脳裏をよぎるが、《千変万化》はそれに答えるつもりはないようだった。ぼんやりと乱立するビルを眺めている。五分程たったあたりで、クトリーが言った。

「旦那、クモ…………遅くねえか？」

「え……そう？」

遅い。クモはコードの移動の基本だ。物質転送技術が存在するコードではそれを待つ時間というのはほとんど発生しないはずだ。

端末を取り出し、クモを呼び出すためのメニューを開く。改めて呼び出すためのボタンを押下すると、画面が赤く点滅した。

初めて見る反応だ。文字が読めないので何が起こったのかはわからないが……これは、クモは来ないという事だろうか？　迷っている時間はなかった。

「…………仕方ない、走りましょう」

「!?　本気ですかぁ？　監獄まで相当距離ありますよお!?」

「仕方ないでしょ！　ノーラ王女はもう動き出しているんだから！」

走るのが苦手なルシャが素っ頓狂な声をあげ、ズリィに叱られている。

だが、ズリィの言う通りだった。これが最後のチャンスだ。それに、確かに距離はあるが、《千変万化》はレベル8、数十キロ走る程度、何の問題もないだろう。もちろん、クール達はそんなに体力はないが、食らいつくつもりだ。

《千変万化》を見る。ルシャの言葉に呆れているのか、眉を顰めている。解放申請をするには《千変万化》一人いればいいのでルシャが走る必要はないのだが、今回の作戦で《千変万化》はサポートだ。走りたくないからといって全て任せるのは理に適っていない。

《千変万化》の機嫌を損ねたら大変だ。ルシャをたしなめようと口を開きかけたその時——空から、クモが降ってきた。

大きく足を折り曲げ、音もなく着地する。だが、ただのクモではなかった。通常のクモは黒だが、その機体は真紅に染められている。

公共の移動用ではなく、プライベート用のクモだ。話には聞いていたが、見るのは初めてである。

「乗ってくかい？　スペアの近衛さん。お困りだろう？」

クモに乗っていたのは、赤髪でサングラスをかけた男だった。程よく鍛え上げられた細身の肉体に、白いスーツがよく決まっている。見た事のない顔だが、コードでプライベートなクモを持つ事が許されているのは上級貴族以上のコードの支配層だけだ。

《千変万化》は突然現れた男にも戸惑うことなく、のんびりと言った。

「ありがとう。それじゃ、監獄までお願いできるかな？　クモがなかなか来なくてね」

「オーケー、オーケー、乗るといい。クモが来ないのはなあ、ノーラに封鎖されてんだよ。呼ぶのは止められなくても、全てのクモを押さえれば呼んでもクモは来ねえからな」

「…………おいおい、ありえないだろ。なんでノーラ王女が、クモを封鎖するんだ？　いや、そもそも――あんた、誰で、どうしてここにいる？」

クトリーが強張《こわば》った表情で、男を見る。男はにやりと笑って言った。

「あんたらは、ノーラを舐めてる。あいつは、ほぼありえない話だが、あんたらが先に《雷帝》の解放申請を行う可能性を憂慮して、とりあえず、念のため、無駄になっても構わないからと考え、妨害を用意した。そして、俺は、あんたらがそういう妨害に引っかかった時に、あんたらを助けてやれと頼まれて、こうして待っていたわけだ。そうだな……俺の事はＴＣと呼ぶといい」

赤きクモが大きく飛び上がり、高速で駆ける。通常のクモなど比べ物にならない速度だ。

一体何が起こっているのかわからなかった。このＴＣという男の正体も、誰がその如何にも只者ではない男を動かしたのかも。

だが、《千変万化》はこの状況にも動揺の一つもしていなかった。口元だけで小さく笑みを浮かべている。もしかしたらこれもまた《千変万化》の仕組んだ事なのだろうか？

クモの一番前に陣取りながら、ＴＣが言う。

「飛行型の移動手段を選ばなかったのは慧眼だぜ。あれは速いし便利だが、事前に決めた道しか進まないから、クラス７もあれば簡単に封殺できる。空で立ち往生したらおしまいだ。俺達は、緊急時に飛行型は使わない」

浮遊感。赤いクモが、ビルとビルの間を軽々と飛び越える。眼下には乱立するビルが、外の世界ではまず見られない街並みが良く見えた。これならばすぐに監獄にたどり着けるだろう。

「クモならば道なんて関係ねえ。かなり自由に動けるからな。それに、普通は全台封鎖なんて手は、取れねえ。つまり、今回のノーラはマジだって事だ」

ＴＣの言葉に、《千変万化》がもっともらしく頷く。

「なるほど……マジか」

「マジだ。ノーラでも近衛に直接手を下す事はできねえが――手は他にも色々、ある」

そういった瞬間、それまで激しく動きながらもほとんど揺れのなかった機体が大きく揺れた。

「ッ!?　何ですかぁ!?」

ルシャが間延びした声をあげ、外を見る。その瞬間、光り輝く塊が窓のすぐ外を通過していった。

これは――攻撃だ。明らかに、このクモを狙っている。

数えきれない弾丸がクモの周囲を飛び交う。だが、ＴＣに焦りはない。

「下級民だ。大方、ノーラに市民権を餌に誑《たぶら》かされたんだろ。何の問題もねえ。このクモは特別製だ、あの程度じゃ落とせねえ、ただの嫌がらせだ」

「え、餌に誑かされたってぇ――そんな事をしてぇ、捕まらないんですかぁ!?」

「？　捕まらねえよ。奴らは市民じゃないから、都市システムに危険物として除去されるだけだ。一発撃ったら終わりだよ。馬鹿な奴らだ、ノーラが市民権なんて面倒な約束を守るわけがねえだろ」

クモが地面に着地する。地上には平時ではそこまで見られない機装兵達が集まっていた。

クモが着地するまでの十数秒の間に集まってきたのだ。TCの言葉が真実ならば、都市規則を破った馬鹿な下級民を除去するために。その除去がどういう意味なのかは考えるまでもない。

機装兵達が動き出す。その動きは風のように早く、驚く程精密だ。全身を守る装甲に、遠中近、全ての戦闘を網羅する武装は、クール達でも敵わない相手だ。

クトリーが小さく舌打ちをする。不機嫌そうな表情。

クトリーの情報では、大部分の下級民の戦闘能力は並以下らしい。強力な高度物理文明の兵器を持っていても本体はただの人間だ。機装兵と戦えば虫けらのように踏み潰されて終わりだろう。

と、そこで、外を眺めていた《千変万化》が突然、TCに声をかけた。

「TCさん、彼らってさ……………助けられたりする？」

「？　助ける？　下級民の事か？　何故だ？」

「だって、なんか可哀想じゃない？　ノーラに騙《だま》されただけなのに」

レベル8ハンター、《千変万化》とは思えない余りにも甘っちょろい言葉だった。

そりゃ、クールも可哀想だなとは思った。市民と下級民の違いは外からやってきたクールには実感がわかない。だがそれを口にするかどうかはまた別の話だ。

TCの言葉には下級民に対する哀れみは一切含まれていなかった。それがここの普通なのだ。それをつついても良い結果になるとは思えないし、そもそも下級民を助けてメリットがあるわけでもない。

誑かされたとは言えこちらに攻撃をしかけてきた彼らは殺されても自業自得とも言える。

だが、ＴＣはしばらく考え込むと、鼻を鳴らし、にやりと笑みを浮かべた。

「ふん……いいだろう。意味があるとは思えないが、大した手間があるわけでもねえ。この俺にそんな事をやれと言ったのはあんたが初めてだ。都市規則を少しだけ曲げてやろう」

「ありがとう。助かるよ」

都市の規則を少し曲げる。それは、並の階級でできる事ではなかった。

疑念が確信に変わり、思わず身を震わせる。ＴＣはそんなクールを見て、口元に笑みを浮かべた。

間違いない。

この男――王族だ。王族の名前は頭に入れてある。

ＴＣ――トニー・コード。

コード王の第三子にして、最も多くの貴族と繋《つな》がっていると言われている男。

ようやくこの助っ人の概要が見えてきた。

これは、王位継承戦が始まる前の暗闘なのだ。

ノーラ・コードに《雷帝》を渡さないために、他の王族が動いている。

クラス６を得たとは言え、アリシャ王女は部屋に閉じ込められたままだ。どうやってノーラ王女に対抗するのかと思っていたが、これならば、同じ王族がバックについているのならば、対抗できる！

思いついただけで、成功に導けるような策ではない。トニーの口ぶりからは《千変万化》に頼まれて動いているようにも見えない。

複雑怪奇に絡み合うコードの勢力図を読み切り、自ら動くように仕向けた。

これが完全に意図したものだとすれば、正しく神算鬼謀そのものだ。

静かに興奮するクールに対して、《千変万化》の表情に変化はなかった。

恐らく、クールと同じくTCが王族だと察したのだろう、クトリーも、ズリィも、そしてエリーゼすら、動揺を隠しきれていないのに、一体その漆黒の瞳には何が映っているのか？

「ノーラは兄貴が止めている。俺はあんたらを監獄まで送り届ける。だがなあ、あんたらがノーラに先んじて《雷帝》を解放できるかは五分《ごぶ》ってところだな」

「きっと間に合うよ」

どこか確信めいた《千変万化》の言葉。

不意に数十メートル先の道路が蠢《うごめ》き、遮る壁となる。

だが、TCが睨みつけると、その壁は再び道路に戻った。TCが笑う。

「子ども騙しだ。これはいいぞ。ノーラの奴、相当焦ってやがる。兄貴はうまくやったようだな」

監獄の建物が見えてきた。もう障害となるものは何もない。

監獄の周囲を守るかのように立つ機装兵に、設置された高度物理文明の兵器。ここまでくればノーラ王女でも迂闊《うかつ》に手出しはできないだろう。

クモが監獄の前に着地する。クモから降りる《千変万化》とクール達に、TCが言った。

「俺はここまでだ。幸運を祈るぜ、せいぜい俺達のために頑張ってくれよ」

「あ、はい。ここまでありがとう！　またね」

またね、とは……よくもまあ、王族相手にタメ口で話せるものだ。

TCが様になる仕草で肩を竦め、クモの中に引っ込む。

そして、赤きクモは跳び去っていった。


いやぁ、誰だか知らないけど親切な人もいたもんだなあ。

去っていく赤いクモを見送り、僕は大きく深呼吸をして監獄の方を見た。

ここに来るのは約一週間ぶりだろうか。改めて確認しても随分巨大な施設だ。

門を通り、巨大な機装兵が何機も立ち並ぶ中庭を抜け、建物に入る。出迎えてくれたのは、前回も僕を案内してくれた女性職員さんだった。

僕を見ると、あからさまに眉を顰め、開口一番に言う。

「どうやら私の警告は無意味だったようですね。《雷帝》を巡るクラス８の権限のぶつかり合いで、監獄は今までにないほど混乱しています」

「静かじゃん」

相変わらず人もいないし、音もほとんどしていない。

「監獄のシステムが混乱しているんですよ。一つの小さな規則の変更が他の規則に重大な影響を与える可能性があるのです。もっとも、すぐに元に戻す予定との話だったので影響は最小限だろうとは思われますが……それでも、一市民からすれば戦場のど真ん中に放置された気分です」

なんだかわからないが、随分大変な状況らしい。

僕は小さく咳払いをすると、とりあえず持っていたカードを提示した。

「ほら、見て。クラス６になったよ」

輝く銀のカードに、疲れ切っていた様子の職員さんの目が大きく見開かれる。

「!?　こ、この短期間でどうやって――いや、まさか、アンガス王子を焚き付けたんですか!?」

「??　クラス６ならばクラヒの解放申請できるんだよね？　そう言えばノーラ王女って来てない？」

アンガス王子とか知らない名前も出てきたが、職員さんがここにいるってことは、間に合ったということなのだろう。クラヒが既に解放されているのならば真っ先にそう言われるはずだ。

僕の問いに、動揺していた職員さんの表情が少しだけ落ち着きを取り戻す。

「……解放申請は事前に罪人と面会する必要があるので、その後ですね。ノーラ王女はまだいらしていません。一度、解放申請がきても受けないように監獄の規約が変更されましたが――どうやら、アンガス王子が戻されたようですね。規約変更にはクールタイムがあるので、後五分は書き換えられる心配はありません。今ならば問題なく案内できます」

なるほど、権力者が好き勝手に規則を変更できるとこうなるのか。業務に携わる側は堪《たま》ったもんじゃないな。ため息をついたその時、ふと鋭い声が耳をついた。

「はぁ、はぁ――その案内、待ちなさいッ!!」

振り返る。声の主は――豪奢な真っ赤なドレスを着た妙齢の女性だった。

巻かれた金の髪に紫の瞳。双眸《そうぼう》はややツリ目できついが、容貌は整っており、その眼差しからは燃え盛るようなエネルギーが感じられる。その後ろには機装兵によく似た兵隊がずらりと並んでいる。

職員さんが引きつった表情でその名を呼ぶ。

「ノーラ王女……」

ノーラ王女がずかずかと、こちらに近づいてくる。近くで見るとその双眸はまるで肉食の獣のように爛々《らんらん》と輝いていた。僕を一度睨みつけ、居丈高にノーラ王女が叫ぶ。

「解放申請はまだね？　私を先に案内しなさい。アンガスのクソのせいで手間取ったわ。スペアの近衛は分を弁えて。失せろ。この私に逆らった沙汰は後で下すわ。これは、命、令、よ」

その声は、表情は、人に命令するのに慣れきっていた。

そこに確かに存在する覇者の貫禄にルシャが小さく悲鳴を上げる。

しかし、僕を威圧するには少し足りない。怒られ慣れているからね。

さてなんと反論したものか……だが、僕が言葉を放つ前に、職員さんが恐る恐る言葉を発した。

「ノーラ王女……失礼ですが、その……解放申請はされていなくても、既に案内を開始してしまいました。複数人いらっしゃった場合は、先行者からの順次案内になります」

「ああ？」

低い声。殺意の籠もった眼差しを受け、職員さんが笑顔を作ろうとして失敗する。

「こ、これは、監獄の規則なのです。私としてもノーラ王女を優先したい気持ちは山々なのですが、どうしようもありません。それとも、都市システムに反抗するおつもりですか？」

「ッ…………」

ノーラ王女は何も言わなかった。だが、その顔色がみるみる真っ赤になる。

唇から朱の雫が垂れ、床を汚した。唇を噛み切ったのだ。

その表情には激しい情動が見え隠れしていた。

嵐のような激情。ノーラ王女が地団駄を踏む。

振り乱された髪。殺意の籠もった叫び声が、監獄の建物内に響き渡った。

「あああああああああああああああッ！　く、クソがッ！　絶対、殺すッ!!　アンガスも、トニーも、スペアも、そして近衛、てめえらもだッ！　私が王になったら、この私の邪魔をした連中を、全員抹殺してやるッ!!　この私から、あの方を奪いやがってッ!!　あの御方を一番想っているのは、この私だってのにッ!!　くそっ！　くそっ！　くそっ!!」

「…………クライ様、案内致します」

ノーラ王女の様子を青褪《あおざ》めた表情で見ていた職員さんが、僕に向き直って言う。

一刻も早くここを去りたいのだろうか。ノーラ王女はまるで怒れる竜だ。

僕もできれば逃げ出したいが、そういうわけにもいかない。

だって僕は——これでも、王族を保護するためにここに来たのだから。

ノーラ王女は貴族の傀儡《かいらい》になるような性格にはとても見えないが、それはともかくとして僕にとっては保護の対象なのだ。カイザー達に任せてもいいのだが、彼らが本格的に動き出す前に少しくらい仕事をやりやすくしてもいいだろう。

僕は、跪き床を力いっぱい叩くノーラ王女に近づいて言った。

「ノーラさんさ……もしよかったらなんだけど……一緒に行く？」

「…………あ？」

「クライさん!?」

クール達が愕然としてこちらを見る。職員さんも言葉を失っている。

だが、一番驚いているのはノーラ王女本人だろう。

理解不能な生き物を見るような目でこちらを見上げている。

「あ……ぁ？　な、何言って、るの？」

「先に交渉してもいいよ。ただし、条件がある。洗脳はなしだ。そんな事、本意じゃないだろ？　僕だってそんな事しないよ。《雷帝》は洗脳していいような相手じゃない」

僕はクラヒを解放しにきた。だが、解放申請が通るかどうかは怪しいところだ。

だって、ノーラ王女が何度解放申請を出しても通らなかったわけで、解放するかどうかは都市システムが決めるわけで――ならば、少しでも穏便に事を進められるように動くべきだろう（日和見）。

手を差し伸べる。しばらくノーラさんは僕の手を見ていたが、やがてそれをぺしりと撥《は》ね除け、自らの足で立ち上がった。

「こ、後悔、するわよ？　この私にッ、ノーラ・コードに、情けをかけた事をッ！」

「今更一つくらい後悔が増えたって構わない。僕の後悔コレクションが充実するだけだ」

「？？？？」

とりあえず、ノーラさんの激情は落ち着いたようだな。

クール達は急な僕の裏切りに愕然としていたが、何も言わなかった。まぁまぁ、穏便にいこうよ。

ノーラさんが、自分が怒り悶える間も微動だにしていなかった後ろの兵隊達に向けて言う。

「ここで待っていなさい。すぐに戻るわ」

さて、久々の《千天万花》はどんな状態かな？

意図がわからない。目的がわからない。理解できない。

ノーラ・コードはそのスペアの近衛に続きながら、ずっと頭の中で状況を把握しようとしていた。

ノーラはこのコードで絶大なる権勢を誇る王女だ。明確に格上なのは父であるコード王だけであり、同格と言えるのは王族の兄弟だけであり、それ以外の民は皆、ノーラを恐れ、ひれ伏してきた。

なのに、これは一体どういう事だろうか？　アンガスやトニーの暗躍があったとは言え、ノーラをぎりぎり上回ったはずなのに、眼の前の男はノーラに下らぬ情けをかけた結果、状況を台無しにしかけている。

その男がどういう経緯で近衛になったのかは知らなかった。恐らくは外部から入ってきたのだろうが、木っ端のような存在だと、ノーラが負けるなどありえないと、考えていたからだ。

賊を追いかけ、その途中で恐るべき歴史を誇るコードの存在を知り、挑んできた魔導師《マギ》。《雷帝》はコードの歴史を紐解いてもトップクラスの強者《つわもの》だ。

眉目秀麗、頭脳明晰、その意思は監獄の最下層に囚えられ一月以上経った今も微塵の陰りもなく、ノーラの威圧を受けても平然と笑ってみせた。その雷を自在に操る魔術の腕は一級品であり、相性を考えてもコードの天敵と呼べる。

ひと目見て気に入った。それは恋に落ちる感覚に似ていた。その瞳が、声が、強さが、あり方が、ノーラ・コードの心を捉えて離さなかった。

ノーラはその男を籠絡すべく、この一月の間足繁く監獄に通い説得を試みた。だが、《雷帝》の心は微塵も動くことなく、都市システムが解放申請を通す事もなかった。

だが、今ならば、解放申請は通る。ノーラも打たなかった手——アンガス・コードが監獄の規則を書き換えたからだ。

権限とは剣のようなものだ。いくらクラス８の権限が絶大でも使い手次第では鈍《なまく》ら同然にもなる。

そういう意味で、アンガスの権限行使は敵ながら見事の一言だった。

規則の書き換えで発生するクールタイムまで計算した上で、ノーラの妨害を解除し、スペアの近衛の解放申請が通るように書き換えた。そして今、ノーラが己の権限で規則を書き換えて解放申請を妨害しようとしても、クールタイム中のせいで書き換え出来ない。

だが、この近衛は失敗した。ノーラに時間を与えてはならなかった。規則書き換えのクールタイムは間もなく終了する。そうなれば、ノーラの権限で規則を元に戻せる。

何を考えてこの男が《雷帝》を手に入れようとしたのかはわからないが、規則が戻ればこの男の解放申請は通らない。このノーラ・コードでも通らなかったのだから。

洗脳なし。守る理由はないが、面白い条件だ。

確かに、ノーラは今回、コードで製造できる最上級の洗脳の道具——懲罰の白面を用意していた。

だが、男の言う通り、その使用は本意ではない。意思を失えば《雷帝》の魅力は半減するだろう。

王の崩御まではまだ少し時間がある。今回の説得が失敗したとしても、まだ説得の時間はある。邪魔がなければ、そのくらいの時間を待つくらいの度量はあるつもりだ。

大きく深呼吸をして自分を落ち着ける。

怒りに満ちた顔で《雷帝》の説得に挑むわけにはいかない。

嫌味なほど規則に忠実な職員の案内で、少しずつ逢瀬の間に近づいていく。

規則の書き換えのクールタイムが終わる。ノーラに構っていたせいだ。ノーラは脳内で都市システムにアクセスし、即座に監獄の規則を元に戻した。

これで状況はリセットだ。眼の前を歩く男は、規則が戻った事も知らないだろう。

と、そこで、ノーラの脳裏に疑問が過った。

この男は――アンガスの手で規則が彼に都合のいいように書き換わっていた事を、知っていたのだろうか？

アンガス・コードはノーラの最大の敵だ。ずっとその動きは警戒していたが、スペアの近衛と繋がっているような気配は全くなかった。

そして、ノーラは《雷帝》に面会した事のある者は全て把握している。この眼の前の男がここに来るのは初めてなはずだ。

この男は、初めて出会う《雷帝》にどのような手で説得を試みるつもりだったのだろうか？

前を歩く背中は貧相で、ノーラがこれまで鍛えた兵隊とは比べるべくもない。

「お前、私に先に交渉させると言ったな？　二言はないわね？」

「もちろん。でも、挨拶くらいはさせてもらうよ」

最下層が近い。空気が少しずつひんやりしたものに変わってくる。

心がざわつく。これは、気配によるものだ。

監獄最下層に収監された最凶最悪の罪人達が放つ気配が、ノーラの本能を刺激している。

《雷帝》クラヒ・アンドリッヒの収監された房まで後十メートル。

ノーラはそこで、ついにここまで口に出せなかった疑問を口にする事に成功した。

「お前、《雷帝》とどんな関係だ？」

「どうという事もない。ただの——友達だよ」

友達。その予想外の単語が、脳内をリフレインする。ただ淡々と職務を全うしていた職員が動揺する気配を感じる。

《雷帝》の獄房につき、その近衛は、ただ一人、躊躇《ためら》いなくその前に足を進めた。

ノーラはその歩みを、制止する事ができなかった。

ノーラ・コードが、次代の王が、ただ呆然と見守る事しかできなかった。

近衛が、特殊な鎖で囚われ宙吊りにされた《雷帝》を見上げ、のんびりと話しかける。

「やぁ、久しぶり。酷い状態だな。いや、クール達と比べたらまだまだ元気か。彼らは今にも死にそうな顔をしていたからな……」

何の変哲もない、中身のない、相手を哀れんでいる様子もないのんびりとした挨拶。

だが、その言葉を受けた瞬間、獄房の中に紫電が散った。

都市システムによるものではない。コードの天敵たる、膨大な雷のパワー。

コードの解放申請の審査に悪い影響を及ぼし得るそれが、ノーラにはその瞬間、《雷帝》の返事の

ように感じられた。

脳内で都市システムにアクセスする。眼の前にいる近衛の名前を検索する。

力が抜けた。いつの間にか、ノーラは膝をついていた。近衛が驚いたようにノーラを見る。

「…………私の負けね、クライ・アンドリヒ。《雷帝》は好きにするといいわ」

《雷帝》に似せた名前。この男は偽名を使ってまで、このコードに《雷帝》を助けにきたのだ。

試すまでもない。同情などいらない。

それは、ノーラ・コードにとって初めての、言い訳のしようもない敗北だった。


「解放申請が通りました。クラヒ・アンドリッヒを解放します」

職員さんの硬い声に、クール達の歓声が重なる。ノーラ王女は壁際でその様子を黙って見ていた。

どうやら最下層と上層では部屋での扱いも異なるらしい。獄房に閉じ込められていたクラヒは酷い有様だった。両手両足を鎖で繋がれ、部屋の真ん中に吊り下げられていた。

衣類はパンツ一枚でその他に纏う物もなく、魔導《マギ》師にしては鍛え上げられた肉体は全身傷だらけで痛々しい。だが、その瞳だけは、外に出ていた頃と変わらない輝きを保っていた。

ばちんと鎖が弾け飛ぶ音。ガラスが静かにスライドし、開く。

会うのは武帝祭の時以来だ。雷の魔導を極めし者。《千天万花》のクラヒ・アンドリッヒは、つい数分前まで鎖に繋がれていたとは思えない溌剌《はつらつ》とした声で言った。

「状況は良くわからないが……クール達共々、助けられてしまったようだな、クライ。感謝するよ」

「僕は大したことはしていないよ。メインで動いていたのはクール達だし」

クール達が驚いたようにこちらを見てくるが……謙遜じゃない。マジで何もしてないからね。

労働量で言えばクール達の十分の一も働いていない。いや、本当に。

「そうか……世話を掛けたな、クール、ズリィ、クトリー、ルシャ、エリーゼ」

「クラヒさん、当然の事をしたまでです。もっとも、クラヒさんにはピンチになったら撤退を考える分別というものをつけて欲しいものですけどね」

クールが眼鏡を頻りにくいくい持ち上げて、クラヒに言う。

それ大事だよね……だが、無駄だよ。僕も何度か仲間達に同じ事を言ったけど、英雄というのはそういう言葉を聞かない人種なのだ。

ノーラさんは黙ったままそのやり取りを見ていた。解放申請の順番をこちらに譲った事といい、どうやら彼女の中で何かが変わったらしい。

やれやれ、とりあえずはなんとかなってよかったかな。

「とりあえず、目的は達したし、戻ろうか。後の事はまた考えよう」

職員さんの案内で最下層から地上に戻る。

「解放申請は既に完了しました。そのままお帰りになって問題ありません。出口に案内します」

「ありがとう。また来るよ」

「…………私個人の言葉ですが、二度と来ないでください」

疲れたような表情で出される職員さんの辛辣な言葉。

そこまで働いていないはずなのに僕も少し疲れてしまった。ビルに戻ったらクラヒ達も交えて今日二度目のおやつタイムにしよう。そんな事を考えながら、監獄の建物から外に出る。

そして――監獄全体に耳を覆うようなサイレンの音が鳴り響いた。

慌てて周囲を確認する。クラヒが外套《がいとう》を翻し、戦闘態勢を取っている。

ま、まぁまぁ、落ち着いて。ここは監獄だよ？

青ざめ端末を確認する職員さんに尋ねる。

「職員さん、これどうかしたの？」

「…………脱獄よ。やられたな」

職員さんの代わりに答えたのは、手駒の騎士団を連れ後ろからついてきていたノーラ王女だった。

ノーラさんは、クラヒが解放されてから黙ったまま目を合わせようとしなかったのだが、どうやら今の状況を理解しているらしい。

「脱獄!?　誰が？」

「《雷帝》よ。アンガスが監獄の規則を書き換えたのよ。新たなる規則を満たさずに監獄の外に出たから、脱獄認定をされたの」

そんな馬鹿な……アンガスが誰なのかもけっこう気になるが、この街はめちゃくちゃだ。

「スペアに《雷帝》を与えてどういうつもりなのかと思っていたけど――小狡い手を使ってくれるッ。私が王になったら、絶対にあの男は殺す」

吐き捨てるように言うノーラさん。

ところで……脱獄認定されると何か不都合でもあるのだろうか？

目を丸くしている僕に、職員さんが悲痛な声をあげる。

「脱獄認定されると――監獄の警備が動き出しますッ！　脱獄した者とその協力者を、始末するためにッ！」

ああ…………なるほどね。

中庭に待機していた巨大な機装兵がゆっくりと動き出していた。分厚い門は閉じ、いつの間にか生えた無数の砲塔が残らずこちらを狙っている。

殺意は感じなかった。それはこちらを殺そうとはしていない。

システムに従い、機械的に処理しようとしているだけだ。

僕は大きく深呼吸をしてノーラさんに確認した。

「……ノーラさん、もしかしてなんだけど、なんとかできたりする？」

「……八分と五十二秒耐えなさい。規則を元に書き換えてやるから。まぁ、私達は帰るけどね」

上から光がノーラさんと配下の兵士達に降り注ぐ。

いつの間にか真上に大きな円盤のようなものが浮かんでいた。

光を浴びたノーラさんと配下の騎士団が浮き上がり、円盤の中に吸い込まれていく。

明らかな敵前逃亡に、機装兵達は何も反応しなかった。僕も一緒に連れて行って欲しい……。

「僕達も乗せてくれないの？」

「お前達を乗せたら私の円盤が攻撃されるかもしれないでしょう」

冷たすぎる……色々便宜を図ったつもりなのに。だが、諦めるわけにはいかない。

「一応、ノーラさんの大好きな《雷帝》もいるんだけど……」

「!?」

宙に浮いたノーラさんは僕の言葉に一瞬絶句したが、すぐに反論した。

「大好きだった、《雷帝》よ！　手に入らないものに興味なんてないわ」

そうなんだね……切り替えが早いようで大変結構だよ。

しかし、ピンチなのは変わらない。結界指《セーフ・リング》はいつも通りあるけど、逃げ切れるだろうか？

もう助けてもらう事を諦めている僕に、ノーラ王女は鼻を鳴らしてちょっと照れ臭そうに言った。

「それに、私が大好きだった《雷帝》は監獄の防衛機能になんて負けないわ」

………なかなか恥ずかしい事を言うね。

その言葉に、クラヒが手をぱんぱんと払い、僕達を守るように前に出た。

「当然だな、ノーラ！　それに、クライ！　今の僕をあの頃と一緒にしてもらっては、困る！」

相変わらず自信満々だ。あの頃と一緒でもメチャクチャ強いと思うんですが、それは──。

中庭に展開されていた機装兵の内、一際巨大な一体が飛びかかってくる。

唸りをあげて振り下ろされる輝くサーベルに、クラヒは手を向けた。

あれ……？　そう言えばここって、魔術使えないんじゃなかったっけ？

僕の疑問を他所《よそ》に、クラヒの全身から目も眩むような紫電が散る。

そして、クラヒが叫んだ。

「鎖に繋がれながら、ずっと考えていた！　これがその答えだ！　撃った術の構築が解かれるのならば、僕自身が雷となればいいッ！　天の力を受け止めろ！　『我雷青龍壊機神《がらいせいりゅうかいきじん》』‼」

「……お兄ちゃん、またオリジナルスペル作ってますう……」

珍しいルシャの呆れたような声。

そして、サーベルがクラヒに触れた瞬間、巨大な機装兵が盛大に吹き飛んだ。

Epilogue　嘆きの亡霊は引退したい⑪

そして、僕達は這々《ほうほう》の体でおひいさまのビルに帰還した。

クラヒ・アンドリッヒの魔法はコードの警備システムに対して絶大なる威力を発揮した。恐らく、雷の魔術でなければああも容易《たやす》く苦境を乗り越える事は出来なかっただろう。

雷と化したクラヒに触れた機装兵を始めとする監獄の兵器はその尽《ことごと》くが触れただけで吹き飛び、戦闘不能になった。

無数の砲塔は火を吹く事なく、その機能を停止した。この街の建造物はほとんどが金属で出来ている。クラヒが地面に思い切り雷の魔法を流し込んだのだ。そして、その雷は広範囲に広がり、その場にいた僕とクラヒ以外の全て（クール達と職員さんも）を無力化した。

もしかしてこれ、捕まって当然だったのでは？　そんな考えも一瞬浮かぶくらい、クラヒは圧倒的だった。これは間違いなく《雷帝》ですね。

恐らく、コードの兵器でクラヒを倒すには二つの方法しかないだろう。不意打ちか、物量だ。

その場にあった兵器を破壊した後も、監獄の兵器は無尽蔵に出動してきたが、しばらくクラヒがそれの相手をしていると、ある瞬間を境に、増援はぴたりと止まった。

　ノーラさんが規則を書き換えてくれたのだろう。意外と悪い人ではないのかもしれない（クラヒがいるからかもしれないけど）。

「どうやら、コードの中では大した攻撃はできないようだな。外の方がずっと厄介だったよ」

「コードの……監獄の、戦力を、この程度だとぉ、思わないで……ください。無理やり、規則を変えて、警備を動かしたので、動いていないものも、けっこうあるのです」

　電流を受け、びくびく痙攣《けいれん》しながら職員さんが言う。その職務に殉じる精神には脱帽だ。

　地面に倒れ痙攣するクール達は、明らかにそうなるのに慣れていた。雷の魔術は特にコントロールが難しい事で知られている。いや、ある程度制御しているから、職員さんもクール達もまだ生きているんだろうけど——。

　結界指《セーフ・リング》の力で平然としている僕を見上げ、クールがクールに言う。

「武帝祭後では、いつもの、事なので、お構いなく。眼鏡も、絶縁性、です。エリーゼが、回復、したら、治して、くれます、からね」

「君達、苦労してるねえ……」

　僕にはそんなくだらない感想を述べる事しかできなかった。

　おひいさまは新たに連れて帰ったクラヒを、大興奮で迎え入れ、近衛登録してくれた。

　相手は一応、コードの重罪人として収監されていた男なのだが、おひいさまにとってはそんな事はどうでもいいらしい。むしろ扉の前に来てくれる人が増えて喜んでいるように見える。

懐の深さに関してだけ言うのならば、間違いなくノーラ王女よりもおひいさまの方が王の器だ。

クラヒは見た目こそぼろぼろだったものの、すぐに回復した。どうやらあの仕打ちはクラヒの体力を削り余りにも膨大なエネルギーを少しでも減少させるための苦肉の策だったらしい。高度物理文明は雷を自在に操る人間を想定していなかったのだろう。

そして、今回の僕はどうやら絶好調のようだった。

色々あったが、クラヒの解放は間違いなく依頼達成の後押しになる。彼の戦闘能力は間違いなくカイザー達にも劣らない超一級だ。王族の保護に直接役に立つかは怪しいが、護衛は問題ないはずだ。

それはつまり――僕がコードを観光できるようになる事を意味していた。

「クラヒ、悪いけど、僕にも目的がある。助けてあげたんだし、付き合ってもらうよ」

「ああ、もちろんだ。機装兵は色々試すのに絶好だ。僕の雷もまだまだ進化の余地がありそうだし、君の仕事、微力ながら喜んで手伝わせて貰おうじゃないか！」

この男……まだ進化するつもりなのか。しかも、お願いしといて何なんだが、内容も聞かずに喜んで手伝うとは――。

クール達は口元こそ微笑《ほほえ》みを浮かべていたが、目が笑っていなかった。エリーゼに関しては完全にそっぽを向いている。きっと似たようなテンションであちこちで人助けをした結果、コードまで突撃してしまったのだろう。君達、本当に苦労するね。

僕はとりあえず、腕を組むと、ハードボイルドな笑みを浮かべて適当な事を言った。

「ふっ……ようやく少し面白くなってきたね！」

カイザー、サヤ、こっちの準備は万端だ。早く合流してくれ。


「《雷帝》……まさか、コード内でここまで戦えるとはな」

アンガス・コードは監獄で発生した戦争の一部始終を確認し、ため息をついた。

規則の書き換えによる監獄戦力の派遣。作戦はアンガスの理想通りに進んだ。

規則の書き換えのタイミングもほぼ完璧だったし、ノーラが規則を元に戻したのは予想外だったが、許容の範囲だった。予想外だったのは、《雷帝》の力量だけだ。

コード内では魔術の構築が乱される。特に攻撃魔法の類は、空中に放たれた瞬間にシステムで解体されるのでほとんど使えない。

それを、まさかあのような手法でカバーするとは——確かにコードのシステムは、魔術は解体できても発生した雷自体は解体できない。だが、コードが己の弱点を知りつつ、そのまま放置しているわけがない。機装兵だって、ある程度の雷ならば問題なく対処できるのだ。

「ふん……無力化ガスを使えたらよかったのだがな」

「監獄の規則は複雑です。殿下は最善を尽くしたかと」

それはわかっている。如何《いか》に都市システムの扱いに慣れているアンガスでも、あの短期間で変えられる規則ではあれが精一杯だった。

だが、惜しい事には違いない。

《雷帝》は始末できるならばここで始末しておくべきだった。サーヤとカイが使えたら、《雷帝》を殺せていたはずだったのだ。だが、あの場で派遣するにはリスクが高すぎた。

突発的に書き換えた規則にはどうしても齟齬《そご》が発生する。万が一、二人を派遣して王のルールを破ったと認識されれば、次の王位を狙うどころではなくなる。

王のルールは破れない。ノーラだって、連れて行った騎士団でスペアの近衛を攻撃する事はなかった。禁忌を理解しているのだ。

《雷帝》がノーラの手に渡らなかったのは朗報だ。だが、満足には程遠い。

「うまくいかんな。まったく、うまくいかん」

「殿下が王位につくまでの辛抱です」

唸るアンガスに、ジーンが笑みを浮かべて言う。

王の交代は近い。

コード第六エリア。アリシャ・コード所有の唯一のビルで、侍従長オリビア・デルシアは映像を確認し、身を震わせていた。

「な……なんという事……これは——なんとか、一度はクラス5まで成り上がったのに……ッ」

アリシャの手でクラス1にまで階級を落とされたオリビアだが、アリシャの侍従長としての権限はまだ有効だ。再生していた映像は、かつてバイカー達が宴会をしていた部屋の映像だった。

ジャンがクライをバイカーのところに連れて行った時の、映像だ。

そこに映し出された映像は、全てが手遅れである事を示していた。

「バイカー達を唆《そそのか》したのは、お前だったのですか……クライ・アンドリヒッ！」

失態だ。オリビア達をアリシャ王女に派遣した貴族達に言い訳のしようもない失態。

どうしてあの時まではある程度大人しくしていたバイカー達が、突然あのような行動をしでかしたのか、ずっと不思議だった。だが、その映像には、クライがバイカーをそれとなく唆している様子がしっかりと映し出されていた。

オリビアの隣で映像を見ていたジャンも青褪《あおざ》めている。

「馬鹿な……評価４の男ですよ!?　それに、禁止事項は付与したと、言っていたでしょう！」

クラス４から使える禁止事項の付与は手軽だがそこまで強力なものではない。システムで機械的に行動を強制するわけではなく、暗示的な刷り込みに留まっているからだ。それでも評価４程度の男ならばそれなりに効果は見込めるはずだったが、こうして現実に、クライは好き勝手行動している。

「しっかり最後まで様子を見なかった貴方《あなた》の責任は重いと、そう言っているの！」

「全て、あの男の、手のひらの上だったと、言うのですか……」

ジャンが消沈したように俯く。状況はすこぶる悪かった。

クライがバイカー達をうまく始末したのに気づかずに、あの男を近衛のリーダーにしてしまった。上への報告という名の言い訳と、失態を取り戻すのに腐心しすぎて、監視の目を緩めてしまった。あの男が連れてきた近衛の確認も怠った。その結果、（完全にではないようだが）おひいさまの封鎖はいつの間にか解除され、あの男はノーラ王女ご執心の《雷帝》まで奪い取った。

それは、間違いなく、始末されるに値するレベルの失敗だった。

ジャンとオリビアの派遣を決めたのは各派閥の上級貴族達だ。その中にはノーラ王女の派閥の者もいるし、バイカーが喧嘩を売った第四子――モリス王子の派閥の者もいる。まだバイカー達が喧嘩を売った件はなんとかなりそうだが、《雷帝》の奪取とアリシャ王女の封鎖解除は致命的だ。

ジャンはオリビアと違ってまだ階級を落とされていないが、立場は同じだ。まだジャン達が罰を受けていないのは、アリシャ直属になっているジャンやオリビアはそれ以外の派閥の人間から干渉を受けないからという、ただそれだけの理由に過ぎない。

この状態から、状況を挽回する目はなかった。ジャンもオリビアもこの状況では動けない。貴族連中に状況を、己の無能を報告する事くらいはできるが、そんな事をしても彼らは何もしてはくれないだろう。

一体、どうしてアリシャ王女の封鎖が解除されたのか、あの男がどうやってその状況まで持っていたのかはわからない。だが、確実な事が一つだけある。

コード王は、まだ生きている。アリシャの権限を凍結したのは王本人だ。コード王が存命の状況でそれを解除できるのは、王を除いて他にいない。

王の崩御が近い今、この事で貴族連中がコード王に連絡を取ってくれるとは思えなかった。

死にかけでも王の権限は絶大だ。王の御心は王にしかわからない。

文句はあるだろうが、誰が好き好んで虎の尾を踏みに行くだろうか。

「……どうします？」

この状況はまずい。アリシャ王女の存在は貧乏くじである。王女をスペアとして管理し最終的に始末するなど誰もやりたがるわけがない。だが、全ての派閥の貴族が関わる、必要な仕事だ。だからこそ、オリビアとジャンは次の王位継承者が誰だったとしても、ある程度の栄転が約束されていた。

だが、それはつつがなく職務を全う出来ていたらの話。

もう逃げる事すら許されていなかった。いや、今、アリシャ王女の直属から外され、直接干渉の無効という近衛特権を失うのはまずい。始末してくれと言っているようなものだ。

詰みかけている。残された手は一つだけだった。拳を握りしめ、オリビアが言った。

「おひいさまにつくしか…………ないでしょう」

「ッ……」

おひいさまの権限復活を知る者はまだほとんどいないはずだ。王位継承戦を前に、ほとんどの人物は誰もスペアの存在に注目していないはず。

今のおひいさまには《雷帝》がいるし、それに——あの、総合評価4の男。あの男の危険性を、恐らく誰も知らないのだ。王位を決める戦いに勝てるとは思えないが、場をかき乱す事くらいはできるはず。場が混迷すればオリビアやジャンが助かるための取引材料が手に入る可能性もある。

余りにも危険だがこのまま何もしなければオリビアは終わりだ。

あの男の実力にかけるしかない。

覚悟を決めれば、やる事も見えてくる。

大きくため息をつき、オリビアが言う。

「まずは、おひいさまに謝罪して階級を戻してもらわないと……」

「……仕方ないですね。どちらにせよ、私は老い先短い命だ。最後の祭りだと思いましょう」

ジャンもまた覚悟を決めたのか、苦笑いを浮かべて答えた。


「ふん……なかなか見事な応酬だったぞ、次代の王候補達よ。我らの時とは大違いだな」

高機動要塞都市コードの中心。塔の最上階の玉座で、現コード王、クロス・コードは深々とため息をついた。

王位継承者達の状況は常時チェックされている。さすがに心の中までは覗《のぞ》けないが、都市システムは現在コード内部で発生している全ての情報をまとめコード王に届けてくれる。

王位争奪戦を前に発生した暗闘もまたクロスの意図したものだった。表立っての戦争こそ禁止しているが、彼らは皆王位を得るために前々から戦力を集めているのだ。好機さえあれば、いくらでもライバルを引きずり下ろすために動くだろう。そのような立ち回りもまた、クロスの求めるコード王の資質の一つでもある。

さすがのコードの都市システムでも外部の要素までは予想できない。外部からの襲撃者――《雷帝》を巡った争いは想定外だったが、何も問題はなかった。

確かに《雷帝》の能力はコードにとって致命的だが、所詮は一人の魔導師《マギ》に過ぎない。コードの都市システムは文字通り、生きている。未知の外敵に対して抵抗を生み出すのは、要塞都市としてのコードの本来の機能の一つだ。すぐにその雷の術に対抗するための兵器を製造する事だろう。

それよりも、王位継承者達の成長を喜ぶべきだ。《雷帝》という襲撃者を懐に抱えようとする、度量を見せたノーラ。それを阻止すべく都市システムを使い妨害工作を試みたアンガスに、その協力要請を引き受けたトニー。結果はどうあれ、その能力や意志は間違いなく、王位を手に入れた時のクロスよりもずっと優れている。彼らならば――たとえ誰が王位につくにせよ、コードという都市をクロス以上にうまく使う事ができるだろう。

既にクロスがすべき事は終わっている。いつ死んでも問題はないが、唯一心残りがあるとするのならば、クロスには次代の王の活躍を見る事ができないという点だろうか。

毎日の日課――アンガスの、ノーラの、トニーの、他の王位継承者達の現在の様子を順番に映し出し確認していく。

一通り確認し、そこでクロスは眉を顰《ひそ》め、いつもの日課と異なる行動――先日まで完全に頭から消えていたアリシャの映像を映し出した。

アリシャは今日の出来事――《雷帝》の解放を知り新たなる策を練る他の兄妹とは異なり、既に眠りに入っているようだ。

唯一与えたビルの最上階の部屋のベッドで安らかに眠るその寝顔はクロスが初めて見るものだった。

急に黒いお菓子が食べたいなどと連絡を送ってきた時には驚いた。それが新たなる近衛による影響だという事も、その近衛が最近の外部からの兵隊の募集を受けて入ってきた者だという事も既に調べがついている。

要求を無視することなく、クロスがアリシャの権限の凍結を一部解いたのに理由はなかった。

強いていうならば、戯れだ。哀れみでも興味でもない、ただの終わりを待つ王の戯れ。

アリシャを生み出した目的は王位継承者が全滅した時のスペア、もうその役割はほぼ終わったと考えていい。《雷帝》は結局、アリシャの近衛の下についたが、それも王位継承戦には影響を及ぼさないだろう。最初から王位争奪戦の準備をしていた他の陣営とアリシャでは蓄えた力が違いすぎる。

アリシャはどうやら黒い菓子を手に入れる以外にも、復活させた権限を使い己の近衛と侍従のクラスの操作を行ったようだ。

おそらく都市システムによる教育で操作を覚えたのだろう。映し出された映像にあった無礼な態度を取った侍従に対する一切邪気を見せずになされた処断には、王女としての一種の貫禄が見えた。

その件について罰するつもりはない。再び権限を凍結するつもりもない。アリシャは己に与えられた権利を行使しただけだ。

アリシャが何を考えているのか、これまで興味を抱いた事はなかった。だが、王にしか使えない禁忌のシステムを使い己が生み出したものの結末を追うのも、最後の行動としては悪くないだろう。

王位争奪戦に影響がない限りは、それは今のクロスにとって少し面白いだけの見世物だった。

嘆きの亡霊は引退したい ～最弱ハンターによる最強パーティ育成術～

外伝　それぞれの英雄

「やれやれ、大変な事になりましたね。レベル9認定試験が容易いものではないとは知っていましたが、まさかコード潜入などという難事がターゲットになるとは」

探索者協会本部。その会議室の一つで、探索者協会ガリスタ支部長、ウォーレン・コールがほとほと疲れ果てたように言った。

今回、試験を受けるはずだったレベル9の三人は既に転移魔法陣でコードに飛んでいた。コードは危険過ぎて、これ以上のアクションはとれない。今、ガーク達にできるのは成功を祈る事だけだ。

「まったくですわ。まさか、身内から騙し討ちに遭うなんて——」

《夜宴祭殿《リトル・ウィッチ》》を推薦したテラス支部の支部長、コラリー・クロミズがあからさまにため息をつく。

会議室にいるのはガークとガリスタ支部、テラス支部の面子だけだった。恐らく、本部がガーク達、支部長の面々に配慮したのだろう。

長年探索者協会で禁忌《タブー》扱いされてきたコードに関する依頼が試験になったのは、事前にズルタンから今回の試験の危険性について聞かされていたガークからしても予想外に過ぎた。

今回の件は探索者協会本部の中でも相当揉めた事だろう。探索者協会の扱う依頼は原則として、成功を前提にしなくてはならない。もしも成功率が低いとわかっている場合は事前にハンターに詳細を説明する義務がある。だが、今回は、依頼が入っていたというカプセルの出処《でどころ》の怪しさから考えても、それを不意打ち気味にレベル9試験にした事から考えても、明らかにその原則を逸脱していた。

作戦が成功すればいい。だが、失敗すれば探協は上層部の首を幾つかすげ替える事になるだろう。

探索者協会は世界中に支部を持つ組織ではあるが、それら支部の活動は半ば独立している。レベル9審査会議にかけられるようなハンターはそれぞれの支部のエースクラスだけだ。

コラリーの言う通り、今回、ガーク達は完全に本部に騙された側だった。

ウォーレンもコラリーも、その表情に苛立ちを滲ませている。

ハンター三人が転移するまでは平然としていた。不安げな表情で所属ハンターを見送るわけにはいかないからだ。だが、勝率の低い依頼にハンターを送り出す事になったのは支部長の責任でもある。

ハンターは勇猛果敢だ。だからこそ、時に探索者協会がブレーキとならなくてはならないのだ。

今回の作戦は結果次第では、支部と本部の関係をも大きく悪化させる事だろう。

共に三人を見送ったカイナがガークを見て言う。

「コード攻略は前代未聞ですね。大丈夫でしょうか……」

「そうだな…………まぁ、クライは自業自得だが」

ガークはズルタンからの事前情報を受け、レベル9への推薦を取り消していたのだ。にも拘わらず審査会議の場に顔を出し、あまつさえ「ありだな」とか言い出したのだから、もはやクライが野垂れ死んだとしてもガークの責任はゼロだろう。帝都のハンター達もガークに同情するはずだ。

今回の作戦は絶対に成功させねばならないものだ。依頼の情報が本当ならば、クライ達が失敗したら次は総力戦になるだろう。そうなれば何人の死傷者が出るか、想像すらできない。

コードの情報は余りにも少なく、先行きは不透明だ。

何もできないというもどかしさ。深刻な空気になるのもやむを得ないだろう。

と、その時、共についてきていたセレン皇女が手を一度打ち、興奮したように言った。

「何たる僥倖《ぎょうこう》でしょう！　高度物理文明で武装した都市とは、まさに我らユグドラの正反対とも呼べる存在。同行できないのは残念ですが、ニンゲンの世界にやってきて本当に良かったです」

「!?」

張り詰めた空気をぶち壊すセレンの発言に、ウォーレンとコラリーが目を見開く。

伝説の精霊人《ノウブル》の国、ユグドラの皇女セレンの立ち位置は極めてセンシティブだ。まだ何も確定していない現在、その行動に文句を言える者は存在しない。目をキラキラさせながらセレンが続ける。

「そして、それに挑むニンゲンの戦士のなんと勇壮な事か！　あの佇まい、精霊人《ノウブル》の戦士にも全く劣りません！　戦士の門出をこの目で見られただけでもここまできた甲斐があったというものです！」

「セ、セレン皇女!?　今回の依頼は相当危険な任務です。お気持ちはわかりますが、もう少々声を抑えて――」

慌てて止めに入るカイナを見て、セレンは不思議そうな表情で言った。

「？？　どうも沈んでいますが……まさか、貴女達は、戦士達が失敗すると思っているのですか？」

純粋な眼差しから放たれたセレンの発言に、ガークは思わず口を噤《つぐ》んだ。

断じて違う。いや、違うと答えねばならない。失敗前提の任務にハンターを派遣するなど、探協が行っていい所業ではない。事はそんなに単純じゃないだけで――。

なんと反論したものか考えているであろう、ウォーレンとコラリーにセレンは反論を許さない。

セレンがウォーレンを見て言う。

「そこのニンゲン、貴方が送り出した戦士をこの私に紹介しなさい！」

その声には、佇まいには、上に立つ者特有の、確かなカリスマが存在していた。

その言葉に、ウォーレンが慌てたように言う。

「は、はい、セレン皇女。我が支部が送り出したハンター、カイザー・ジグルドは《破軍天舞《はぐんてんぶ》》の二つ名を持つ間違いなく一流のトレジャーハンターです。二つ名の源となったその舞はあらゆる者を魅了し、そして一呼吸の内に沈めます。我が地方で戦乱の渦中にあった十五の国の全てがその存在を畏れました。たった一人のハンターに目を奪われ、数十万の兵が武器を下ろし、長く続いていた戦争を終結に導きました。世界広しと言えど、彼のようなハンターは彼のみでしょう」

「舞うように戦うのですか？」

「……いや、戦いの舞なのです。戦舞なのです。カイザーはスーパースターにして、最強のダンサーなのです。彼の舞は嵐であり、光であり、炎！　彼が舞を終えた時、そこに立っている者は彼を除いて存在し得ません。ええ、絶対にッ！　彼はレベル9になるに相応しい英雄なのです」

先程までとは異なり、その声には確かな自信に満ちていた。《破軍天舞》。レベル8ハンターの中では有名な方ではないが、そもそもレベル8とは生半可な功績と実力で到れるものではない。

その言葉にセレンは大きくうなずき、続いてコラリーの方を見る。

「では次は――そこのニンゲン、貴女が送り出した可憐なる戦士を私に紹介して頂けますか？」

「……もちろんですわ、セレン皇女」

コラリーが小さく咳払いをして、堂々と紹介を始める。

「我がテスラ支部が推薦したハンターは――《夜宴祭殿》《リトル・ウィッチ》のサヤ、世界最強の異能者の一人ですわ！　テスラ地方は強力な妖魔が跋扈《ばっこ》するおおよそ人が住むには不適切とされている土地柄ですの。サヤはたった十歳で異能を使い誰よりも妖魔を殺し、同じ人間からすら恐れられた。あの娘は宝物殿には行きません。あの娘がレベル8になれたのは、なってしまったのは――誰よりも血を流さず、誰よりも殺し、誰よりも救った、ただそれだけが理由です！」

興奮したような声。ガークは《夜宴祭殿》《リトル・ウィッチ》の二つ名は聞いた事がないが、強力な妖魔の支配する土地で恐れられているハンターの存在は風の噂で聞いていた。サヤがそのハンターだとしたらこれほど心強い味方はいないだろう。コラリーが鼻息荒く、自信満々に言う。

「伝説のユグドラと言えど、彼女の能力――『さらさら』に匹敵する能力者はいないでしょう」

「なるほど、それは頼もしいですね。ところで、そのさらさらというのはなんですか？」

セレンがにこりと笑みを浮かべて言う。当然の疑問である。この世には異能と呼ばれる体系づけられていない能力を宿す者が極稀に発生するが、さらさらなんてガークでも聞いた事がない。

その問いに、コラリーが一瞬言い淀む。

「……能力『さらさら』も、二つ名も、私が名付け親になりました。あの娘に守られた者が、二度と、あの娘を、恐れぬように、気をつけて、つけたつもりです」

黙って見つめるセレンに急かされるように、コラリーが囁くように言う。

「詳細は私も理解できていませんの。なんといっても、人智を超えた力ですから。ですが、あの娘の言葉によると――さらさらとは『感覚』らしいです。常人には持ち得ない『感覚』。わかりますか？」

「…………なるほど、わかりました。それは頼りになりそうです」

セレンが一瞬眉を顰めるが、すぐに納得したかのように頷き、ガークの方をちらりと見る。

次は《千変万化《せんぺんばんか》》の紹介をしろとでも言うのか？　言うまでもない事だが、能力はともかく《千変万化》の功績はカイザーやサヤと比べても決して劣るものではない。

頷き口を開こうとしたところで、セレンが自信満々に言った。

「ならば、万全でしょう。《千変万化》の、あのニンゲンの事は、聞くまでもありません。ニンゲンの世界で何をしたのかは知りませんが、あのニンゲンは数百年かけても我々精霊人《ノウブル》が解決できなかった問題をたった一月で、完全に解決して見せました。彼はユグドラの救世主です」

「!?」

基本的に人間を見下す気質で知られている精霊人《ノウブル》。その皇女から出された手放しの称賛にぎょっとするウォーレンとコラリー。セレンもクライも詳細を何も言わないため、ガークも未だあの男が何をしてここまでの信頼を得たのか、謎のままだ。

コラリーが目を瞬かせ、恐る恐るセレンに尋ねる。

「セレン皇女、《千変万化》は……どのような能力を持っているんですの？　色々な噂は聞いておりますが、そこまで貴女の信頼を得るなんて、うちの娘でも難しいと言わざるを得ないでしょう」

「こほん。私の口からあのニンゲンの能力を教える事はできません。何をやったのかは私も把握しきれていないところがあるので――ですが……そう、三つだけ確実に言える事がありますす」

ハンターになったばかりの頃から付き合いのあるガークにも未だ掴みきれていない《千変万化》の力を、この精霊人《ノウブル》の皇女は把握できたというのだろうか？

思わず睨めつけるような目で見てしまうガークの前で、セレンは指を立てて言った。

「一つ目。《千変万化》がユグドラで倒した世界の敵は――異能持ちでした。不可視の力で周りを薙ぎ払っていましたが、その敵は自分の能力を――『外部感覚《アウター・センス》』と呼んでいました。そして、あのニンゲンはそれを、何ら問題にしなかった」

「『外部感覚《アウター・センス》』……」

能力名と実体がどれほど一致しているかはわからない。コラリーは先程さらさらとは感覚だと言った。恐らく、セレンはこう言いたいのだろう。その異能はさらさらと似た能力だ、と。

セレンが続いて、ウォーレンの方を見て言う。

「そして二つ目。その敵を前に、《千変万化》は己が異能持ちだと言いました。そして、その異能は、勝利を呼び寄せる方程式、神をも滅ぼせる舞だと！」

「なん……ですと!?」

ウォーレンが愕然とする。ガークも愕然とする。コラリーも愕然としていた。

聞いた事がない。そんな話聞いたことがないぞ。

《千変万化》は極めて有能な男だが、ある程度その実績と能力を認めているガークでもフォローしきれない、重要な状況でふざけた事を抜かす悪癖があった。今回のもその類だろうか？　いや、だが……セレンが話しているのはユグドラでの出来事だ。その時はまだレベル9審査会議の話は出てすらいなかった。さすがの《千変万化》でも一月前に今の状況を予想するのは不可能なはず。

それは神算鬼謀などではない。予知の類だ。そして仮に予知できたとしても――もっとマシな使い方があるのではないか？　今回はサヤもカイザーも味方だ。それに対抗しても何の意味もないのだ。

思わず、黙り込むガークの前で、短期間ですっかり《千変万化》の神算鬼謀に慣れきってしまった様子の皇女様が言った。

「そして最後に――彼はどれほど絶望的な状況でもそれを覆す、神算鬼謀があります。彼が出来ると言うのならば、今回の依頼も達成は確実でしょう。カイザーもサヤも一流のご様子、その力を疑うなど――戦士を侮辱する事に他ならない。ユグドラでは忌むべき事です」

……その通りだな。彼らが出来ると判断したのならば、信じて待つのがガーク達の役目だ。

セレンの演説で、いつの間にか場に立ち込めていた不穏な空気は霧散していた。ウォーレンもコラリーもどこか落ち着いた表情をしている。

これが皇女のカリスマか。感心するガークに、セレンはどこか遠い目をして言った。

「つまり今の私達に出来ることは、ニンゲンの奇想天外な冒険譚を待つ事だけなのです。何もできないのはつらいですが、祈りましょう、あのニンゲンが本気を出しすぎない事を」

あとがき

こんにちは、こんばんは、お久しぶりです！　槻影です。

出ました、『嘆きの亡霊は引退したい』の11巻。前巻発売から少し刊行が空いてしまいましたが、皆様いかがお過ごしでしたでしょうか！

個人的には、２０２３年は体調の不良と多忙が重なりてんやわんやな一年でした。

そして、多忙の理由の一つが発表されています。

アニメ化ですよ！　アニメ化！

長く応援頂いた皆様と長く支えてくださった出版社の皆様と関係各所の皆様の尽力の結果、とうとうクライが動きます！

あのクライが動くのだから、ただでさえ動くリィズ達はもっと動きます。ご期待ください！

制作に当たり、何分わからないことばかりでしたが、原作者として全力を尽くしました。色々難しい作品なので（主に《嘆きの亡霊《ストレンジ・グリーフ》》のメンバーがしばらく登場しなかったり）大変な部分もありましたが、制作会社の皆様にも力入れて頂いております。放映まではまだまだありますが、良いものをお届け出来るように頑張っておりますので、ご期待ください！（でも一番力入っているのは担当さんかもしれないと思っているのは秘密）
もちろん、書籍版もこれまで以上に力入れていければと思っています！　今巻から新展開、レベル９試験（コード）編です。文字数もないので、私に言える事は唯一つ……分冊になってしまいごめんなさいでした（どう考えても入らなかった）。次巻の発刊はそう遠くならないはず……お楽しみに！

さて、最後は恒例の謝辞で締めさせて頂きます。

イラストレーターのチーコ様。アニメ関連の確認含め、今巻も素晴らしいイラストをありがとうございました。拙作はチーコ様なしでは成り立ちません。今後も何卒よろしくお願いしまします。

担当編集の川口様、高橋様。そして、ＧＣノベルズ編集部の皆様と関係各社の皆様。今巻も大変お世話になりました。夜はしっかり寝てください！　これからもよろしくお願いします！

そして何より、今巻もお付き合い頂きました読者の皆様に深く感謝申し上げます。

本当にありがとうございました！（コミックやアニメもよろしくね！）

２０２４年1月　槻影

アニメの放送を
優雅に快適に
待ちましょう!!
2024.

嘆きの亡霊は引退したい
11巻発売!!!!!!
おめでとうございます!!!
蛇野らい

GC NOVELS

嘆きの亡霊は引退したい ～最弱ハンターによる最強パーティ育成術～ 11

2024年3月8日　初版発行

■本書は小説投稿サイト「小説家になろう」(https://syosetu.com/)
に掲載されていたものを、加筆の上書籍化したものです。

著者
槻影

イラスト
チーコ

発行人
子安喜美子

編集／編集補助
川口祐清／高橋美佳

装丁
伸童舎

DTP
STUDIO 恋球

印刷所
株式会社平河工業社

発行
株式会社マイクロマガジン社
URL:https://micromagazine.co.jp/

〒104-0041
東京都中央区新富1-3-7　ヨドコウビル
TEL 03-3206-1641 FAX 03-3551-1208（販売部）
TEL 03-3551-9563 FAX 03-3551-9565（編集部）

ISBN978-4-86716-539-3 C0093

ファンレター、作品のご感想をお待ちしています！

宛 先　〒104-0041　東京都中央区新富1-3-7　ヨドコウビル
株式会社マイクロマガジン社　GCノベルズ編集部
「槻影先生」係　「チーコ先生」係